逆襲成宰相

1

趙眠眠 著

風文創 528

風 文創
528

目錄

序

趙眠眠

斷斷續續寫了幾年小說，因為無藥可救的懶惰和拖延症，也只完成了幾本，一隻手都數得過來。

於我而言，穿越文就好比是成年人的童話，最初的寫作衝動也不過是閒極無聊時打發時間的消遣，現實生活往往平淡刻板，於是便在童話中完成一次奇異的旅行，彷彿是開啟了另外一段人生，在那個虛無的世界裡天馬行空、隨心所欲。

做為從不知大綱為何物的作者，我往往是坐在電腦前那一刻還不知該寫什麼，但是別著急，當手指放在鍵盤上的時候，成串的文字就會流淌而出，躍然於螢幕之上。這種感覺奇妙而有趣，小說中的人物彷彿有了自己的意識，你無法去左右他們的決定，只是借助你的筆將他們的故事記錄下來。

就像是文中溫潤的長生，即便受盡屈辱與磨難也不會口出惡言，開朗善良的女主即使地位卑微、生活窘迫，也不會放棄對美好事物的嚮往和追求。

會寫這個故事，源於我的一個小小困惑——為什麼童話中都是王子與公主的故事？即便是灰姑娘，也會擁有能讓王子拾去的水晶鞋，好像普通人都不配談戀愛似的。

如果童話中的主人公身分卑微、一無所有呢？

於是就有了這篇《逆襲成宰相》，完全處於逆境中的男女主人公，沒有顯赫的身分加持，沒有好到爆的運氣，更沒有大開的金手指，閃光的是那份患難與共、生死相隨的真摯情感，而不是鑲嵌在身分地位上的耀眼金邊。

第一章　初遇

顏粼睿坐在庭院迴廊前的石階上，看著湛藍的天空發呆。

此時正是金秋時節，陽光明媚，天高雲淡，一隊大雁在空中排成人字形向南飛去，漸行漸遠。院子裡種滿了菊花和木芙蓉，在花圃裡競相開放，一片姹紫嫣紅。迴廊邊上有一棵高大的桂花樹，清風拂過，星星點點的金色桂花落在她的身上。

她閉上眼睛深吸了一口氣，感覺肺腑間都充滿了桂花的甜香……

「大玲子，妳又躲懶！庭院裡的石板路上這麼多落葉，妳掃了嗎？」

一聲暴喝將摟著掃帚、沈浸在甜蜜香氛中的顏粼睿拉回現實。

對，沒錯，大玲子就是顏粼睿落到這個時空後的名字。

自懂事以來，顏粼睿一直抱怨爺爺給自己取的名字太中性，浪費了「顏」這個別緻的姓氏，可當她四個月前落到這個叫做大周朝的異世，成了御史府庶出五小姐柳惜棠院子裡的一個掃地丫鬟趙大玲後，曾經的不滿和不甘全都化為烏有。

趙大玲啊，多麼接地氣！抖落下來的土都夠種一筐蔥了，雖跟現代顏粼睿最喜歡的遊戲人物趙靈兒僅有一字之差，然而就是這點差別，成了土得掉渣的女漢子和飄逸靈動的萌妹子之間的分水嶺，將趙大玲和趙靈兒分到涇渭分明的兩個區域。

顏粼睿曾經反抗過，即便有了趙大玲這個不可更改的名字，眾人能不能在稱呼她的時候叫阿玲或是玲兒，聽起來也較清新一些。可惜，京城做為一個道地的北方城市，習慣在孩子，尤其是窮人家的孩子名字後面加一個「子」，比如說趙大玲的弟弟趙大柱就是大柱子，趙大玲就是大玲子。至於「阿」什麼，那是南方人的習慣；而在名字後面加個「兒」則是富貴人家女兒的嬌稱，顯然趙大玲身為廚娘的女兒，又是一個掃地丫鬟，並無此殊榮。

其實這個身體在還是五小姐院子裡的二等丫鬟的時候，是有一個說得過去的名字叫「雲湘」。五小姐院子裡的丫鬟本來都叫什麼香的，比如正在呵斥大玲子的蕊香、五小姐跟前的大丫鬟蓮香，後來五小姐覺得「香」字太俗氣，不襯她大家閨秀的氣質，又不敢大肆更改丫鬟的名字，怕夫人說她矯情，便將「香」換為「湘」，讀音一樣，卻不會引人注意而招來非議，彷彿還上升了好幾個層級。

雲湘在一次陪五小姐遊園時，正巧碰上嫡出的二小姐柳惜慈，這位惜慈小姐可一點兒也不慈善，兩人因為誰擋了誰的路、誰踩了誰裙子的小事發生了口角，二小姐仗著嫡姊的身分打了五小姐這個庶妹一巴掌，偏偏雲湘腦子不好使，衝過去替自己的主子出頭。

其實雲湘作為一個庶女的丫鬟也不可能太出格，不過是雙手叉腰、衝著二小姐嚷嚷了句「二小姐，妳不能欺辱我們小姐」，據說還推了二小姐一下，讓心高氣傲、不可一世的二小姐摔了個屁股墩兒，跌到了路旁花圃的泥地裡。

是不是雲湘推的不好說，顏粼睿個人覺得，雲湘應該沒這個膽量，混亂中是二小姐自己摔倒的也說不準，但是二小姐這個屁股墩兒是結結實實地記在雲湘頭上了。御史夫人汪氏心疼自己的親閨女，就讓管事嬤嬤剝了雲湘的外衣，當著眾人的面抽了二十鞭子。

雲湘只是個十五、六歲的少女，在眾人面前被剝衣鞭打，自覺受了奇恥大辱，一時想不開跳了蓮花池，被救起時已經沒氣了。就在她那個做廚娘的娘哭得捶胸頓足時，顏粼睿穿到了雲湘的身上，睜開了眼睛。

汪氏也怕鬧出人命，影響御史府的清譽，便留下了雲湘，沒有攆出府去。顏粼睿因為之前雲湘挨了鞭子又跳了水，背上的傷口發炎，昏昏沈沈的一直病著，在屋裡躺了三個多月才養好身上的傷，又回到了五小姐的枕月閣。只是二等丫鬟降為了掃地的下等婢女，連雲湘這個名字也被剝奪。

而原因很可笑，御史府二小姐柳惜慈素以京城才女自居，沒事吟個詩、作個賦傷春悲秋的很是風雅，時不時還會發起賞花會或詩社，邀請京城中的閨秀來開個「文藝沙龍」。她住的院子叫倚雲居，便給自己起了個「閒雲散客」的號，每每作詩便以「閒雲散客」署名。雖是閨閣中的詩詞，不宜外洩，但不知是她無意還是刻意，她引以為傲的那幾首詩詞流傳出去，因用詞花俏纏綿，便有那紈袴公子哥抄錄在扇面上吟誦，一來二去，被好事者稱為「閒雲公子」，倒也有了幾分名氣。

二小姐嘴上雖然說著「討厭死了，我那幾首歪詩怎地漏了出去，沒的讓人笑話！」其實心裡是頗為自得的，再加上家中庶妹的刻意奉承和其他巴結御史府的官吏之女的討好，更是讓二小姐覺得自己才高八斗、傲視文壇，只可惜生為女兒身，不然建功立業或金榜題名都是信手拈來的小事。

而二小姐自稱為閒雲散客，自然看雲湘這個名字不順眼。

「一個下等的掃地丫頭也配叫什麼雲湘？她本來的名字不是挺適合她的嗎？」

於是雲湘又恢復成「大玲子」，自始至終，五小姐沒有為大玲子講過一句話。

顏粼睿對這件事很不以為然，之前的趙大玲可是為了替五小姐出頭才落個被打、自殺的下場，可她也不怪五小姐。一來她本也不是大玲子，不過是異世的一縷幽魂，一場意外將她送到了這裡；二來，她也看得出五小姐在府裡沒什麼地位，她的親娘李氏不過是御史夫人當年的貼身婢女，為人忠心老實，汪氏為了能更加掌控御史大人，才將她放在屋裡的。李氏因為不夠美貌，並不受寵，直到生了五小姐才抬為姨娘。現在汪氏吃飯時，李姨娘還要在一旁站著伺候，這樣的出身，讓五小姐如何敢違背嫡出的二小姐？

唉，不提了，說多了都是淚。如今顏粼睿已經認了趙大玲這個名字和身分。從最初的迷惘困頓、悲傷失落到如今不得不接受穿越這個現實，她用了整整四個月的時間。不管她有多不甘，卻也不得不承認，她回不去現代了，在現代的一切彷彿是一個遙遠的夢，如果她想活下去，就必須先老老實實地做趙大玲。

從今以後，在這個異世裡，沒有顏粼睿，只有趙大玲。

已經認命的趙大玲一邊想著，一邊站起身走到庭院裡的青石路上，機械化地揮動著手裡的掃帚，東嘩啦一下，西嘩啦一下，將金黃色的落葉掃到兩邊的花圃裡。

「大玲子，跟妳說過多少次了，樹葉要收起來扔到院外去，不要為了省事就掃進花圃，妳豬腦子？記吃不記打！」

還是那個聲音在訓斥她。趙大玲循著聲音看去，穿著茜紅色比甲的蕊湘杏眼圓睜，一手叉著腰，一手伸出食指遙指她的腦門，那架勢，隔空都恨不得在她腦門上戳一個窟窿出來。

趙大玲停住，無可奈何道：「蕊湘姐姐，不是妳昨天說落葉要掃進花圃裡當作肥料嗎？」

蕊湘一頓，須臾更加氣急敗壞。「昨日花圃裡沒有落葉，自然要掃進去一些作為肥料；今日花圃裡的落葉已經夠多了，妳再把落葉堆進去，都把小姐最鍾愛的綠水秋波擋住了。妳做事不帶腦子嗎?!」

她邊說著邊走過來，翹起的蘭花指終於戳到趙大玲的腦門上。趙大玲偏頭躲過，看了看花圃裡淺淺的一層落葉和傲然開放的那株淡綠色的菊花，無聲地嘆了口氣。自己新來乍到，一切未明，只能斂眉低眼道：「是，蕊湘姐姐，我這就把落葉掃出去。」

蕊湘哼了一聲。「掃完地後再給園子裡的花澆點水，妳看看這些花都被曬蔫了！下午小姐還要到院子裡賞菊呢，別壞了小姐的興致！」

趙大玲低頭稱是，蕊湘這才滿意地扭著水蛇腰走開，一打簾子進了屋。

在趙大玲還是雲湘的時候，與蕊湘都是屋裡的二等丫鬟，平日裡關係不算好，女孩子之間少不了明爭暗鬥、斤斤計較的事。於是趙大玲成為下等的掃地丫頭後，蕊湘自覺出了一口惡氣，時時頤指氣使地指揮趙大玲做這做那，這也說明了大玲子之前肯定不是個聰明又圓滑的孩子，情商堪憂，不只當面頂撞二小姐，與周圍人關係也不算好，以至於她落難後，沒有人願意幫她說句話。

掃完地，收了落葉堆到院外，趙大玲將掃帚和簸箕放回院子角落裡的雜物房。太陽已到了頭頂，雖是秋日，但午時的太陽依舊灼熱，烈日下不宜給花澆水，只能等下午了。趙大玲惦記著外院廚房那邊，她的娘是外院廚房的廚娘，這會兒應該正忙得腳不沾地。

趙大玲來到正房門口，本著在哪座山頭唱哪首山歌的處世哲學，隔著門簾問：「五小姐還有什麼吩咐嗎？」

簾子一挑，自屋中走出一個身穿湖藍色比甲的丫鬟，油光水滑的鬟髮上只戴了一朵草花，容長臉蛋，白白淨淨，正是五小姐跟前的大丫鬟蓮湘。

雖然趙大玲傷好後，到枕月閣當差不過幾天，但也知道五小姐原本有兩個一等丫鬟、兩個二等丫鬟。一等丫鬟是蓮湘和蘭湘，兩個月前蘭湘滿十八歲嫁人了；二等丫鬟就是蕊湘和趙大玲。

枕月閣裡還有兩個老媽子，一個是王嬤嬤，是小姐的奶娘，仗著奶過小姐在院子裡好吃好喝地養著，什麼都不幹；另一個是邢嬤嬤，五十多歲，一身病痛，基本上也是在屋裡養著。

五小姐院子裡的人本就差著編制，不能跟嫡出二小姐那一院子僕役比，同是庶出，三小姐和四小姐的院子裡也比她伺候的人多，如今又少了一個一等丫鬟，趙大玲也被降了級，就越發顯得人少。不過御史老爺一貫標榜自己是朝中的清流砥柱，一身灑遻，兩袖清風，汪氏在老爺的感召下也奉行勤儉持家，這空缺的丫鬟就一直沒有補上。

其實一院子的人裡頭，趙大玲最喜歡的還是蓮湘，雖然模樣不如蕊湘俏麗潑辣，但為人穩重，做事也算公正，有時蕊湘支使趙大玲幹這幹那的，她也會站出來替趙大玲擋幾次。

蓮湘笑道：「也沒什麼事了，妳回去幫妳娘料理午飯吧。」

趙大玲依言退下，出了枕月閣，穿過內府的花園，再出了東南角的角門回到了外院的廚房。趙大玲的娘就是外院廚房的廚娘，專做下人僕役的飯，人稱趙嫂或是友貴家的，因為趙大玲早逝的爹叫趙友貴。

柳府有近百名僕從，內院的一等、二等丫鬟大多吃主子剩下的就足夠，所以一等、二等的丫鬟也相當於半個主子，比一般小門小戶的小姐都強。剩下的大約六、七十個末等丫頭和粗使僕役可就沒這個待遇，只能吃友貴家的做的大鍋飯。

趙大玲回到外院廚房的時候，她娘穿著粗布衣裳、圍著一個看不出顏色的圍裙正在灶上揮汗如雨。廚房裡有兩個大灶和一個小灶，小灶上燒著熱水，大灶一邊架著籠屜蒸饅頭，一邊是一個大鐵鍋，剛炒好的白菜已經出鍋了。

友貴家的一邊將白菜盛到一個一個盤子裡，一邊粗聲道：「死丫頭片子，又跑哪兒瘋去了，飯都得了才回來！還不濟大萍子頂用！」

本來在趙大玲還是枕月閣的二等丫鬟時，外廚房這裡有個十二歲的小丫頭大萍子做幫手，可自趙大玲被降為末等丫鬟，不用再住在枕月閣貼身伺候五小姐後，外廚房的小丫頭也撤了。橫豎趙大玲要回來吃飯睡覺，正好給娘當幫手。

趙大玲趕緊答道：「並沒有貪玩，是枕月閣裡活計多，耽擱了時間。」

友貴家的憤憤道：「那一院子懶貨，就知道支使妳一個。也是妳不爭氣，好好的二等丫頭混成現在這樣，讓妳娘我在人前都抬不起頭來，採買的那幾個老貨天天拿妳的事當樂子說。」她在百忙中回身用油膩的手指戳戳趙大玲的腦門。「妳說，老娘一世聰明，怎麼就生了妳這麼個沒心沒肺的討債鬼！」

趙大玲抿嘴不言。友貴家的大概也覺得說重了，煩躁地揮揮手。「別跟死人一樣站著不動，去柴房拿些柴來，還要再熬一鍋小米粥。」

趙大玲應了，打開屋門來到外面，屋外幾步遠的地方是個小小的柴房，雜亂地堆著木柴和幾袋茄子、紅薯。木柴大多是大塊的圓木，還沒劈成可以放進灶膛的細柴。她從柴房裡撿了幾根劈好的木柴，又快步回到廚房。

友貴家的已經將粥熬上了，瞥了眼問道：「柴還夠用嗎？」

「不多了。」趙大玲一邊將柴火填到灶膛裡，一邊答道：「等我晚上回來再劈一些柴吧。」

友貴家的從鼻孔裡哼了一聲。「就妳現在瘦得跟小雞似的，還能拎得動斧頭嗎？」她不耐煩地用大鐵勺攪動著鍋裡的粥，升騰的熱氣讓整個廚房都顯得溫暖，一股小米特有的香味飄散在空中。

「有那把子力氣用在劈柴上，還不如動動腦子多在你們五小姐身上下功夫，妳不知比蕊湘那個小蹄子強上多少倍，即便是夫人跟前的琉璃、瓔珞也不見得比妳好多少，偏妳不知好歹，白丟了一吊錢的月例……」友貴家的又開始老生常談。「妳好好在五小姐跟前表現表現，說不定五小姐能念舊情，讓妳重新回到屋裡貼身伺候——」

「娘！」趙大玲趕緊打斷她。「我現在不是挺好嗎？每日能回來睡，還能幫您……」

「好個屁啊！」沒等趙大玲說完，就被友貴家的啐了回去。「老娘怎麼生了妳這麼個沒腦子的賠錢貨？從頭到腳沒有一絲伶俐勁兒！一個燒火掃地丫頭能有什麼前程？跟在小姐跟前那是多大的體面，妳在府裡得臉，連老娘和妳兄弟也能讓人高看一眼。等將來妳隨著小姐陪嫁到夫家，若是能被你們小姐姑爺看上，飛上枝頭做個姨娘，那就成了正經的主子了。等再生個兒子，就是小少爺，將來出息了考了狀元，那……」

友貴家的越說越興奮，已經開始展望飛黃騰達的人生，趙大玲在友貴家的將她封成一品誥命夫人前及時將話題打住。「娘，粥要滾了。」

友貴家的趕緊撤了柴火，掄起大勺將熱粥盛到一個個粗瓷盆裡，最後蓋棺定論道：「總之，幹什麼都比做掃地燒火丫頭強！」

趙大玲不置可否地揭開蒸籠，將冒著熱氣的饅頭撿到盤子裡。在枕月閣需要掃地、做各種雜務，還要不時被蕊湘使喚著，外廚房雖清苦勞累，但她覺得也比奴顏婢膝地跟在五小姐跟前強。端茶倒水自不必說，還要手洗五小姐的貼身衣服，伺候她沐浴甚至是如廁……簡單來說就是要全方位地伺候她吃喝拉撒，而且還要擺出一副甘之如飴的姿態。也許蓮湘、蕊湘她們確實有這個覺悟，打心眼裡認為能為她們小姐服務是無上的榮耀，但趙大玲肯定做不到。

陸續有外院、內院的僕役來領取中飯了，最早來的是二少爺院裡的小廝奎六兒，一個賊眉鼠眼、油嘴滑舌的小子，二十好幾了還沒娶到媳婦，進門就涎皮賴臉地往趙大玲跟前湊，閉著眼睛誇張地抽抽鼻子。「玲子妹妹，今天用的什麼頭油，這麼香！」

趙大玲低著頭扭腰躲開，奎六兒正要湊過來，就被端著瓷盆過來的友貴家的一下子拱開。「小兔崽子，又跑來招欠，皮癢了是吧！」

奎六兒嬉皮笑臉地道：「我的親嬸子，這幾天我跟著二少爺當差，忙得脫不開身，這不是想您和我玲子妹妹了嗎？」說著隔著友貴家的壯碩身軀，一雙老鼠眼直往趙大玲臉上和身上瞟。「兩天不見，玲子妹妹出落得越發水靈了。」

「出去當差？是給二少爺餵馬吧！」友貴家的毫不留情地揭穿奎六兒。

奎六兒一臉訕訕。「我伺候得二少爺的馬膘肥體壯，二少爺還賞我一壺好酒咧！」

「少廢話，趕緊端著午飯滾蛋！」友貴家的將一盆粥和一盤饅頭推到奎六兒面前。

奎六兒悻悻地將午飯放進食盒裡，仍不死心地盯著趙大玲，露出獻媚的笑容。「那玲子妹妹，我先走了，晚上再來看妳。」趁友貴家的不備時，又從旁邊盤子裡抓起一個饅頭咬在嘴裡，一溜煙跑了。

「兔崽子！」友貴家的拿著大馬勺追了出去，奎六兒早就跑遠了，友貴家的只能對著奎六兒飛奔而去的背影惡狠狠地詛咒。「撐死你個小兔崽子！」

回到廚房，友貴家的仍罵個不停。「挨千刀的貨，就愛占小便宜，多吃多占，噎死他得了……」

趙大玲勸道：「算了，一個饅頭而已。」

友貴家的拍著灶台。「不光是饅頭，奎六兒那兔崽子壓根兒沒安好心，賊眉鼠眼的，癩蛤蟆想吃天鵝肉，敢把主意打到妳身上，我呸！也不撒泡尿照照自己那副德行。他再敢來招惹妳，看我不打得他屁滾尿流，連他那獨眼兒的爹都認不出他來！」

友貴家的絮絮叨叨地罵著，趙大玲只好安慰她。「咱不理他不就得了，下次他再過來，我躲開就是。」

友貴家的轉轉眼珠。「不行，不怕賊偷就怕賊惦記，我得斷了那兔崽子的門路。」友貴家的苦想了一會兒，須臾一拍大腿。「有了，昨天聽金根家的說，今日府裡要進一批僕役，都是官府那邊新入奴籍的官奴，說是有十來個人呢，回頭我找金根家的說說，死活得給我這外廚房配個能劈柴打水幹粗活的小廝，讓他給外院的少爺們送飯，就省了那些骯髒貨跑來礙眼。」

金根家的以前是汪氏的陪嫁丫頭，後來汪氏將她指給府裡管家馬金根做媳婦，現如今在府裡統管廚房採辦，平日裡很看不起友貴家的，見到趙大玲娘仨兒更是眼睛長在頭頂上，迎面過來只能看見她的鼻孔。

不過為了杜絕奎六兒之流以拿飯的名義來大廚房騷擾閨女，友貴家的決定放下臉面去要一個小廝幫忙幹雜活，順便往外院各處送送飯。

友貴家的連說辭都找好了：各處都忙得腳不沾地的，還得巴巴地騰出一個人來取飯，不如有個人能將飯菜熱騰騰地送過去。

趙大玲用現代的話總結，就是友貴家的要將服務窗口往前移，為大家提供便利，從而提升外廚房的整體服務水準。

趙大玲覺得這是個好主意，畢竟劈柴挑水這樣的體力活，她和友貴家的幹得很吃力，有個小廝幫忙也是好的。

友貴家的出去找趙大玲那皮猴一樣在外面玩的弟弟大柱子，趙大玲則簡單地吃了口饅頭、喝了一碗粥，接著回枕月閣當差。

下午的第一件事便是澆花，這是上午蕊湘就安排下來的活計，趙大玲從雜物房裡拿出木桶和一個葫蘆瓢。本來柳御史的府裡有專門的園丁，統管府裡的花草樹木，但是趙大玲所處的枕月閣位於府中東南角，離老爺及夫人的正屋頗遠，住的又是不受寵的庶出五小姐，因此園丁壓根兒很少光顧，日常花圃的打理也就落在趙大玲的身上。

枕月閣格局簡單，一個不大的院子，兩邊沒有廂房，只有抄手遊廊從院門連著正屋。正屋三間，中間的作為廳堂，右邊的是五小姐的臥房，左邊的那間是五小姐繡花看書的屋子，貼身的丫鬟和婆子則住在後院的耳房裡。

院子雖然小，花草卻種了不少。除了院子邊上一棵高大的桂花樹外，還有一棵一人合抱的槐樹；正屋外有兩株木芙蓉，此刻豔粉色的花朵簇擁著，擠滿枝椏，開得正熱鬧；院子中是一條石子鋪成的小路，兩邊的花圃裡種滿了菊花，白色的胭脂點玉、紅色的朱砂紅霜、黃色的香山雛鳳、紫色的龍吐珠、淡綠的綠水秋波……將並不精緻的院子點綴得生機盎然。

院外幾十步遠就有一口水井，雖然一桶水還不至於沈得拎不動，但來回幾趟打水澆花，還是讓趙大玲出了一身的汗。終於澆完最後一片花圃，趙大玲抬手抹去額上細密的汗珠，才得以喘口氣。

勞碌的一個下午，趙大玲累得腰都直不起來，雖然她不覺得自己是個多嬌氣的人，但是上輩子可從來沒幹過這麼多體力活。回到外廚房時天都擦黑了，友貴家的已經做好晚飯，各院的僕役也都差不多將飯取走了。友貴家的在盛鍋裡剩的娘仨兒自己吃的菜，鍋鏟敲著鐵鍋鍋沿，叮噹作響。

趙大玲洗了手去幫忙，四處看了一下，屋裡並沒有新派來的小廝。她去碗櫥那裡取吃飯的碗和筷子，卻被地上的東西絆了一下，差點兒摔倒。

「喲，誰把一袋子紅薯放屋裡了？」趙大玲拿了碗筷，繞過那個袋子回到灶台前，一邊用開水燙了碗筷，一邊問友貴家的。「娘，不是說今天會撥過來一個小廝嗎？人呢？不會是馬管家變卦又不給了吧？」

友貴家的用手裡的炒勺指指地上的那袋子紅薯，憤然道：「我就說金根家的平日裡眼睛長在腦袋頂，怎麼我一說她就同意了呢？原來憋著壞呢，弄來這麼個等死的。」

趙大玲大吃一驚。那袋子紅薯原來是個人?!

她走過去就著灶膛裡的火光仔細打量，果真是一個人形。那人面向裡頭，蜷縮在地上，滿身血污，身上的衣服都碎成麻袋片了，被乾涸的血跡浸染著辨不出顏色，怪不得她一開始以為是一袋子紅薯。

她蹲下來，小心翼翼地用手推了推他的肩膀，他一動不動，一點兒反應都沒有。不會是已經死了吧？趙大玲將手指放到他鼻下，感覺到有微弱的氣息吹拂著她的指尖，像是蝴蝶的翅膀在搧動，看來還活著。

她硬著頭皮加大力道又推了一次，那個人終於蠕動了一下，只是蜷得更緊。從趙大玲的視線裡，只能看見他如亂蓬蓬枯草一樣披散的頭髮和弓起的後背，破布一樣的衣服下是骨節分明的脊柱。

「娘，這是怎麼回事？」趙大玲驚恐地問友貴家的。

友貴家的氣哼哼道：「官奴，下午才送進府裡來的。聽聞之前被賣進了下作地方，他一心求死，所以被打成這樣。那種地方開門做生意的，死人不吉利，便把他退回到官府，衙門裡的老爺們也懶得挖坑埋他，便跟著其他官奴送到了御史府。我向馬管家要人，他們便把他抬來，扔在地上就走了。」

友貴家的將裝了菜的盤子摔到桌子上，越發氣惱道：「真晦氣，一會兒找兩個小廝把他抬出去扔院子裡去，別死在屋裡。」

趙大玲聽了不忍。「他還有口氣呢。娘，好歹一條人命，不能眼睜睜看著他死啊。」

友貴家的變了臉色。「看他那一身的傷、一身的血，這會兒已經是進氣少出氣多，能不能活過今晚都是個事。再說了，從那種地方出來的，指不定有什麼髒病，趁早扔出去。」

「娘……」趙大玲再次央求。

友貴家的煩躁不已，拍著破木頭桌子，震得桌上的碗碟都跳了起來。「死丫頭片子，自己的糟心事還嫌不多，還要多管閒事？他是官奴，必是家裡犯了大事的，賤命一條，誰會在意他的死活？妳看看他身上的傷，打他的人下手太狠，根本就沒想讓他活命，還不如讓他早死早投胎，下輩子做個有錢人家的少爺，平平安安過活，別像這輩子似的受這麼多的罪！」

趙大玲扭頭看向那個一動不動的身影，在昏暗的光線下如淡黑色的剪影一般。她嘆了口氣。「在這個世道上，除了那些達官顯貴們，誰不是賤命一條？就像幾個月前我被夫人責令鞭打一樣，除了妳和弟弟，誰又會在意我的死活？」

友貴家的一下子想起了閨女當時的慘狀，心中苦楚，說不出話來。辛辛苦苦養大的女兒差點被作踐死，做娘的怎會不難過？

過了一會兒，友貴家的才揮揮手道：「得得得，先讓他待在屋裡吧，等斷氣了再扔出去。」

趙大玲見娘同意了，趕緊去裡屋拿了一條舊毯子。地上又冷又硬，她將舊毯子鋪在灶前的空地上，小心地挪動他，將他搬到毯子上。他可真輕，看身量不矮，卻渾身只剩下一把骨頭。

上半身很容易，趙大玲架著他腋下，將他的上半身輕輕地放在毯子上。搬他的右腿時，他微微地哼了一聲，趙大玲這才發現他的腿斷了，慘白的腿骨自傷口處露了出來，斷骨的截面是鋸齒狀的，都能看見粉紅色的骨髓。這是趙大玲第一次如此近距離地看見人的骨頭，嚇得渾身一抖，一鬆手將那個人的腿扔在了地上。

他痙攣著，在地上抖做一團。

「對不起、對不起！」趙大玲撲過去，卻不敢再碰他。

過了好半天，他才不抖了，依舊一動不動，連呼吸都微不可聞。

見他不再發抖，趙大玲才再次小心翼翼地搬起他的傷腿，輕手輕腳地放在毯子上。

第二章 療傷

友貴家的忙完手裡的活兒走到門口，雙手叉腰，中氣十足地一聲暴喝：「大柱子，回家吃飯！」

不一會兒，一個瘦小的身影不知從哪個角落裡鑽了出來，一身的土，看不出衣裳的顏色，臉上也黑不溜丟的，一道泥一道灰，根本看不出本來的面貌。

「小猴崽子，去哪兒滾了這一身的泥？老娘天天累死累活的做飯，還得給你洗衣服！你當你是有錢人家的少爺啊，有七、八身的衣服倒著穿？告訴你，這身衣服洗了不乾，你明天就只能光屁股了！」友貴家的一邊罵，一邊扭著那個孩子的耳朵。

那個孩子被扭慣了也不掙扎，被友貴家的提著耳朵，腳步踉蹌地拖進屋來，瞪著一雙眼睛，看見趙大玲，咧開嘴，舔了一下掉了門牙的洞豁。「姊！」

趙大玲抽抽嘴角，下意識地扭過身去。

這就是趙大玲的弟弟趙大柱，今年六歲，比趙大玲小十歲，卻身材瘦小，看上去也就不到五歲的樣子，黑不溜丟的，像瘦皮猴一樣，跟趙大玲記憶中白白胖胖的弟弟沒有絲毫的相似之處。她是個喜歡孩子的人，街上看到可愛的胖娃娃都忍不住停下來逗一逗，可是面前這個瘦皮猴兒跟白胖可愛一點兒也沾不上邊。

友貴家的撒開大柱子的耳朵去撿饅頭，大柱子好奇地走到趙大玲跟前，看著地上的那個人。「姊，怎麼有個死人？」

「別瞎說！」趙大玲白了大柱子一眼。

大柱子躲在趙大玲身後，伸出小腦袋驚懼地看著那人的傷口。「姊，他是被人拿刀給剐了嗎？」

「不是。」趙大玲仔細打量他遍體的傷痕，渾身上下已經沒有完好的地方，實在是太觸目驚心。「應該是被鞭子之類的東西打的。」

「那咋跟妳身上的鞭傷不一樣？妳背上是一條一條的，他怎麼是一片一片的？妳看這裡，」大柱子忽然指著那人的肩膀驚叫出來。「那白白的是骨頭嗎？」

趙大玲嘆口氣。「這可不是一般的鞭子打的，肯定是鞭梢上裹著鐵皮或是有倒刺兒的那種，一鞭下去，就能刮下一塊肉來。」

大柱子嚇得小黑臉都發白了，用小髒手捂住眼睛不敢再看。

趙大玲也怕給小孩子帶來陰影，推推大柱子。「你先吃飯去吧。」

大柱子如蒙大赦，刺溜跑到桌子前，遠遠地躲開了。

友貴家的用筷子敲著碗沿。「快過來吃飯，別管那個人了，都已經是在閻王面前勾了名字，一隻腳都邁進了棺材，妳盯著他管個屁用？」

友貴家的一個勁兒地催促，趙大玲心情沈重地坐到桌前。「娘，得給這個人找個郎中，他傷得太重了，失血過多，有的傷口已經發炎；那條傷腿也得趕緊找郎中治療，不然的話……」

友貴家的聞言，白了閨女一眼。「妳還真是鹹吃蘿蔔淡操心，沒把他扔院子裡已經不錯了，妳還要去請郎中？大晚上的，院門都落了鎖，哪兒去找郎中？再說，找郎中不需要銀子嗎？之前妳躺在床上看病請郎中，花光了老娘這些年的積蓄，還找李嫂子和方家媳婦她們都借了銀子，如今家裡一點銀子都沒有了，還欠了一屁股債，將來怎麼給妳兄弟討媳婦……」

友貴家的一邊吃一邊數落。趙大玲知道友貴家的說的是實情，家裡的銀子為她治傷治病都花光了，甚至還欠了外債，根本沒錢再請郎中。

穿到這個異世，趙大玲才深切地體會到底層生活的困頓和無奈，沒有地位、沒有錢、沒有尊嚴，甚至是沒有自由。友貴家的以前是老夫人跟前的二等丫頭，趙友貴也是府裡的僕役，因此趙大玲和趙大柱都算是家生子，生殺予奪僅憑主子的一句話。

趙大玲食不下嚥地胡亂吃了幾口饅頭，總忍不住回頭去看那個臥在地上的身影。吃過飯，大柱子自己找了幾塊小木頭塊兒摔著玩，友貴家的抓了把瓜子去找府裡幾個婦子、大娘嘮嗑去了。每日晚飯後是她僅有的休閒時間，幾個關係還不錯的老姊妹聚在一起說說府裡的八卦、再打打牌，是她唯一的娛樂。

趙大玲將屋裡唯一的一盞油燈放在那人身旁的地上，又用銅盆打了一盆微溫的水。她從來沒有處理過這麼駭人的傷口，哆哆嗦嗦地自己先發起抖來。實在是下不了手啊！可是再不處理他的傷，他必死無疑。

趙大玲咬咬牙，趕鴨子上架，這會兒可不是膽小手軟的時候。

她輕輕褪下那人的上衣，其實也就是幾片碎布，他身上縱橫交錯的傷痕毫無遮掩地暴露在趙大玲眼前，看得她一陣心酸。多深的仇恨、多狠的心腸、多毒的手段，才會將一個活生生的人打成這副慘不忍睹的模樣？

趙大玲不知道自己能不能救活他，只能死馬當作活馬醫。

她將乾淨的布巾在銅盆裡沾濕後，輕輕擦拭那人的傷口。布巾碰到他的傷口時，他畏縮了一下，卻是一聲沒吭。她下手越發輕緩，不敢去擦，只是用布巾輕輕按在他的傷口上，以溫水化開已經乾了的血痂，再蘸去血污。

她換了三盆水才勉強把那個人身上擦一遍。即便她再小心謹慎，有的傷口還是裂開了，流出的鮮血浸透了地上的毯子。

她從裡屋的櫃子裡拿出那罐金創藥，這是幾個月前她挨過打之後用來塗抹傷口的，因為還剩下大半罐，所以一直收在櫃子裡。她打開罐子，一股清涼的草藥味飄了出來，她用手指舀起一坨淡綠色的藥膏，塗在那人肩膀的傷口上。那裡的傷痕很嚇人，隱隱可見慘白的肩骨，她之所以斷定不是被刀砍的而是被鞭子打的，是因為如果是刀傷，雖能夠達到這樣的深度，但傷口會很窄，而他的傷口很大，寬有兩指，像是生生地被撕下一條條的皮肉。

傷口都塗抹完後，趙大玲放下罐子，對著他的斷腿一籌莫展。

她在前世時喜歡徒步旅遊，所以也曾參加過專門針對外傷處理的培訓班，知道應該如何製作簡易的夾板處理骨折，但他這條斷腿的骨頭已經從傷口處戳了出來，總得等復位以後再上夾板。即便她有一顆強大的心臟和救他的決心，也實在不敢去碰他的腿。

趙大玲皺著眉頭想了想，忽然靈光一現。「大柱子，我記得府裡的花匠秦伯以前是個走街串巷的郎中，上次漿洗房的蔡大娘扭了腰，疼得下不了炕，還是秦伯給復的位，你去把他請來給這個人瞧瞧。」

大柱子放下手裡的小木塊，一溜煙撒腿跑了出去。秦伯無兒無女，獨身一人住在外院東角的一個小屋裡，不到一盞茶的工夫，大柱子果真將腳步踉蹌的秦伯領了過來。

秦伯手裡還拎著一個酒壺，不時地呷上一口，雙頰酡紅，眼神迷離，趙大玲心裡打鼓。他行嗎？不過這會兒也沒別人可用，只能靠他了。

「好久沒幹這個了，人呢？」秦伯捏著手指，捏得骨節嘎嘎作響。

趙大玲和大柱子把秦伯領到廚房裡，秦伯看到地上的人也嚇了一跳。「好傢伙，多大的仇給打成這樣?!不用治了，埋了吧！」

秦伯轉身拔腿就走，趙大玲苦苦攔住。「秦伯，您再給他看看，幫著把他傷腿處的斷骨歸位就好，再拖下去，他那腿就真的廢了。」

秦伯搖搖頭。「大玲子，不是我不管，他已經快沒氣了，這一掰他的腿，他就得活活疼死。老朽好歹做過幾年混飯吃的遊醫，這點兒眼力還是有的，要我看，他撐不過今晚，還是別費那勁兒了。他自己死是他自己的事，可千萬別死在我手上，我可不願老了手裡還搭上一條人命。」

秦伯執意要走，趙大玲只能對著秦伯的背影道：「醫者仁心，不會見死不救。若他死了，是他自己的命數，自然不會怪到您老人家的頭上，可若試都不試一下，眼睜睜看著他死，又於心何忍呢？」

秦伯停下腳步，想了想，下定決心道：「好吧，那我就試試。不過咱們把醜話說頭裡，他若受不住死了，可跟我一點兒關係都沒有。」

趙大玲忙不迭地點頭。

秦伯怕那人受不住咬了舌頭，便讓趙大玲拿條布巾塞到那人的嘴裡，又讓她按住那人的上半身，大柱子則按住他的另一條腿。

趙大玲避開他肩上的傷痕，將手按在他的肩膀上，深深感覺到掌心下嶙峋的骨頭。她緊張地看著秦伯，就見秦伯將帶來的半壺燒酒倒在了他的傷腿上，手下的人猛地一僵，繃直了身體，細碎的呻吟從他的嘴裡逸出，聽著讓人異常揪心。

剛才給他清洗傷口時他都沒有發出聲音，此刻顯然是痛得難以忍受，趙大玲祈禱能快點結束對他的這種折磨，忍不住問正在順著他腿骨一點點摸索的秦伯。「秦伯，怎麼樣？能接上嗎？」

秦伯抬起手臂，用袖子抹了抹額上的汗珠。「有啥接不上的？接是能接，但是能不能挺過去就要看他自己的造化了！」話音剛落，只聽「咔嚓」一聲，秦伯在那人的斷骨處突然一用力，將露出傷口的斷骨掰正。

趙大玲只感到手下的人猛地往上一挺，身體繃得像一道隨時要折斷的弓弦，她幾乎按不住他，只能攬住他瘦削的肩膀，將他的上半身摟在了懷裡。

他的頭徒勞地向後仰，露出修長的脖頸，頸上的青筋都迸了出來。趙大玲輕拍著他的後背，迭聲安慰他。「好了好了，過去了、過去了……」

那人慢慢地卸下身上的力氣，癱軟在趙大玲的懷裡，頭一歪，昏死過去。

秦伯將剩下的燒酒都倒在他腿部的傷口上，趙大玲不禁替他慶幸，好在他已經昏死過去，毫無知覺。接著她在他的傷口處又塗上厚厚一層藥膏，再撕下一條乾淨的床單當作繃帶裹在他腿上，之後又讓大柱子去柴房找了兩塊一尺多長的木頭，固定在他的傷腿兩側，用布條纏住，做了一個簡易的夾板。

秦伯讚許地點點頭。「大玲子，看不出妳還懂些醫理。一會兒讓大柱子去我那裡拿點兒草藥過來，他難保會發熱，妳熬了餵給他，好壞就看這一宿了，若是熬過去，便能撿回這條命。」

趙大玲謝過秦伯，見屋裡實在是家徒四壁，沒有能拿出手的東西，便在廚房翻了一通，用油紙包了一些花生和豆腐乾給秦伯。

秦伯不收，趙大玲硬塞給他。「沒什麼能報答您的，這點兒東西給您當下酒菜。勞您費力不說，還欠您一壺酒呢，等我下個月得了月錢，一定給您補上。」

秦伯這才接了油紙包，拎著空酒壺走了。趙大玲讓大柱子跟秦伯去取草藥，自己則回到屋裡，發愁地看著地上依舊昏迷不醒的人。

看得見的傷口是都處理了，但這人受了這麼重的傷，肯定會引起感染，誰知道他能不能撐到明天呢？

趙大玲蹲下身，伸手拂開他額前被冷汗浸濕的頭髮，將手背輕搭在他的額頭上。他的額頭飽滿，皮膚光潔而細潤，只是溫度很高，炙烤著她的手背，不出所料，他還是發燒了，而且燒得很厲害。趙大玲嘆口氣。秦伯說得沒錯，他能不能活下來就看今晚了。

她絞了條乾淨的帕子替他擦了臉，當那張布滿泥漬和血污的臉完全露出來時，她不禁一怔，只覺得自己活了兩輩子還從沒見過這麼好看的男人。

相較於他身上慘不忍睹的傷痕，他的臉還算完好，面頰處雖有些擦傷，一邊的唇角破損，額角也破了，有很大一片傷痕，傷口處還在滲血，但這些傷痕皆無損他清俊的容貌。

他看上去很年輕，頂多也就二十歲，秀挺而修長的眉毛如鴉羽一般黑亮，襯得他的臉越發顯得蒼白。他眉心微蹙，眼睛緊閉著，纖長濃密的睫毛在眼瞼處投下弧形的黛色陰影，讓人不禁猜想當他睜開眼時將是怎樣的一番霽月風光？他的鼻梁筆直挺秀，乾涸而毫無血色的嘴唇緊緊抿著，唇角微微向下彎，即便在昏迷中，依舊不讓自己發出一絲呻吟。

想到剛才友貴家的說他之前被賣到下作不堪的地方，趙大玲有些黯然。這個人一定吃了很多的苦。

她用涼水洗淨帕子，將帶著涼意的濕帕覆在他的額頭上，又起身倒了碗溫水回到他身旁，用湯勺舀了口水送到他唇邊，他已沒有意識吞嚥，水順著他的唇角流到形狀美好的下頷。

趙大玲沒辦法，只能跪坐在他頭頂上方，將他的頭抬起放在自己的膝蓋上，用湯勺壓開他的嘴唇，趁他張嘴之際將水灌進他嘴裡。

許是被水嗆到了，那個人輕吟了一聲，甦醒過來。只是他沒有睜開眼睛，依舊緊閉著，在趙大玲再次將湯勺遞到他嘴邊時，他微微別開頭，避開湯勺。

趙大玲知道這個人受過這麼多的苦難，已是生無可戀，一心求死，這種求死的態度讓他突破了人體求生的本能，即便失血過多、發著高燒，他也不願再喝一口水來延續自己的生命。

趙大玲固執地將勺子放到他的嘴唇上，輕聲勸道：「你流了那麼多的血，又在發燒，不喝點水的話會死的。」

他充耳不聞，靜默得讓趙大玲以為她面對的是一具了無生氣的雕像。

既然他已將生死置之度外，趙大玲只能換個角度勸他。「螻蟻尚且惜命，你年紀輕輕為何一心求死呢？有道是好死不如賴活著，這個道理連三歲的娃娃都懂。」

他依舊一點兒動靜都沒有，讓趙大玲的話都消散在空氣中。趙大玲很是洩氣，但又不忍心看著一個生命在眼前消逝。她願意盡她所能救他，可他也要有求生的慾望才行。

趙大玲只能使出最後的殺手鐧。「喂，我費了半天勁兒救你，可不是為了看你自尋死路的。你要死也行，總得先報了我的救命之恩吧？你白用了我家的藥、弄髒了我家的毯子，又浪費我撕了一條床單給你裹傷，對了，剛才我還給秦伯一包花生和豆腐乾報答他為你接上斷腿。受人滴水之恩當湧泉相報，你自己數數你已經受了我多少滴的恩德了？你欠了我這麼多，是不是不能就這樣一死了之？我這兒的柴還沒劈、水還沒挑，你好歹也等你好了，做些力所能及的事報答我，然後再去尋死覓活吧？」

趙大玲一口氣說完，頓時覺得自己很不講理。人家只想安安靜靜地去死，又沒求她相救，是自己一廂情願救他，讓他多受了好多罪，現在這樣挾恩求報，很有幾分無賴的意思。

他默默不語，在昏暗的燈光下，甚至看不出胸膛的起伏。趙大玲屏住呼吸看著他，一直舉在半空中拿著湯勺的手都開始打哆嗦了，就在她忍不住要放棄時，他微微張開嘴，銜住了裝滿水的勺子。

趙大玲餵了他大半碗水，他輕輕搖頭，表示不要了，正好大柱子回來，帶回來一包草藥。趙大玲打開一看，她只認識其中的蘆根、金銀花、麥冬、甘草幾味常見的中藥，還有些看不出是什麼的，想來是清熱退火的方子。

大柱子又一邊自己玩去了，趙大玲用小灶剩下的爐火煎藥，想到這個人瘦成那樣，必是很久沒吃東西，便熱了一碗中午剩的小米粥。廚房裡分例的雞蛋已經沒了，趙大玲只能翻箱倒櫃地找出友貴家的藏的雞蛋，打了一顆在裡面。雖然小米粥加雞蛋很是不倫不類，好歹也算是一點兒營養吧。

御史府聽上去光鮮，那也是幾個主子們的光鮮，底層的僕役們沒什麼油水，連雞蛋在外廚房都是緊俏貨。採買的分例給得很少，一個月也就一簍子，最多只能在炒菜時打幾個當配料或者在一大鍋菜湯裡飛幾個雞蛋花，吃飯的人多，這一簍子雞蛋根本撐不到月底。

友貴家的雖是廚娘，但也不敢公然多吃多占，府裡的規矩大，再說友貴家的雖然潑辣，卻也不是那貪小便宜的性子。這屋裡剩下為數不多的十幾個雞蛋，還是友貴家的平日省吃儉用，存下幾個大子兒讓外院的小廝從外面買回來預備著自家人吃的，所以才用一個粗瓷碗裝著藏在裡屋的櫃子裡。

趙大玲用勺子舀起熱粥，吹溫了餵給那個人。他只嘗試著吃了一口，接著一歪頭，乾嘔了起來。

趙大玲順著他的後背，碰到他背上的傷口又趕緊改為輕拍。「我知道你好久沒有吃東西了，胃已經難以接收任何食物，可你也要強忍著吃一點兒，一會兒還要喝藥，空腹吃藥效果不好。」

在趙大玲的輕聲勸慰下，他慢慢安靜下來。趙大玲一邊勸著，一邊又舀了粥餵給他，他聽話地嚥下，只是每一勺都嚥得很慢、很艱難，眉頭緊鎖，手指緊緊地揪著身下的毯子。僅僅是吞嚥的動作，都讓他承受著巨大的痛苦。

一碗粥餵了大約有小半個時辰，大柱子自己也玩膩了，哈欠連天地睏得睜不開眼。趙大玲拉過大柱子，打水給他讓他自己洗了臉和手腳，又逼著他用粗鹽刷了牙，大柱子搖搖晃晃閉著眼滾到裡屋的炕上，不一會兒就呼呼地睡著了。

藥已煎好，黑乎乎的一碗，散發著濃烈的苦味。趙大玲這一晚上沒幹別的，就光是餵水、餵粥、餵藥。

夜色已濃，友貴家的串門回來，她一邊打著哈欠一邊進了屋。

「今天手氣還不錯，最後幾把牌想啥來啥，掙了十幾個銅錢，把那幾個老貨氣得直翻白眼。」友貴家的哈欠打了一半突然頓住，瞪著眼睛指著趙大玲大聲喝道：「死丫頭，妳幹什麼呢?!」

她嗓門大，在寂靜的夜裡格外突兀，趙大玲嚇得手一抖，剛舀起的一勺熱湯藥都灑在了那人的臉上。

「對不起，燙到你了吧！」她手忙腳亂地用袖子去擦他的臉。

友貴家的「嗷」的一嗓子。「妳個不知羞的，妳怎麼……」她及時止住嗓門，警惕地回身關上門，勉強壓低了音量，氣急敗壞道：「妳個姑娘家的，怎麼把個大男人摟在懷裡？若是被旁人看到，這輩子就別想嫁出去，妳知不知道？」

趙大玲低頭看看，自己只是把他的腦袋放在了腿上，方便餵藥，不算摟懷裡吧？

還不待趙大玲分辯，友貴家的已經上來拽起趙大玲的胳膊把她拉起來，那人的腦袋

「咚」的一聲落在了地上，趙大玲看著都替他疼得慌。

「娘，」趙大玲趕緊解釋。「我就是給他餵藥而已，我沒力氣把他拖進裡屋搬到床上去，只能讓他躺地上，可是他躺地上太低，我只能把他的腦袋架起來……」

「老娘怎麼生了妳這麼個沒腦子的賠錢貨！老娘不過出去打會兒牌，妳就抱著腦袋給他餵上藥了？」友貴家的氣瘋了，用指頭對著閨女的腦門戳戳點點。「怎麼？妳還要把他搬炕上去？」

趙大玲有些無語。她一時情急，倒是忘記了古代男女之防嚴重，雖然他們這樣的下等僕役不像貴族小姐有那麼多的忌諱，連看一眼都算是失了清白，但是肢體接觸還是被禁止的。

趙大玲手裡還舉著剩下的半碗藥，向友貴家的道：「還剩半碗，救人救到底，送佛送到西吧。」

「老娘來送！」友貴家的豪邁地接過碗，上前兩步，一把捏住那人的下頷，趁他張嘴之際，將半碗藥都倒了進去。在趙大玲的目瞪口呆中，友貴家的得意地站起身。「這不就行了？」

時辰不早了，到了就寢的時候，友貴家的圍著那人轉了兩圈，也有些發愁。「雖說就剩半口氣了，但也不能把個男人放屋裡吧？妳將來還得嫁人呢，這傳出去可不好聽。」

趙大玲向友貴家的央求道：「深更半夜的，也不好再另找地方，就讓他在屋裡待一晚吧，明天我把外面的柴房騰出來再把他挪過去。」

友貴家的想了想，也沒有別的辦法，一摔簾子進屋睡覺去了。

趙大玲拿了床被子蓋在那人身上。他習慣性地蜷起身體，向裡側臥著，手抱著自己瘦削的肩膀，因為看不到他的臉，她也不知道他是睡著了還是醒著。

雖然累得渾身癱軟，只想一頭倒在床上，但趙大玲還是燒了一盆熱水端到柴房擦洗。這是作為廚娘女兒最大的福利，她能天天用熱水擦身洗澡，做為現代人，每日洗澡已是基本的生活需求，其他的可以慢慢適應，只有這一點根深柢固。

進了柴房鎖好門，她才脫下身上灰不溜丟的粗布衣服，用布巾蘸了熱水慢慢擦洗。這具身體很年輕，帶著少女的青澀和消瘦，熱水沾到後背有點兒刺痛，扭頭能看到後背上一道一道粉色的傷痕，傷痂掉了，露出新長出的嫩肉。

擦洗完後，她換上乾淨的細布裡衣，又將外衣套在身上，才舉著油燈回到屋裡。屋裡分為裡外兩間，僅用一道破舊得看不出顏色的門簾隔著，外屋是灶台，還有一張破木頭桌子和幾個凳子。裡屋便是他們娘仨兒住的屋子，有一個破櫃子、一個掉了漆皮露出木頭且搖搖欲墜的梳妝檯，和一個臉盆架，沿著窗根是一個大通鋪。

就在這個大通鋪上，趙大玲躺了三個多月。準確的說前一個月因為後背的傷，她都是趴著的，到後來才能仰躺。那幾個月背上劇痛，病得渾渾噩噩，再加上莫名穿到異世的惶恐，讓她恨不得立刻死掉，是大玲子的娘一直照料她。雖然她嘴裡罵罵咧咧，沒有一刻得閒地數落大玲子這個「討債鬼」，但是為了給大玲子醫病治傷，她花光了所有的積蓄，甚至找別人借錢才保住了趙大玲這條命。

雖然如今的趙大玲不是她的女兒，但是卻佔用了她女兒的身體，再說就憑她那幾個月的照料，叫她一聲「娘」也讓趙大玲心甘情願。

這會兒大柱子四仰八叉地睡在大通鋪的最裡面，在睡夢中還不時哼哼唧唧地磨牙，友貴家的也攤著手腳打起了呼嚕。趙大玲想起了自己的爸爸媽媽，眼窩一熱，落下淚來。

當她還是顏粼睿的時候，爸爸和媽媽離了婚，各自組建了家庭，又各給她添了一個弟弟，只是一個同父異母，一個同母異父。

她當時躲在被子裡哭，雖然父母依舊對自己很好，繼父和繼母也對自己很客氣，但她總覺得父母不再愛她，整個世界都背棄了自己，以至於她跟兩個弟弟都不大親近。

現在想來，是自己太自私了。此時此刻她很慶幸自己不是父母唯一的孩子，雖然自己的驟然離開會讓他們痛苦、難過，但好在他們還各有完整的家庭，有別的孩子在膝下承歡，還有精神寄託，這多多少少讓趙大玲感到安慰。

她甩甩頭不敢再想，拿起桌上掉了幾個齒兒的梳子，對著梳妝檯上烏突突破損了一個角的銅鏡一下一下地梳起頭髮。鏡中人有著一頭烏黑濃密的頭髮，長度及腰，這讓趙大玲不得不放棄了每天洗頭，改為兩、三天洗一次。因為在古代洗頭太麻煩了，又沒有吹風機，等著晾乾就要一個時辰。

昏黃的油燈下，趙大玲仔細打量著銅鏡裡的人。這具身體的肌膚很好，細膩光潔，也是古代沒有污染的緣故，看上去水靈通透，而且還很白皙，即便與五小姐那樣大門不出、二門不邁的閨秀相比也毫不遜色，大概是這三個多月一直躺在屋裡給悶白了的原因吧。鏡中映出一張荷瓣一樣的小臉，下頷優美，一雙水汪汪的眼睛再加上挺秀的鼻子和形狀美好的嘴，雖算不上有多美豔絕倫，但也是個明眸皓齒、青春美好的女孩子。

以前的大玲子很健壯，一頓能吃兩個饅頭，還很有一把子力氣，躺了這幾個月瘦了許多，才成了現在這個模樣。

其實單就相貌而言，友貴家的年輕時肯定不差，是那種明豔爽朗的漂亮。趙大玲的眼睛和嘴跟她娘很像，只是趙大玲整體偏清秀，少了她娘那種潑辣爽利的氣度，即便現在，友貴家的也算是風韻猶存，只是常年繁重的勞作，讓她過早顯得衰老。算算歲數，她也就不到四十，卻已經皮膚粗糙，不笑的時候眼角也能看出皺紋。

趙大玲知道她過得很不容易，她也曾風光過，未出嫁時是老夫人跟前的二等丫鬟，老夫人做主許給了當時在老爺跟前當差的趙友貴，用她的話說，趙友貴清清俊俊的很是個人物，這點從趙大玲的相貌也能看出來，趙大玲主要應該還是長得像她爹的。

可惜五年前，大柱子才剛滿一歲時，趙友貴就病死了，留下了友貴家的和兩個孩子。失去了丈夫，再加上自己又是那麼個自以為不吃虧、實則四處得罪人的脾氣，便被發放到外廚房做廚娘，活累還沒油水。原本在外院他們一家人住著的兩間聯通的屋子也被府裡收回去了，娘仨兒被打發到廚房旁的破屋子裡住，美其名曰住得近，方便做飯。

作為柳府的家生子，趙大玲實在看不出她的生活有什麼趣味、未來有什麼希望？沒有主家的發話，她根本不可能離開這裡過自由自在的生活。這裡等級森嚴，戶籍制度嚴苛，逃奴只有死路一條，最要命的是家生子都是死契，不像從人牙子手裡買來的僕役，還有攢夠錢替自己贖身一說。死契的意思就是這條命都是屬於主子的，除非主子開恩消了奴籍，否則一輩子都要在柳府裡為奴為婢。年滿十八歲，如果沒能成功爬上男主子的床成為通房，主子可以隨意將她指給哪個小廝，將來生的孩子還是這家的僕役。

這個認知讓趙大玲鬱悶得半宿沒睡著。她從異世穿過來，還一直處在震驚和難以置信中，在這屋子裡躺的那三個多月裡只想著怎麼回到現代去，直到她傷癒從炕上爬起來時才認命，現階段，她的首要任務只是活下去，至於怎麼活得好、活得有尊嚴，暫時還無法仔細去想。

直到後半夜，趙大玲才勉強瞇了一會兒。她夢見了在現代的媽媽，微笑著給她開門，媽媽做了一桌子的菜都是她愛吃的，她備感幸福地坐到桌前，剛拿起筷子挾起她最愛的清炒蘆蒿，牆上咕咕鐘的黃色小鳥就推開窗戶探出頭來。「咕咕咕」地叫個不停。

趙大玲心煩意亂地揮揮手，那個聲音卻揮之不去，好像就在耳邊一樣。她勉強睜開眼睛，才發現媽媽和一桌子的美味不過是夢一場。

她躺在硬邦邦的土炕上，不遠處大柱子睡得口水橫流，窗外依舊黑漆漆的，那個惱人的聲音是窗根下的大公雞在打鳴。

友貴家的已經起身開始準備早飯了，她每天天沒亮就會起床，因為過了寅時，就會陸續有各院的僕役來領早飯。

從早到晚，友貴家的一天根本不得閒，忙得跟陀螺一樣。好在外廚房的飯菜簡單，早飯就是主食加粥，午飯與晚飯是一個熱菜、一樣主食、一個粥或菜湯，只有逢年過節或是老夫人和老爺、夫人的生辰才能多幾樣菜。

趙大玲也是穿過來以後才知道，身為下等僕役，只能吃得如此簡陋，畢竟古代物資匱乏，即便是那些主子，也不是天天能吃山珍海味。這裡沒有催熟劑，也沒有農藥，所有的農產品都是依靠老天，因此產量遠比不上現代，平民百姓過年才能吃上肉是再正常不過的事。唯一的好處就是吃著放心，再也不用擔心有毒有害。

當然身為主子，再怎麼說也比僕役們吃得好多了。除了友貴家的掌勺的外院廚房以外，柳府有好幾個廚房專門是給主子們做飯的。老夫人的院子裡有一個小廚房；老爺和夫人院子裡也有一個小廚房；大少爺院子裡本來是沒有的，可是大少夫人是蜀中人，吃不慣京城的飯菜，便從家裡帶了一個蜀中的廚子自己做著吃，可憐大少爺常常吃得滿嘴起泡，不時要到老夫人或是夫人那裡打牙祭。其他姨娘、少爺、少夫人和小姐這些主子的飯都是由內院的大廚房做的。

耳聽外屋的廚房裡乒乒乓乓的，趙大玲趕緊起身，換上放在床頭的粗布外衣，也來到廚房幫友貴家的準備早飯。

她先去看了一眼地上的人，他依舊保持著昨晚的姿勢，抱著自己的肩膀側臥在地上，彷佛一整夜都沒有動過。

她趁友貴家的不備，將手悄悄地放在他的背，隔著一層破布感覺到他輕緩的心跳敲擊著自己的掌心……

還活著呢！她不禁吁出一口氣來。

第三章　躺槍

趙大玲直起身，若無其事地幫友貴家的熬粥，又將昨晚剩下的饅頭放在籠屜裡加熱。預備好早飯後，天也亮了。

最早來領飯的是四小姐跟前的齊嬤嬤，一進門立刻「哎喲」了一聲。「哪個缺心眼的把東西放在過道裡，差點兒把老娘絆倒！」待看清是個人，又捂著心口驚叫道：「怎麼是個血刺呼啦的人啊！」

聞言，友貴家的不愛聽了。「說誰缺心眼呢？這屋裡就這麼大的地方，不放這兒，放妳房裡去啊？」

齊嬤嬤也有些訕訕。「友貴家的，我這不是順口這麼一說嗎？差點兒閃了我的腰咧。」她上前兩步，一副八卦上身的模樣。「聽說昨天府裡送來一個『那個』地方抬出來的，只剩一口氣了，不會就是這個吧？嘖嘖，竟然分到了妳這裡，瞧這一身的傷，據說那個地方打人可狠呢，都是往死裡打的。虧得妳家大玲子剛挨過鞭子，屋裡備著金創藥，也算那藥沒糟蹋，好歹都能用在這個人身上。」

話說打人不打臉，罵人不揭短。齊嬤嬤這麼說趙大玲，趙大玲自己倒是無所謂，可是這句話卻戳中了友貴家的痛腳。別看友貴家的自己罵閨女賠錢貨、倒楣鬼罵得不亦樂乎，卻容不得別人說趙大玲一句不是，更忌諱別人提及趙大玲挨打的事。

友貴家的摘下腰間的圍裙扔在地上，一手叉著腰，以茶壺狀直指齊嬤嬤的腦門。「我家大玲子還不用妳這老貨來說三道四，有那閒工夫還是多操心妳家二丫吧，落了個那樣的名聲，要我看，想嫁出去都難，還有哪個正經男人敢娶她？」

齊嬤嬤臉紅一陣白一陣的。「我不過隨口說了一句，哪兒就惹來妳這麼多零碎話？大玲子頂撞二小姐被打是大家都看見的，但我家二丫可是被冤枉的。春喜那下作胚子送了她一支銀簪子，二丫哪能要他的東西，想著還給他的，推搡間被巡院的看見了。」

友貴家的不屑地撇嘴。「是不是冤枉的自有夫人發落，我們又沒半夜三更的去盯著他們兩個，誰知道是還簪子還是幹點兒別的見不得人的勾當？」

齊嬤嬤脹紅了臉，上前就去揪友貴家的頭髮。「妳這破落戶才有見不得人的勾當……」

打架鬥嘴方面，友貴家的向來不甘落於下風，伸手就往齊嬤嬤臉上撓。「妳這不要臉的老貨……」

場面一時失控，趙大玲趕緊上前將兩人分開，混亂中被友貴家的搗了一拳，還被齊嬤嬤踹了一腳。

「行了，這是要把別人都引過來看笑話嗎？」趙大玲壓低聲音。「前兩天夫人還交代下來，各房各院管好自己的人，別一天到晚搬弄是非，失了御史府的顏面。齊嬤嬤，這事若是讓夫人知道了，我娘自是免不了被夫人責罵，您老也落不到什麼好處不是？」

聞言，兩人忿忿地分開，齊嬤嬤挎著食籃罵罵咧咧地走了。

趙大玲撿起地上的圍裙遞給友貴家的。「娘，何必跟這種人鬥氣呢？她說什麼就讓她說去好了，不用跟她一般見識。」

友貴家的氣不打一處來，狠戳了趙大玲腦袋一下。「還不是因為妳這個死丫頭讓老娘丟盡了臉。以前老娘在府裡腰桿挺得直直的，如今一個、兩個的總是拿妳的事墊牙，讓老娘抬不起頭來！」

趙大玲也很無奈，她又不能堵住別人的嘴不讓人說。對於這個便宜娘，趙大玲也是很無語，只要有人提及大玲子受傷的事，她就像炸了毛的公雞，跟別人鬥個你死我活，罵急了就動手。在趙大玲穿過來的幾個月裡，已經發生了若干起這樣的謾罵最後演變為全武行的事件。

友貴家的是個極其要強的女人，容不得別人說個「不」字，卻又沒心眼、沒手腕，只會跟人對罵，怎麼痛快怎麼罵，再不行就上手掐架，是府裡公認的母老虎。明面上從不吃虧，實際上虧都吃在了暗處。比如今天的事，雖然趙大玲也討厭齊嬤嬤一臉興奮猥瑣的八卦樣，但她提到趙大玲的事時其實是無心的，而友貴家的罵二丫就屬於揭老底，讓齊嬤嬤惱羞成怒，這個梁子算是結上了。

友貴家的還在不停地數落趙大玲。「也是妳不爭氣，好好的二等丫頭混成現在這樣，讓妳娘我在人前都抬不起頭來，府裡的人天天拿妳的事當樂子說，老娘一世聰明，怎麼就生了妳這麼個沒心沒肺的討債鬼？」

趙大玲低著頭由她數落。對別人她可以心懷記恨，但對友貴家的不會，她忘不了當自己在大玲子身上睜開眼時，看到友貴家的哭得死去活來，一把鼻涕一把眼淚的樣子；忘不了友貴家的見她醒過來，一把抱住她，一邊捶打一邊哭。「妳個討債鬼，妳要是有個三長兩短，娘也不活了！」

雖然她不是真正的大玲子，那一刻卻覺得鼻子酸酸的。

友貴家的為了給趙大玲治病療傷，求府裡的人去請郎中，花光了所有的積蓄，甚至不惜向一直嘲笑她的人借錢。在趙大玲臥床的幾個月裡，她盡心盡力地照料趙大玲，將所能找到的紅糖、雞蛋這樣的營養品一股腦兒地送到趙大玲嘴裡，連大柱子都只能眼巴巴地看著，更別提她自己，更是一口都沒嚐過。

雖然她是個脾氣暴躁的母老虎，但是她盡她所能地做了個好母親，對於這樣的娘親，趙大玲只有感激。

友貴家的罵也罵累了，眼睛一瞥又看見了地上一動不動的人。「哎喲！一個大男人半死不活的，連自己的命都保不住，活著也是浪費糧食，廢物一個，還能幹什麼？」

趙大玲覺得那個人很無辜，無聲無息地躺在地上，沒招誰惹誰的卻莫名躺槍。

「還有妳，」友貴家的指著趙大玲。「離那個半死不活的倒楣鬼遠點兒，即便妳是好心，也別跟他拉拉扯扯的。妳看看二丫現在都成了府裡的笑柄，春喜被夫人打一頓攆到莊子裡去了，夫人看在齊嬤嬤的面子上放過了二丫，可女娃子就怕丟了名聲，名聲臭了就什麼都完了。」

趙大玲只能點頭。「娘，我知道了。」

友貴家的罵了一早晨，又打了一架，身心俱疲，剛好此時各院的人都陸續來領早飯，友貴家的便張羅著盛粥、撿饅頭。

趙大玲熱了湯藥來到那個人身前，剛要伸手去扶他，他卻自己伸出一隻手來，雖然手腕上殘留著被繩索綁縛過的瘀青血痕，但腕骨纖細優美，白皙修長的手指搭在土褐色的粗瓷碗上，彷彿一件美玉雕就的藝術品落入凡塵。

他費力地用另一條胳膊撐起上半身，自趙大玲手中接過粗瓷碗，手抖得跟篩糠一樣，趙大玲都擔心他會把一碗藥都灑在自己身上。

他哆哆嗦嗦地將碗湊到嘴邊，費力地一口一口喝了藥，將空碗交給趙大玲後又力竭地倒回地上，閉上眼睛，又是一副拒人千里之外的模樣。

外廚房人來人往的不方便，趙大玲揪著毯子的邊角想把他拖到裡屋去，可他再瘦削，畢竟是個男人，毯子只滑動了不到一米，趙大玲就脫了手，自己也跌坐在地上。正好大柱子揉著眼睛出來，她和大柱子便一人一角揪著毯子，費了九牛二虎之力才將他拖到裡屋。

這一折騰，也到了趙大玲該去枕月閣當差的時辰。她將一碗粥和一碗清水放在那人身旁的地上，又囑咐大柱子看著他點兒，若是水喝完了就幫他添一些，這才拿起裝著枕月閣僕役早飯的食盒匆匆趕往枕月閣。

趙大玲依慣例先到正屋給五小姐請安。屋裡一片寂靜，五小姐正在用早飯，本著食不言，寢不語的大家閨秀做派細嚼慢嚥，連咀嚼都顯得小心翼翼的，生怕發出任何聲響。

趙大玲伸長脖子看了一眼，桌上有一盆碧玉粳米粥、六樣佐粥小菜還有一碟豆沙卷和一碟桂花糕。

柳府號稱清流，在京城中的官吏中走低調勤儉路線，姨娘的分例是四菜一湯、一主食、一點心；少爺小姐們是六菜一湯、兩主食、兩道點心。得寵的大少爺和二小姐可以常去夫人那裡蹭吃蹭喝，其他人也只能守著分例，偶爾想吃點兒新鮮對口的就要自己拿銀子額外添加。

其實對一個小姑娘來說，這麼一大桌子的東西絕對夠吃了，放在今天也可以說是豐盛，但每次五小姐對著滿桌的飯菜都要作西施捧心狀，蓮湘、蕊湘也是一臉的心疼，彷彿這樣的飯菜是辱沒了自家小姐。

「二小姐自不必說了，山珍海味還不是由著她點？三小姐那裡有梅姨娘接濟，也常常拿了梅姨娘的私房錢去大廚房添菜；四小姐常陪著夫人用飯，也時不時地得些賞賜，只有咱們小姐整日裡對著這些清湯寡水……」

蓮湘說著眼淚都快流下來了，五小姐還要低聲埋怨一句。「就妳話多，幾位哥哥姐姐都是一樣的飯菜，人家吃得，我有什麼吃不得的？這話若是傳到母親的耳朵裡，定要怪我不識好歹了。」

趙大玲就看不慣她們幾個的矯情樣。吃幾天外院的飯菜試試，那蘿蔔熬白菜、白菜熬蘿蔔的，絕對綠色純天然，減肥還刮油。

正胡思亂想著呢，就見五小姐只喝了大半碗粥、吃了半塊桂花糕就要水漱口，讓蓮湘把早飯撤了。

跟其他幾位小姐比，五小姐較為高眺壯碩，二小姐總是不屑地稱她為「廊柱」，動不動就說五小姐擋了她的視線，所以五小姐頗為自己的身材煩惱，每頓飯都刻意少吃。

看來古往今來，減肥永遠是女人的終身大業。

當然，減肥的都是有閒情逸致的人，像趙大玲這樣每日三餐白菜、饅頭的，根本沒有減肥的資格。

直到五小姐漱完口、淨了手，才微微向趙大玲點頭示意，讓她該幹什麼就幹什麼去。

趙大玲剛出了屋，蕊湘便追了出來。「大玲子，前兒個五小姐給四小姐送桂花糕，為了好看，用的是案子上的那個纏絲瑪瑙碟子，妳去四小姐的沐霜苑那裡取回來。沐霜苑的丫鬟毛手毛腳的，別失手摔了，咱們小姐臉皮薄，也不好意思讓她們賠，這一年下來可是搭上了不少物件。」

這時屋裡傳來五小姐的低喝聲。「別胡說，若是讓四姐姐知道了，豈不是要怪我連這點子東西都跟她計較？沒得讓我們姐妹生分。」

蓮湘跟了出來，呵斥蕊湘道：「大呼小叫的成什麼樣子？若是被人聽了去，定要說小姐御下不嚴，失於管教。再有，妳什麼事都支使大玲子，妳這會兒閒著，怎麼不自己去？」

蕊湘吐吐舌頭，換上一副撒嬌的腔調。「好姐姐，小姐的荷包舊了，我正要去給小姐繡個荷包呢，不然讓夫人和其他小姐看到咱們小姐衣飾不鮮亮了，怪咱們底下人不盡心事小，失了咱們小姐的顏面可是大事。」

蓮湘嘆了口氣，點點她的腦門。「一個荷包繡了半個月了還沒繡好，倒成了妳躲懶的擋箭牌了。」

蕊湘嬌笑著躲開，掀簾子進了屋。

蓮湘溫言向趙大玲道：「她向來霸道，妳多擔待些。」

這個趙大玲是深有體會。蕊湘的老子娘是府裡的老人，在梅姨娘名下的胭脂水粉鋪子裡做管事，那個鋪子是老爺背著汪氏偷偷給梅姨娘讓她掙點兒私房錢的，後來被汪氏知道了，也鬧過一場，可老爺中意梅姨娘的美貌，有心偏袒，這事也就不了了之，汪氏只能睜一隻眼閉一隻眼。

但汪氏也不是善茬兒，遊說老爺將沒有經營頭腦又愛貪小便宜的蕊湘爹娘派去管鋪子。老爺見汪氏答應將鋪子算在梅姨娘名下，還覺得汪氏挺賢慧，不善妒，自是不操心誰去管鋪子，結果那個胭脂水粉鋪子經營得半死不活，勉強沒有關門罷了，每月交到梅姨娘手裡的盈利不過幾兩碎銀子。

梅姨娘在外頭沒有靠得住的人，只能鋪子裡給多少就收多少。

蕊湘因為爹娘管著外面的鋪子，自覺高人一等，平日裡只幹些輕巧活。以前與趙大玲同為二等丫鬟時就掐尖耍滑的將活都推給趙大玲，加之趙大玲不夠靈光，明裡暗裡的沒少吃虧，兩人自然也是衝突不斷。

蓮湘又將手裡的花樣遞給趙大玲。「如今咱們這院子裡人少，蘭湘嫁了人，兩位老嬤嬤年紀大了，腿腳不好，少不得還得讓妳跑一趟。只是白眉赤眼的去要東西終究不妥，妳就將小姐新畫的花樣送給四小姐，順便提一下瑪瑙盤子的事。」

趙大玲接過花樣低聲道：「蓮湘姐姐放心吧，我知道怎麼說。」

蓮湘點點頭，露出幾分笑意。「病了一場，倒是通透沈穩了，也算是因禍得福。」說著又挽起趙大玲的手臂，悄聲向她道：「小姐也是心疼妳的，為了妳沒少流眼淚，哭得眼睛都腫了，只是因為妳惹了二小姐，讓她也不好替妳求情。」

趙大玲不習慣與別人離這麼近，不著痕跡地躲開，低眉順眼道：「我明白，那日是我莽撞了，連累了小姐。」

趙大玲穿過來前已經大學畢業工作兩年了，按歲數來說，比眼前十七歲的蓮湘還要年長六、七歲，這點事自然看得通透明白。雖然當時趙大玲是一心護主，但忠心耿耿也不是這麼個忠法，害得自己喪命，沒有一個人念她的好，五小姐還要怪她多事，惹到了嫡母和嫡姐。

至今二小姐見了五小姐都是鼻孔朝天的，而五小姐做小伏低地謹慎了這幾個月，才換來汪氏淡淡的一句。「妳針線方面向來不錯，得空做雙軟底的鞋給我吧。」

於是五小姐如得了聖旨一般挑燈夜戰，一連五天做到夜半三更，直熬出個黑眼圈才做出一雙絳紫色的軟緞鞋，鞋面和鞋幫上用五彩絲線挑著金銀細絲繡著蝶戀花的圖案。不說繡功，單是這花紋就極富寓意，以盛開的富貴牡丹比喻雍容華貴的汪氏，自比色彩斑斕的小小蝴蝶，對牡丹有一番思慕的赤膽忠心。

汪氏讓身邊的大丫鬟琉璃接過來，瞟了一眼，露出一個笑容，才讓五小姐連日忐忑的心放回到肚子裡。

這種情況下，讓五小姐感念大玲子的忠心實在也是強人所難。此刻五小姐心裡大概只能感嘆，不怕神一樣的對手，就怕豬一樣的隊友。對於豬隊友趙大玲，五小姐沒有將她轟出去也算仁至義盡了。

趙大玲拿著花樣出了枕月閣，穿過兩道月亮門，又橫穿過整個御史府的花園，才遠遠看到四小姐柳惜桐的沐霜苑。

這是她第一次來沐霜苑，前幾天倒是在枕月閣見過前來找五小姐閒聊繡花的四小姐，小巧玲瓏的一個人，眉目如畫、巧笑嫣然，只比五小姐大了兩個月，但看上去要比身量高䠷的五小姐顯小。

御史府裡除了有五位小姐，還有四位少爺。大少爺柳敬賢、大小姐柳惜然、二小姐柳惜慈和四少爺柳敬涵是汪氏所出。按照他們的先後順序來說，大少爺如今二十有三，在吏部任掌事，可謂年少有為，是汪氏最大的驕傲，三年前娶了將門之女阮明君，也算門當戶對，只是成親三年還沒有子嗣，成為汪氏心底的痛。

阮女俠人前尚能裝裝大家閨秀，關起門來卻好舞槍弄棒，所以至今大少爺屋裡連一個過了明路的侍妾也沒有。至於大少爺暗渡陳倉的事，府裡也時有耳聞，其實不用什麼八卦傳言，只要看到大少爺面目青腫，就知道他又偷腥後被家暴了。

據說汪氏因此對這個大少夫人很不滿意，跟她深談過一次，效果還是有的，那就是大少夫人明白了「打人不能不打臉」這個永恆的真理。從那以後大少爺的臉上再也不見傷，最多走路一瘸一拐。

與大少爺一母同胞的大小姐柳惜然，在十八歲那年嫁給了英國公的世子做側室，至今已經三年了卻無所出，也是讓汪氏愁個不行。

接下來是二少爺柳敬文和三少爺柳敬辰，兩人都是老爺柳成渝當年外放江北荊州任知府時納的翟姨娘所生。當時汪氏在京城中侍奉婆婆，沒有隨同老爺去荊州，老爺自然是「將在外，軍令有所不受」，調回京城時帶回了一個姨娘和兩個庶子。

汪氏氣得仰倒，卻是木已成舟，無可奈何。因在四少爺出生前，翟姨娘是府中兒子最多的人，因此腰桿子也挺得分外直，有時候汪氏的話也能嗆上兩句，讓汪氏氣得咬牙，卻要自持正妻的身分，不好明著撕破臉，只能打落牙往肚裡吞。

二少爺二十歲，只在衙門裡領了個閒職，剛娶了親，新娘是京城府尹家的庶女白氏，也算般配；三少爺十七歲還未成親，他立志考取功名，卻是屢戰屢敗，越挫越勇，聽說又拿著翟姨娘偷偷塞給他的銀子去京城最大的花樓醉仙閣唸書取經去了。

老爺回京後，先後有了二小姐、三小姐、四小姐和五小姐，幾位小姐之間年紀間隔很近，二小姐今年虛歲十六，五小姐十五，中間相差不過兩、三個月，可見老爺在那段時間裡沒少耕耘，且彈無虛發，收穫頗豐。

柳惜慈是汪氏所出，本來憋著勁兒再生個嫡子的，出來一看是個閨女，雖然在汪氏心目中的地位不及大少爺和四少爺，但是在幾位小姐中也是地位超然。

三小姐柳惜妍是梅姨娘所生。梅姨娘是舞姬出身，當年老爺有一次去禮部侍郎府裡做客，席間醉酒，醒來後發現旁邊躺著一位天仙一樣的女子，柳老爺酒也醒了，嚇出一身冷汗，捶胸頓足叫著禮部侍郎的字。「修遠，吾之清譽毀於爾手也！」

後來柳御史在以死明志的時候被禮部侍郎死死攔下，然後將梅姨娘帶回家。柳老爺也沒再尋死覓活，看來再道貌岸然的清流砥柱也是難過美人關的。

梅姨娘因美貌最得老爺的寵愛，三小姐也是所有小姐中最貌美的一個，雪膚花貌，腰肢柔軟似新抽條的柳枝，走起路來娉娉婷婷，很有美感和韻律感，看來基因的力量還是很強大的。

四小姐柳惜桐的親娘范氏是老夫人送給老爺的侍妾，據說也很貌美，且善解人意，如解語花一般，老爺也挺喜歡的，可惜命短福薄，四小姐一歲時，便染病死了。因此四小姐一直養在汪氏身邊，雖不如二小姐受寵，但因為她乖巧懂事，在夫人面前比起三小姐和五小姐來說還是有點兒分量。

趙大玲跟著的是五小姐，出身也最不好，親娘李氏原是汪氏的丫鬟，因此處處感覺低人一等。算來算去，她的地位與四小姐最相似，年齡也最接近，因此二人算是比較要好，時不時的還會你來我往。至於二小姐，自然瞧不起五小姐，三小姐美得讓親姊妹也妒忌，且性格清冷，與幾個姊妹不怎麼來往。

四少爺柳敬涵只有六歲，是一次老爺醉酒留宿汪氏房中後的意外。據府裡的八卦，老爺已經很久沒有光顧老妻那裡了，即便留宿也只是歇息，偏巧那日多喝了一杯，在汪氏都覺得自己這輩子都不會再生孩子的時候偏巧就懷上了。最重要的是，這個兒子狠狠打了幾個姨娘、侍妾的臉，尤其是讓汪氏在翟姨娘面前揚眉吐氣，因此汪氏對他真是看得跟眼珠子似的，四少爺五歲了身邊還跟著乳母，在府裡跟小霸王一樣橫衝直撞，無人敢惹。

這些訊息都是趙大玲那當廚娘的娘告訴她的，友貴家的見趙大玲挨打又投水後傷了腦子，將以前的事都忘了，花了三個晚上的時間給她惡補了府裡的人際關係，怕趙大玲哪天再犯傻，惹惱了哪位主子。

除了若干位主子外，友貴家的還將一干府裡僕從的背景都細細地講給她聽，誰和誰是姻親，誰和誰又有世仇。因為人物眾多，趙大玲只挑重要人物死記硬背了一下，其他的都沒記住。

趙大玲在腦中再次理了一遍御史府裡的主要人物關係，一抬眼也到了沐霜苑。敲門後，一個還未留頭的小丫頭開了門。

「小枝子，誰來了？」裡面傳來一個大丫鬟的聲音。

「枕月閣的大玲子。」那小丫頭撇撇嘴，又自動自發地補了一句。「就是前幾個月頂撞了二小姐挨了打的那個。」

院內隱隱傳來笑聲，趙大玲只當沒聽見。先前問話的大丫鬟走了過來，趙大玲認出正是四小姐跟前的碧珠。

碧珠穿著一件荷葉碧的比甲，一雙月牙眼未語先笑，頗得她家小姐真傳。「怎麼站在門口了？快進來。」又扭頭瞪了一眼小枝子。「就知道淘氣，都不知道讓妳玲子姐姐進來坐。」

小枝子很不服氣，鼓著嘴小聲嘟囔。「都是末等的丫頭，還稱什麼姐姐……」

碧珠待要再訓斥小枝子，趙大玲趕緊將花樣交給她。「這是我們五小姐新畫的花樣，都是時新的花色，煩勞碧珠姐姐交給四小姐。」

碧珠將趙大玲帶到院子裡的葡萄架下，接過花樣，指著頭一頁上的牡丹讚嘆了一番。「跟真的似的，搭配好絲線繡在帕子上，肯定連蝴蝶都能以為是真花落在上面。」

趙大玲與有榮焉地笑笑，好像她誇的是自己一樣。「我們五小姐說了，若論顏色搭配，誰也比不過四小姐的，平日裡的衣裳搭配總是四小姐的最耐看，清麗雅緻又不落俗套，讓人眼睛一亮。我們小姐知道四小姐最看重配色，前兒個才讓人用瑪瑙盤子盛了桂花糕送來，說是幾塊桂花糕不值什麼，只是那紅色的盤子配了白色的糕看著好看，博四小姐一笑罷了。」

碧珠以手拍額。「瞧我這記性，我們小姐見了那瑪瑙盤子托著白俊俊的糕，很是誇了一通，擺了一天都沒捨得吃呢。我這就讓小丫頭去把盤子騰出來給妳，妳等等。」說著回身進屋去拿盤子。

一旁的幾個小丫頭對視了一眼，面露不屑，其中一個更是小聲嘀咕。「就這麼小家子氣，一個盤子也值得巴巴地來要……」

趙大玲假裝沒聽見，轉過身專心打量起四小姐的院子。

比起五小姐的枕月閣，這裡敞闊不少，正面一溜五間房，左右還各有幾間廂房，院子中間是一個圓形的花圃，兩邊都種著果樹，一側還搭著葡萄架，此刻均已是碩果累累。淡黃的梨子、霞紅的蘋果，還有一架紫豔豔的葡萄，整個院子裡飄著清甜的果香。

按理說，小姐的院子都愛種些花花草草，偏偏四小姐愛這些果樹，每天去汪氏那裡都要親自摘些水果送過去表表孝心。據說汪氏不喜歡屋裡熏香，卻喜歡瓜果自然的香味，四小姐每日送的新鮮水果倒正是投其所好。就這點來看，四小姐也要比五小姐聰明，不像五小姐整日裡小心謹慎，還摸不清汪氏的喜好。

不過片刻，碧珠就將纏絲瑪瑙盤子拿了出來，盤子裡還放了幾個水晶梨。「四小姐說花樣她收下了，回頭得空再找五小姐繡花去，帶幾個水晶梨給妳們小姐，都是一早剛摘下來的，給五小姐嚐個新鮮。」

趙大玲謝過，接下盤子回到枕月閣。蕊湘正在院子裡嗑瓜子，吐了一地的瓜子皮，對於趙大玲這麼快就將盤子要回來還頗為驚訝。

「妳不會是直接管人家要回盤子的吧？別丟了咱們小姐的臉面。」

趙大玲淡然道：「沒有，只是提了一下瑪瑙盤子配桂花糕好看。」

「一根腸子的人也會說話了！」蕊湘重重哼了一聲，從趙大玲手裡奪過盤子，吩咐道：「把地掃乾淨了。」這才端著盤子進了屋。

趙大玲只能從雜物室裡拿出掃把，誰讓她就是專職幹這個的呢。等到掃完地，擦完迴廊裡的廊柱，又打理了院子裡的花花草草，做完所有分內的事已經是正午時分。

蕊湘拎著食盒將五小姐的午飯從園子裡的大廚房領了回來。這個活她倒是願意幹的，因為跟大廚房的廚娘混個臉熟，多少能有些好處，占點兒便宜。

蓮湘從屋裡出來，塞給趙大玲一個油紙包。「妳回去幫妳娘忙活午飯吧，這裡有一個肴肉豆腐包子，小姐嫌太油膩了，給妳帶回去吃。妳娘那裡活計多，妳下午晚點兒過來沒關係。」

趙大玲面無表情地接過包子。穿過來快四個月了，她可以忍受這個沒有電、沒有娛樂的時空，可以忍受分派給她的工作，可以忍受別人的鄙夷和嘲諷，但獨獨對於這種施捨，卻還是連一個「謝」字都說不出口。

一旁的蕊湘翻了個白眼。「要個盤子回來就覺得自己了不起了，連小姐的恩賜都覺得應當似的。」

趙大玲不覺得什麼應當，她寧可不要。她在心中暗暗嘆了一口氣，自嘲地想，都穿到一個掃地婢女身上了，自己還要保留那點兒可憐的自尊心嗎？

拿著那個微溫的包子，趙大玲回到外廚房，友貴家的正在炒菜。趙大玲湊過去一看，是炒旱蘿蔔，在炒勺翻飛間，能看見幾片肥肉在蘿蔔間飛舞。

趙大玲借著洗手的工夫去裡屋看了一眼那個人，他一動不動地躺在地上，緊閉雙眼，身旁的那碗粥和水都沒有動過。

友貴家的炒旱蘿蔔已經出鍋了，她簡單吩咐趙大玲。「別跟死人一樣站著不動，饅頭已經蒸好了，妳快把饅頭撿出來，然後再蒸上一籠。」

趙大玲走過去掀開籠屜，在一陣騰起的白霧中將饅頭放進框裡，又手腳麻利地將最後一籠蒸上。

等最後一屜饅頭出鍋了，各院也都取走了自己的午飯，趙大玲一家才開始準備吃飯。友貴家的將留下的一碟炒旱蘿蔔擺在木板桌上，趙大玲用一個盤子裝了幾個剛出鍋的大饅頭放在炒旱蘿蔔旁邊，又用小灶上的熱水燙了三個粗瓷碗和三雙筷子。

大柱子肚子餓了，早早地等在桌前，一家人終於圍著桌子坐了下來，趙大玲掰了一塊饅頭放進嘴裡。外廚房的饅頭不是用精細白麵做的，甚至還帶著沒篩乾淨的麥子殼，可是口感還不錯，帶著天然的麥香。

不過趙大玲對那道炒旱蘿蔔實在不敢恭維。友貴家的作為廚娘，還是給了自己一點福利，一盤子的菜裡有小半盤的肥肉片，還不是五花肉，而是那種絲毫不見瘦肉的肥膩膩白肉片，連帶著旱蘿蔔都油汪汪的，趙大玲只挑了幾根蘿蔔絲就吃不下了。

其實趙大玲不是個挑食的人，在現代時也沒那條件讓她挑食，但她也有兩樣東西是打死都不碰的，一個是韭菜，一個就是肥肉。尤其是肥肉，真的是連一點肉渣都不能忍，誰知魂魄穿過來了，這個毛病也帶了過來。

不過就如今的身分來說，趙大玲這個不吃肥肉的毛病就顯得非常矯情，引得友貴家的又是一頓數落。「看看妳現在，瘦得跟蘆柴棍似的，還這不吃那不吃，肉跟妳有仇啊？妳知不知道有多少人想吃肉還吃不上咧！想當初妳跟在五小姐跟前，不也是吃香的喝辣的，吃穿用度比一般人家的小姐還要好，只能怪妳自己蠢，好好的差事丟了，一個月一吊錢的例錢呢，現在倒好，變成了半吊。妳腦袋是不是被門夾了，好好的去招惹二小姐做啥？二小姐是什麼身分、什麼地位？那是夫人的心頭肉，疼得跟眼珠子似的，平日裡都不會去碰一根指頭，妳倒好，推二小姐個屁股墩兒，二小姐那麼嬌貴的身子，是妳碰得的嗎！」

趙大玲有些無可奈何，忍不住反駁道：「娘，她二小姐再矜貴，也犯不著為這個打我一頓鞭子吧！她是人，我就不是人了？她是夫人的眼珠子，我也是爹娘生的，憑什麼她摔個屁股墩兒就拿我撒氣？」

這話趙大玲也是賭氣說的，她知道這裡本來就是一個尊卑貴賤、等級分明的時代，她平日裡在府中夾著尾巴做人，如今關起門來，只剩下一家人時，那種深埋在心裡的現代觀念還是忍不住爆發了出來。

友貴家的瞪著閨女。「哎喲！死丫頭片子，妳要造反啊！妳拿什麼跟人家二小姐比？妳是府裡的丫鬟，人家是嫡出的御史小姐，一個是林子裡的家雀，一個是枝頭的金鳳凰，妳還是得踏踏實實地幹活，有那腦子，還是多想想怎麼在五小姐面前賣個乖，讓五小姐重新賞識妳。不管怎麼說，升上二等丫鬟，不但月例拿得多，活計還清閒，省得整天燒火劈柴、掃地擔水的，那是姑娘家該幹的活嗎？就妳現在這樣，將來隨便配個小廝，妳還有什麼奔頭……」

趙大玲看著友貴家的油汪汪的嘴一張一合，越發沒了食慾。她也知道跟友貴家的爭辯沒有任何意義，在她的觀念中，根深柢固地認為主子就是主子，自己的閨女再怎麼著也只是個下人，不能跟主子相提並論。

趁友貴家的不備，趙大玲將她挾到自己碗裡的肥肉偷偷丟到大柱子碗裡。大柱子黑瘦的小臉從碗中抬起來，給了趙大玲一個笑臉，露出門牙的洞豁。

終於，友貴家的吃飽了也罵累了，起身從小灶台旁邊的櫥櫃裡拿出一個小砂鍋放到桌子上。

「幸虧老娘還留了一鍋粥。」說著又戳了戳趙大玲的腦袋。「粥裡加了紅棗，妳身子虛，給妳補血氣。妳兄弟火氣旺，妳不用省下來給他。」

趙大玲打開砂鍋蓋，一股大米的清香混著紅棗的甜香溢了出來。砂鍋裡是早餐剩的白米粥，友貴家的又在粥裡加了幾顆紅棗重新熬了一下。火候大，粥裡的米都熬爛了，一半是粥，一半是濃稠的米汁，配著亮紅的棗子，分外誘人。

趙大玲先盛了一碗遞給友貴家的，友貴家的剔著牙道：「我吃飽了，那粥妳喝一半，另外一半留著明早熱熱喝。」

趙大玲將粥碗放到了大柱子的面前。他自肥肉旱蘿蔔裡抬起頭，伸出黑乎乎的小手將粥碗又推回到姊姊面前，低下頭繼續吧唧著嘴跟肥肉奮戰。

趙大玲忽然想起蓮湘給她的肴肉豆腐包子，被她隨手放在了大灶台旁邊，於是她起身把那個油紙包拿過來，揭開油紙，露出雪白的包子遞給大柱子。

大柱子驚喜地接過來。「姊，哪兒來的包子？」

「蓮湘給的。」趙大玲簡單道。

大柱子忍不住先在包子上咬了一口，嚼了兩下就囫圇嚥下去，意猶未盡地舔舔豁牙，將帶著一個大月牙豁口的包子伸到趙大玲面前。「姊，妳吃。」

趙大玲搖搖頭。「我愛喝粥。」

大柱子又舉著包子跑過去讓娘也咬一口，友貴家的假意咬了一口還揉搓了一番大柱子。「還是我兒子貼心，比那死丫頭片子強多了。」

趙大玲喝了點粥，看時間還早，便去柴房裡收拾一番。她將柴火堆到一角，幾袋紅薯也放進地窖裡，打掃出一片空地，找幾條寬木板拼在一起，勉強搭成一個床板，又在上面鋪了厚厚一層稻草，再鋪上一層乾淨的粗布單子。

那個人待在廚房裡與他們娘兒仨只有一簾之隔，實在不方便，想來想去，也只能讓他住在柴房裡了。收拾索利後，趙大玲和友貴家的把他抬進柴房，友貴家的對於把他挪出來還是很贊成的。

趙大玲等友貴家的出去了才上前檢查他的傷勢，在揭開他衣服時，他伸手阻擋了一下，並費力地往裡挪了挪。

趙大玲的手停在半空，隨即想到他是因為早上友貴家的話才不願連累她，一時心中對這個人充滿敬意。他在這樣的境況下還能顧及他人，就憑這一點，她也能斷定他不是個壞人。

趙大玲還是堅持用手摸了摸他的額頭，依舊有些熱，但不像昨天燒得那麼厲害，看來秦伯的草藥起了作用。

她將紅棗粥熱了放在他旁邊，不過看他那閉目不語的樣子，是不打算動那碗粥了。她不知道他之前挨了多久的餓，但是就他來到柳府之後來說，只在昨天晚上喝了幾口粥，照這個情況，他即便不死於刑傷，也會餓死。

趙大玲有些犯愁，不知道如何勸慰他才能奏效，一瞥之下，看到他露在被子外面的手，手指纖長，右手骨節比左手突出一些，一看就是寫字的手，便輕聲向他道：「我知道你是個士可殺不可辱的人，但榮辱也有大是大非和個人得失之分。若為國恥大義，自當不惜一己之命。荊軻為燕國行刺秦王，圖窮匕見，事敗被戮，流傳千載，傳為佳話。南宋末年，蒙古兵南下，所過之處，屍橫遍野，血流成河，文天祥死戰不降，被俘後只求一死而不求苟生。他在敵營中慷慨陳詞：『吾所欠一死報國耳，宋存與存，宋亡與亡，刀鋸在前，鼎鑊在後，非所懼也，何怖我？』最終留下『人生自古誰無死，留取丹心照汗青』的千古絕句慷慨赴義，此乃國士、真英雄也；反之，若為一己之辱而尋死覓活，最多落個自身清白不為瓦全。

「多少仁人志士正是能忍下一時的屈辱，最終成就了一番作為。韓信受胯下之辱，後成為『戰必勝，攻必取』的名將；越王勾踐臥薪嘗膽、勵精圖治，最終雪恥滅吳。這兩人都能放下個人榮辱，死裡求生。倒是西楚霸王項羽，逃到烏江江畔，屬下勸他趕快渡江，以圖東山再起，他卻說：『天之亡我，我何渡為……縱江東父兄憐而王我，我何面目見之！』遂拔劍自刎。後人寫詩讚他『生當作人傑，死亦為鬼雄。』但在我看來，他不過是接受不了失敗，以死來逃避罷了。」

趙大玲也知道這番話文謅謅的，不像是一個廚娘女兒嘴裡說出的話，可此時此刻卻也計較不了許多。既然他是個讀書人，她只希望這樣的說辭能夠打動他。

那人臉靠裡側，從趙大玲的角度只能看見他挺直的鼻尖和抿成一條線的唇角。她心覺不忍，禁不住繼續道：「既然你沒有死在酷刑下，就更不能死在自己的手裡。我知道有時候活著比死更艱難，死很容易，只要不吃飯、不喝水，或者用腦袋去撞牆就可以死，但是活下來意味著痛苦和屈辱。你是我見過最堅強的人，這樣的折磨也沒有讓你屈服。現在擺在你面前的有兩條路，一條是輕易地去死，十八年後又是一條好漢；一條是艱難地活下來，活著對抗老天給你的命運。」

說完，趙大玲起身出了柴房，輕輕地關上了門。她希望能救這個人的命，卻也知道，別人救不了他，能救他的只有他自己。

第四章　玉碎

中午耽擱了時間，趙大玲趕到枕月閣的時候稍微有點兒晚，邢嬤嬤說五小姐還在午睡。五小姐睡覺時怕響動，所以院子裡一片寂靜。趙大玲正準備去後院拿東西，卻在抄手遊廊前被蕊湘攔住了。

本來趙大玲就是這個院子裡幹活最多也最累的那一個，所有的活計她一樣也沒落下，但是蕊湘偏偏就抓著她晚來這麼一會兒不依不饒。

「以前在五小姐跟前時妳就總是偷懶，現如今不在小姐眼皮底下了，妳倒越發地變本加厲。小姐體恤妳那個當廚娘的娘，准許妳中午回去幫忙，妳倒好，吃個午飯都要這麼久，你們外廚房那豬湯狗食的有什麼值得細嚼慢嚥的？這分明是利用咱們小姐的好心，不把小姐放在眼裡！」

趙大玲心裡一陣厭煩。自己都是最末等的掃地丫鬟了，還跟她沒完沒了，這是透過踩她來獲得快感和滿足嗎？讓她回去幫友貴家的也是汪氏的意思，再說那也絕對不是照顧她，而是從外廚房調走了燒火打雜的大萍子，現在她一個人等於幹兩個人的活，竟然還敢在她面前說什麼好心?!

這幾天趙大玲一直處處忍讓蕊湘，即便她吆三喝四地讓自己幹這幹那，趙大玲也做了。

一來是她新來乍到，在枕月閣當差沒幾天，對這個時空的事情不瞭解，所以處處小心、事事謹慎；二來，趙大玲前世也是個二十幾歲的職場白領，犯不著跟個十幾歲的小丫頭較勁，可是她越退讓，反而讓別人更加得寸進尺。

趙大玲挑挑眉毛，壓下怒火，換上一副順從的模樣。「蕊湘姐姐教訓得是。本來蓮湘姐說讓我不必早過來的，我就沒在意時間，趕巧今天我娘那裡事多，我耽擱了一下來晚了，勞累蕊湘姐姐忙裡忙外，真是過意不去。」

蕊湘顯然對趙大玲的謙卑無比受用，禁不住仰著腦袋，越發的趾高氣揚。「蓮湘的話妳不必認真，別看她如今是這院裡的大丫鬟，過不了多久還指不定誰叫誰姐姐呢！看妳這認錯的態度還算不錯，本姑娘就饒了妳這一回，以後妳只要乖乖聽我的話就行，回頭我在梅姨娘面前還能替妳美言幾句，她老人家一高興，說不定還能賞妳點兒什麼。妳要知道，梅姨娘那裡可都是好東西，光是頭上戴的簪子就有好幾十根，那根祖母綠福壽簪還是宮裡賞下的呢，老爺連夫人都沒給，卻是給了梅姨娘。」

趙大玲作出一副傾慕狀。「蕊湘姐姐好大的體面，跟梅姨娘都能說上話？」

「那當然！」蕊湘正在興頭上，繼續道：「我爹娘替梅姨娘管著胭脂水粉鋪子，在梅姨娘跟前也是說得上話的。等過了年我就去求梅姨娘，讓夫人將我調到三小姐的棲霞閣當差。」

「棲霞閣？」趙大玲遲疑了一下。「聽說三小姐是個冷美人，平日不苟言笑，對丫鬟們也頗為嚴厲，要我說還是咱們五小姐仁厚，體恤下人。我勸姐姐還是打消去棲霞閣的念頭，踏踏實實地在五小姐這兒當差吧。」

「妳懂什麼？」蕊湘一臉鄙夷。「五小姐哪比得上三小姐？三小姐雖然也是庶出，卻有梅姨娘照應，又得老爺歡心，老爺對三小姐可比對嫡出的二小姐都要好。去年三小姐生辰的時候，老爺就提前在寶珠樓訂了全套的金頭面給三小姐慶生，可五小姐生辰時得到什麼了？不過是一個絞絲素銀鐲子，還是看著李姨娘這些年老實本分的面子上……」

蕊湘正說得高興，誰料面色鐵青的五小姐從桂樹後繞出來，揚手給了蕊湘一記耳光。「吃裡扒外的下作奴才！我平日如何待妳的？誰料卻是條餵不熟的狗！」

趙大玲鬆了一口氣。剛才她就看到了桂樹後的人影，看那身量必是五小姐無疑，五小姐再不出來，她都沒興趣再把戲演下去了，這做小伏低的自己都嫌噁心。

蕊湘被打懵了，慌亂地跪在地上，嗚嗚哭了出來。「小姐，奴婢一時豬油蒙了心，滿嘴胡說的，奴婢對您忠心耿耿，絕無二意……」她左顧右盼，情急之下拉趙大玲頂缸。「都是大玲子，是她挑唆奴婢的，她偷懶不幹活，還背地裡說小姐的壞話……」

五小姐氣得精心描繪的柳眉都皺在了一起。「還敢胡說！我在樹後聽個滿耳，要不是我今日睡醒頭暈出來透透氣，還不知道妳有這貳心，想去投靠梅姨娘。」五小姐伸出手腕指著自己腕上的銀鐲，眼圈發紅道：「三姐姐有全套的金頭面又如何？這個鐲子是老夫人給姨娘的，姨娘問了老爺才又轉贈給我，這份體面是三小姐的金頭面能比的嗎？」

蓮湘扶著五小姐，心疼道：「您別跟這麼個糊塗東西置氣，氣壞了身子不值當的。」

五小姐咬牙道：「我是不如三姐姐，連個奴才都管不好，既然妳這麼喜歡棲霞閣，不如先學學棲霞閣的規矩。」五小姐指向院子中央。「妳現在到那邊跪著去，沒我發話不得起來。等妳學好規矩了，我也好求夫人將妳調到三姐姐的棲霞閣，免得到時候三姐姐說我這兒出去的丫鬟沒規矩。」

五小姐在蓮湘的勸慰下進了屋，蕊湘可憐巴巴地看著蓮湘。「蓮湘姐姐，好歹替我求求五小姐讓我跪在屋裡吧，跪在院子裡，這人來人往的，讓我的臉往哪兒擱？」

蓮湘似笑非笑。「別，我可擔待不起妳一聲姐姐，過些日子指不定還誰叫誰姐姐呢。」言罷一甩手，跟隨五小姐進了屋。

蕊湘終究不敢違抗五小姐的命令，抹著眼淚跪到了院子中。

趙大玲面無表情地從蕊湘身邊經過，蕊湘惡狠狠地瞪著趙大玲。「妳別得意，以我老子娘在府裡的體面，五小姐也會給我些顏面，再怎麼樣我也比妳這個被當眾鞭打的掃地丫鬟強！」

趙大玲沒理她，留給她一個瀟灑的背影。就她這智商，這輩子也別想混出個什麼了。

晚上回去的時候，趙大玲先去柴房看了看那個人。只見紅棗粥喝完了，地上只有一個空碗。她拿起空碗，不禁面露微笑，又抓緊時間熬了藥給他。

飯後趙大玲又跟著友貴家的開始醃菜。把碧綠的青麻葉大白菜、圓滾滾的白蘿蔔和細長的豆角都洗乾淨，白菜和蘿蔔切成條，然後在擦洗乾淨的褐色大瓷缸裡鋪上一層，再撒一層鹽，直到把半個人高的缸鋪滿才將一個大瓷盆扣在缸口，澆上清水密封，壓上石頭放在陰涼處。

醃完三大缸白菜、蘿蔔和豆角，又用同樣的方法醃了一缸雪裡紅。現在是秋天，天天有新鮮的蔬菜吃，等到了冬天天寒地凍的時候，就要靠這些醃菜度日了。

母女倆直忙到午夜才完事，大柱子一開始還在她們周圍玩，後來撐不住，自己在裡屋的炕上睡了。

趙大玲累得直不起腰，手按著後腰才慢慢站起來，眼見友貴家的也累得夠嗆，她趕緊把友貴家的扶到凳子上，倒了一杯水放到她面前。「娘，其實也不用一天做這麼多的，離冬天還遠，過兩天再醃不也一樣嗎？」

「妳懂什麼？」友貴家的舉起杯子一飲而盡。「這新鮮的蔬菜不經放，如果不抓緊醃上，沒兩天就打蔫了。還有，明晚早點兒回來，那一百多斤茄子要切開鋪到屋外曬成茄乾。」

「嗯，我知道了。」趙大玲低聲應了。一想到不久後整個漫長的冬季裡都沒有新鮮的蔬菜吃，頓時覺得生無可戀。要知道對趙大玲來說，沒有肉吃還好說，沒有瓜果蔬菜簡直要人命。

友貴家的歇了會兒恢復了力氣，忽然想起什麼似的問向趙大玲。「這兩天五小姐跟前的那幾個死丫頭為難妳沒有？」

「沒有。」趙大玲一邊用手裡的抹布擦桌子，一邊回答。

友貴家的哼了一聲。「蓮湘那丫頭也就罷了，蕊湘那小蹄子仗著她老子娘替梅姨娘管著半死不拉活的鋪子，慣是個掐尖耍滑的主兒。以前妳跟她鬥得風生水起的，如今怎麼成了鋸嘴的葫蘆了？」友貴家的恨鐵不成鋼地越說越氣，手指又朝趙大玲的腦袋伸了過來。

趙大玲趕緊低頭躲過。「我這不是剛回去當差嘛，還是謹慎點兒。」

友貴家的沒戳到趙大玲的腦袋，發狠地拍著自己的大腿。「娘告訴妳，有道是人善被人欺，馬善被人騎，妳娘我這大半輩子在府裡都沒怕過誰，妳要把以前的血性拿出來，那個死丫頭再敢欺負妳，妳就大嘴巴搧她！」

趙大玲胡亂應了。她終於知道為什麼以前的趙大玲人緣不好了，看來趙大玲頗得她娘的真傳，脾氣暴躁，性子直，外帶腦子不轉彎。

趙大玲在廚房裡和了點兒麵，擀成細細的麵條在小灶上用白水煮，加了白菜進去，又從裡屋櫃子裡拿了一個雞蛋磕進去。前世，爸爸一個家，媽媽一個家，住哪邊都不方便，所以她自從大學畢業後就一個人租房子住，自己鼓搗點兒吃的不算什麼，只是現在這裡要什麼沒什麼，讓趙大玲空有一身廚藝卻完全沒有用武之地。

友貴家的看見她拿雞蛋，雖然心疼但也沒說話，自己進屋睡去了。其實她就是嘴厲害，典型的刀子嘴豆腐心。

趙大玲端著麵，踏著月色來到柴房，點燃隨身帶來的蠟燭後，驚訝地發現那個人背靠著牆壁，垂頭坐在床板上。真沒想到他的生命力如此之強，在這麼重的創傷下竟然這麼快就能坐起來了。

「你好些了嗎？」趙大玲走到他身旁問。

他慢慢地抬起頭來。這是趙大玲第一次看見他的眼睛，與他目光對視的那一刻，趙大玲不禁屏住了呼吸。這是一雙清澈如水晶、深邃如星空的雙眸，彷彿世間所有的光彩都倒映在他的眼中。

在趙大玲的注視下，他點點頭，復又垂下眼簾，遮住了清亮如水的眸光。

既然他都坐起來了，趙大玲覺得再餵他有些不適合，便將麵碗遞到他面前。「我做的麵，你能自己吃嗎？」

他又點點頭，伸手接過碗。他的手依舊發抖，肩膀上的傷口在用力下又滲出一抹血紅。

趙大玲趕緊接過碗，將筷子塞到他手裡。「我幫你拿著碗，你自己吃。」

他低頭看著手裡的筷子，靜默了一會兒，將筷子伸到碗裡挑起幾根麵條放到嘴裡。即便如此落魄，他的儀態依舊優雅從容，彷彿這裡不是簡陋的柴房，面前不是一碗寡味的麵條，他也不是遍體鱗傷的奴僕。他給人的感覺就像是一個謙謙公子坐在最雅緻的房間裡，吃著最精美的菜餚。

「我叫趙大玲，是這裡廚娘的女兒。」趙大玲主動自我介紹，然後又問：「你叫什麼名字？」

他抖了一下，筷子上的麵條滑進碗裡。

趙大玲料想他心底一定有不願觸碰的傷痕，便笑道：「你不願意說也沒關係。你看你重病初癒，大難不死，必有後福，肯定能長命百歲。以後我叫你『長生』好不好？」

他抽了抽嘴角，過了一會兒，還是點點頭。

從此以後，趙大玲就叫他長生。長生總是安安靜靜的不說話，最多在趙大玲問他的時候，點點頭或者是搖搖頭，也因如此，大柱子叫他「啞巴」，友貴家的叫他「瘸子」，反正都不是好名字。

因為年輕，他恢復得很快，身上的傷痕已經漸漸結痂，只是斷了的右腿還沒有康復，雖然已經消腫，卻還是無法著力。

在破舊陰暗的柴房裡，他坐在不能稱之為床的地鋪上，靠著牆壁靜默地看著陽光從窗櫺的縫隙中照進來，光柱中滿是翻湧飛舞的灰塵。每次趙大玲進屋，看到的都是這樣的場景，他枯坐著，像一尊不會動的雕像。

每半旬，汪氏就會召集各處的管事和僕役訓話，順便讓各處彙報這幾日的工作。雖然友貴家的手下只有趙大玲一個兵，但好歹也算是管著外廚房，因此友貴家的一大早就早早去了內院汪氏所住正房的花廳。

通常這個例會要開到辰時，趙大玲之前跟枕月閣的蓮湘打過招呼說今日會晚點兒到，便留在外廚房預備早飯。

她剛熬好了米粥，就見四個府裡的小廝結伴來到大廚房，她微微詫異。只要遇到汪氏訓誡的日子，一般都會比較晚開飯，通常要等到汪氏訓完了才會來領早飯，再說領飯來一個就行了，怎麼還成群結隊的？

領頭的是一個一臉猥瑣、面色蠟黃的瘦高個兒，這個瘦高個兒是三少爺跟前的黃茂，趙大玲知道他是因為友貴家的曾遠遠地指著他告訴她——「就是那個黃茂，整天帶著三少爺去逛青樓，好好的少爺都讓這些雜碎帶壞了。」

三少爺是不是被黃茂帶壞的有待商榷，要趙大玲看，三少爺那是自甘墮落，怨不得別人。當然黃茂也不是什麼好人，都說相由心生，就黃茂這個面相，著實讓人很難有好感。

幾個人鬼鬼祟祟地在屋外梭巡，不時交頭接耳，趙大玲在屋裡隱隱聽到他們在說：

「……聽說……俊著呢，那是京城裡頂尖的人物……」

「京城裡好多家的小姐喜歡他咧……我聽瑞王府的小廝說，他們府裡的淑寧郡主見過他一面就害了相思病，跟老王爺鬧著非他不嫁……」

「以前遠遠的看過一眼……那眉眼簡直了，據說三歲識字、五歲作詩，十六歲就被皇上於金鑾殿上欽點為探花郎，也不知是真是假……」

「會作詩頂個屁用，做了官奴被送到楚館，會服侍人才是正理兒……」

「男人也能服侍人？」一個聲音詫異道。

「你懂個屁，這男人的妙處比起女子來別有一番風味……」

趙大玲越聽越不對勁，從裡屋炕上拎起大柱子。「柱子，醒醒！快去內院找娘，就說幾個人來欺負姊姊，讓娘帶著人趕緊回來！」

大柱子本來還耷拉著腦袋，迷迷糊糊的沒睡醒，聽了姊姊的話一激靈就醒了，小黑臉一沈，握著小拳頭。「姊，誰敢欺負妳，我打他去！」

「你還小，長大了再保護姊姊，現在快去找娘回來，讓娘一定要帶著人手！」

趙大玲將大柱子轟出屋。他一個小孩子自然不會有人在意，大柱子就像兔子一樣飛奔出去。

趙大玲抄起鎖門用的門閂也出了廚房，那幾個獐頭鼠目的傢伙已經打開柴房的門摸了進去，她衝到柴房門口時正看到躺在地鋪上的長生被那幾個人揪了起來。

長生無聲地掙扎著，兩個小廝一邊一個反擰著長生的胳膊將他按跪在地上，黃茂則站在長生面前，單手抓著長生的頭髮，逼他揚起臉來，另一隻手摩挲著他的下頜。「好俊的模樣，細皮嫩肉的摸起來比牡丹樓裡的姑娘還受用呢。」

幾個人哄堂大笑，笑聲下流。旁邊的人耐不住去扯長生的衣服，黃茂的一隻手已經伸進他的衣襟。

長生雪白的面孔脹得通紅，如滴血一般，眼中滿是能噴火的憤怒和寧為玉碎的執著。他忽然一扭頭，死死咬住黃茂的胳膊。

黃茂慘叫一聲，想抽出自己的胳膊，誰料長生死不撒嘴，鮮血自黃茂手臂上湧出，染紅了長生的牙齒。

黃茂哇哇大叫，幾個人對長生又踢又打。「下賤玩意兒，還敢咬你爺爺？看你爺爺不敲掉你滿嘴的牙！」

「打死他，反正是個官奴，死了也沒人管！」

「打死就便宜他了，先玩夠了再說，你這輩子哪有機會玩這樣的公子哥！」

幾個人按住長生的手腳，將他拖倒在地，黃茂一腳踏在他的胸膛上，居高臨下地伸手去撕長生的衣襟。

趙大玲本想審時度勢地等友貴家的回來，這會兒卻再也忍不住，轟地一下，彷彿全身的血液都湧到頭頂，她衝過去對著黃茂的腦袋就是一棍子，黃茂應聲倒地，另外幾個小廝見到趙大玲衝進來都傻了，一時愣在當場。

趴在地上的黃茂悠悠醒轉過來，呻吟著捂著被趙大玲打過的地方，攤開手看見滿手的血，遂惡狠狠道：「小娘皮來得正好，爺爺還怕這個公子哥兒禁不起哥兒幾個玩，妳就送上門來了。」

回過神的幾個小廝放開長生，朝趙大玲圍了過來。趙大玲將門閂橫在胸前，緊張地看著他們，步步後退。

黃茂從地上爬起來，獰笑道：「模樣還不賴，以前倒沒注意妳這丫頭還挺水靈的，妳和這個兔兒爺誰先來伺候妳爺爺啊？」

柴房狹小，沒幾步趙大玲的背就頂到了牆壁，已是退無可退，她一咬牙，揮舞著門閂向黃茂打去，門閂帶著風聲，呼嘯著砸向黃茂的門面，卻在將要挨到他時被他一把抓住，奪過去扔在了地上。

「小娘皮還挺潑辣的，夠味兒！兔兒爺畢竟只能玩玩，小娘皮，不如跟著妳黃茂哥哥吧，保准讓妳吃香喝辣的。」

趙大玲連最後的武器都沒有了，咬著下唇看著黃茂的爪子朝她伸了過來，正要一頭撞過去跟他拚命時，就見地上的長生掙扎著撲過來，一把抱住黃茂的一條腿，揚起青腫的臉，嘶啞著聲音向她道：「走，快走！」

這是幾天來趙大玲第一次聽見長生開口說話，卻是為了救她。

「你奶奶的兔兒爺，等不及伺候你爺爺了是吧！」黃茂一邊罵著，一邊抬起另一條腿去踹長生。

幾個小廝見老大受困，也過去圍打長生。無數的拳腳招呼在長生身上，本已結痂的傷口又裂了開，鮮血淋漓而下，可是長生就是不撒手，蜷縮在地上，任憑幾個人對他拳打腳踢，依舊死死抱著黃茂的腿，讓黃茂動彈不得。

黃茂咒罵著，一彎腰從地上抄起門閂，揮舞著打向長生的後背，那種棍棒打在人身體上發出的悶響讓人肝膽欲焚。

趙大玲哆嗦著撲過去抱住黃茂的胳膊，大喝道：「住手！馬管家他們馬上就到，你把人打死了如何向府裡交代！」

黃茂愣了一下，抬頭並沒有看見人影，冷笑著向趙大玲道：「小娘皮少使詐，這會兒人都在夫人跟前訓話呢，連個鬼影子都沒有。再說，就是天王老子來了，今天妳爺爺也要先廢了這個小白臉，再給妳開苞！」說著一揮手搡開她，再次高高地舉起門閂。

柴房門突然從外面被撞開，友貴家的衝了進來，伸手向黃茂臉上撓去。「王八羔子，敢欺負老娘的閨女，老娘先廢了你！」

黃茂猝不及防，被友貴家的撓個滿臉開花。友貴家的彪悍地奪下黃茂手裡的門閂，橫掃八方，噼哩啪啦地向幾個小廝打去。「一群天殺的兔崽子，敢在老娘的地盤上撒野？吃了熊心豹子膽了！看老娘不打出你們的雜碎來剁碎了餵狗，你們娘的褲頭沒拴腰帶，把你們這些不成人形的雜碎給放出來了……」

友貴家的再潑辣彪悍，終究難敵幾個壯碩小夥子。幾個小廝最初雖被打懵，這會兒全警醒過來，開始跟友貴家的周旋。

趙大玲怕友貴家的吃虧，立刻上前加入戰局，隨手拿起一根木柴就劈向其中一個小廝的腦袋。剛才用門閂打黃茂時她還有些膽怯手軟，這回有了經驗，使了十足的力氣，力求穩、準、狠。

那人哎喲一聲，被開了瓢兒，流下的鮮血瞬間蓋住了他的眼睛，他只能哀嚎著捂著腦袋退到一邊。

混亂中大柱子也鑽了進來，抱著其中一個小廝的大腿，毫不遲疑地一口咬了下去，再加上匍匐在地上依舊緊緊抱著黃茂一條腿的長生，雖然趙大玲這方的戰鬥力稍嫌不足，但在人數上卻與對方打成平手。

正打得不可開交之際，一群人湧入柴房，一些是跟友貴家的一起回來的幫手，一些則是來看熱鬧的。

為首的馬管家見狀，氣得捶胸頓足，喝道：「成何體統！你們眼裡還有老爺和夫人嗎？還不都住手！」

幾個僕役上來把兩邊人馬拉開，友貴家的順勢又撓了黃茂一把。柴房內安靜下來，只聽見小廝的慘叫聲，而大柱子依舊死咬著那個小廝的大腿。

一個僕役上去拖大柱子，大柱子翻著白眼惡狠狠地盯著他，目光凶狠像小狼崽子似的。

「乖，柱子，快撒嘴。」趙大玲趕緊上前抱住大柱子。

大柱子見是姊姊，方撒了嘴，往地上啐了一口血沫，用袖子胡亂抹抹嘴退到友貴家的身邊。

此事驚動了汪氏，汪氏讓馬管家帶人過去問話。長生傷得太重，人已經昏迷過去，趙大玲只來得及在他身上蓋一床被子，就被僕婦拽著出了柴房。

一路上，友貴家的一聲高過一聲的咒罵，讓眾人的耳朵都受了一番洗禮。

「兔崽子、龜孫子、挨千刀的王八犢子、剁碎了餵狗，狗都不吃的骯髒貨色……」

一開始還是集中在幾個小廝身上，漸漸地罵到幾個人的爹娘，再到他們的祖父母輩，友貴家的腦洞大開，愣是罵了一路都沒重複，將幾個人的祖宗十八代都挨個問候了一遍。黃茂幾個起先還頂了幾句，但論罵人，友貴家的稱第二就沒人敢稱第一，她口吐蓮花，以一敵四，那幾個人紛紛敗下陣來。

馬管家掏了掏耳朵，實在聽不下去。「友貴家的，咱們還是就事論事，到了夫人跟前說個明白的好，被外人聽了去，府上的名聲不好聽。」

友貴家的揪著馬管家。「沒天理啊！他們幾個都騎到老娘頭上拉屎了，還不讓老娘罵幾句出出氣？老娘罵能罵他們一塊肉下來？他們幾個欺負我們孤兒寡母，我們這一身的傷，找誰說理去？」

馬管家瞟了瞟黃茂慘不忍睹的一臉血，又看了看被趙大玲一棍子打破了腦袋的小廝和被大柱子咬得一瘸一拐的那個，只能道：「現在說什麼都沒用，一切但憑夫人定奪。」

到了汪氏的小花廳外，馬管家便進去通報。

小花廳進進出出的都是汪氏的親信，光看穿衣打扮已與外院的粗使僕役不同，人人腳底生風，卻偏偏悄無聲息，友貴家的嗓門也不自覺地小了下來，但依舊執著地罵著。「狗雜碎，祖上缺德冒煙的玩意兒……」

黃茂幾個有恃無恐，還衝趙大玲一家人瞪眼。黃茂是翟姨娘跟前得勢的黃嬤嬤的兒子，自幼跟二少爺、三少爺一起長大，自是不把她們幾個最末等的僕役放在眼裡。

趙大玲悄悄用手搗了搗友貴家的。「娘，一會兒見了夫人可千萬不要再罵了。夫人問什麼，我來說就好。」

友貴家的腦袋搖得跟波浪鼓一樣。「不行，妳一個姑娘家哪能自己說這種事？明擺著他們幾個不懷好意，娘替妳出頭！」

「娘，出頭不是靠罵人的。」趙大玲小聲道：「我有辦法讓夫人懲治他們幾個。」

友貴家的將信將疑地看著趙大玲，未及再說什麼，汪氏跟前的琉璃就走了出來。

「夫人讓你們都進去。不過醜話說頭裡，夫人好清靜，在夫人跟前要輕言慢語，別失了柳府的顏面。」琉璃的目光掃到友貴家的身上，明擺著就是說她。

友貴家的可聽不出這麼委婉的警告，一手拉著趙大玲，一手拽著大柱子，昂首闊步地進了花廳。

第五章　演技

花廳裡，上首的紅木嵌螺扶手椅上端坐一人，四十歲上下的年紀，頭上戴著金累絲翠玉蟬押髮，耳上掛著赤金鑲紅珊瑚耳墜，身上是一件寶藍織銀絲折枝牡丹褙子，下面是月白色掐金馬面裙，一身的雍容華貴，正是柳府的夫人汪氏。

看上去汪氏保養得極好，雖算不上多美，但勝在端莊富貴，只是鼻側法令紋較深，唇角微微下抿，顯得頗為嚴厲。

一干人跪倒在她面前，趙大玲也跟著眾人拉著大柱子跪在了友貴家的身後。她最討厭跪來跪去，此刻跪在地上渾身彆扭。沒辦法，現代人的思想又在作祟了，但再不甘，也得老實跪著，趙大玲在心中將這場該死的穿越咒罵了一百遍。

汪氏也不叫起，伸出保養得白細的手接過一旁丫鬟遞來的宣德青花蓋碗，垂著眼，慢條斯理地用茶蓋抹去茶水上漂浮的茶葉，間或輕啜一口。

整個花廳靜悄悄的，只能聽見茶蓋磕到茶杯的清脆細響，這陣勢，連六歲的大柱子都老實了，一聲不敢出。

趙大玲偷偷抬眼望去，就見前面跪著的友貴家的已經在簌簌地發抖。

過了足足有一盞茶的時間，汪氏才緩緩開口。「我最近是精氣神不濟了，這府裡上下雜飛狗跳的，全然不把府裡的規矩放在眼裡。老爺是從三品大員，這外面多少雙眼睛盯著咱們府上，府裡下人恣意尋事這事若傳出去，你們讓老爺的臉往哪兒擱？老爺放心將府中的事務交給我，卻在我手裡出了岔子，讓我如何向老爺交代？」

馬管家誠惶誠恐地匍匐在地上。「老奴該死，都是老奴沒有約束好底下的人，但憑夫人處置。」

汪氏冷笑一聲。「砰」地將茶盞重重地放在旁邊的紅木几案上。「你治下不嚴的罪責自是逃脫不掉。不過，我倒要先看看是哪幾個不知死活的奴才在惹是生非，這樣不把主子放在眼裡。」汪氏凌厲的目光掃過眾人。「到底是怎麼回事？是誰挑頭鬧事的？」

喊冤也要講究火候，不見得第一個喊冤的效果就好，趙大玲明白這個道理，友貴家的可不吝這個。沒等趙大玲伸手拉友貴家的衣角，友貴家的就一個頭磕下去，甕聲道：「夫人，是這幾個小廝到外廚房尋事，欺負我們孤兒寡母。我男人去的早，得老夫人和夫人體恤給了外廚房的差事，可總有人瞧我們娘兒幾個不順眼，趁著奴婢不在，到外廚房欺負奴婢一雙兒女。幸虧奴婢女兒機靈，讓奴婢的小兒子來報信，奴婢趕回去的時候，正看到這幾個天殺的打奴婢的女兒和外廚房的一個小廝，求夫人為奴婢娘兒幾個做主啊！」

友貴家的說話著三不著兩，又兼粗鄙，讓汪氏不自覺皺了皺眉頭。

沒等汪氏發話，黃茂也開始喊冤。「奴才冤枉，夫人明鑒！奴才們就是長了幾個腦袋也不敢在府裡生事。奴才幾個是去外廚房領早飯，因大玲子給我們的饅頭粗黑，米粥更是清湯寡水見不到幾粒米，忍不住詢問了一下，誰知大玲子惱羞成怒，呵斥奴才『愛吃不吃，不吃就滾！』還掄起門閂追打我們，當時就把我的腦袋打開了花。」

黃茂指著自己的腦袋給汪氏看。「您瞧瞧，血都糊住眼了。還有那友貴家的回來不論青紅皂白地撓了我一個滿臉花，肉皮都撓爛了。」

另外幾個小廝也跟著起鬨。「我們也挨打了，那友貴家的上來就打，連打帶撓，還有他們家大柱子，差點兒咬我一塊肉下來。」

要論傷情，確實幾個小廝更加觸目驚心。女人打架一來撓臉，二來揪頭髮，所以幾個人都披頭散髮，滿臉的血道子。

夫人將視線調向一直低頭不語的趙大玲。「趙大玲，他們說的可屬實？」

趙大玲一言不發，只垂著頭規規矩矩地跪在那裡。

友貴家的著急地拽拽她的胳膊。「玲子別怕，有什麼委屈就說出來，讓夫人替妳做主。」

趙大玲依舊不作聲，只把頭壓得更低。

友貴家的恨鐵不成鋼地偷偷在她胳膊上掐了一把，心中暗罵：死丫頭片子，剛才在外面還說不讓老娘說話，都由妳來說，怎麼這會兒成了鋸嘴的葫蘆？

大柱子氣紅了眼。「他們幾個就是欺負我姊，我姊才讓我找娘回去的！」

黃茂扭頭對著大柱子道：「柱子兄弟，這話可不能亂講，你看見我們欺負你姊了？你跑出去的時候，我們可是剛進來，那時候你姊還沒給我們拿早飯咧。」

「這……」大柱子一時語塞，忍不住又惡狠狠地重申了一遍。「你們都不是好人，一群狗不吃的雜碎，你們就是欺負我姊！」

趙大玲忍不住偷偷翻了個白眼。小孩子會有樣學樣，跟著友貴家的學不來斯文，但願汪氏就當小孩子童言無忌吧。

正鬧得不可開交之際，翟姨娘帶著黃嬤嬤匆匆地走了進來。

翟姨娘一身蜜蠟黃五彩繡花圓領褙子，頭上也金光燦燦，打扮得頗為妖嬈，向汪氏見禮後款款道：「夫人息怒，都是奴家沒有管好底下的人，讓他們惹出這等有辱門風的事，奴家這就把這幾個刁奴帶回去嚴加管教。」

汪氏冷笑一聲，緩緩道：「妳帶回去嚴加管教？這府裡什麼時候由一個姨娘掌家了？我知道，這黃茂是妳跟前黃嬤嬤的兒子，但是國有國法，家有家規，即便是妳的親信，也不能循這個私情。我既然管著府裡的事務，自當行端坐正，不讓老爺為後院的事煩心，更不能讓外頭的人說府裡的不是，所以這事我還得審個明白。」

翟姨娘挑了挑眉毛，硬壓下心中的怒氣。她心知汪氏想藉著這事作筏子，可她身分上比汪氏矮了一頭，不好明著搶人。她掃了一眼跪著的友貴家的一家人，冷哼了一聲。就憑這一家子下等的僕役，也想扳倒她的人？若是黃茂惹了別人還不好說，惹了這沒根沒基的廚娘一家有什麼打緊？

翟姨娘換上一副笑臉。「夫人說得是，這府裡的事當然都由您掌管。奴家進府這麼多年了，自是明白府裡的規矩；再說奴家也不是偏袒自己人，若是黃茂他們幾個犯了府裡的規矩，任憑您處置。不過黃嬤嬤跟了奴家這麼久，她兒子的品性奴家也略知一二，怎地幾個小子就跟個廚房裡的丫頭動起手來了，您不覺得稀奇嗎？而且還一個個的都掛了彩，那腦袋都成血葫蘆了，看著怪嚇人的。我看這丫頭囫圇個的可沒傷到哪兒。」翟姨娘作勢打量趙大玲。「咦，這丫頭看著眼熟，抬起頭來。」

趙大玲面無表情地抬起頭，將臉對著翟姨娘。

「哎喲，老天爺！」翟姨娘手撫胸口，一臉驚愕。「這丫頭我記得，不是上回傷了二小姐的那個雲湘嗎？想起來奴家就心疼，二小姐那麼金貴的人，玉雕出來的一樣，怎麼就讓這下作奴才給傷到了，也不知道有沒有落下什麼毛病？現在年紀輕輕的，落下點兒隱疾一時看不出來，將來顯出來就要受罪了。也就夫人宅心仁厚，依著奴家，早就把這肇事的丫頭打死了，怎會還留著她這個禍害。」

汪氏聽到翟姨娘說自己的女兒什麼毛病隱疾的，氣得心口疼，這不是詛咒自己女兒嗎？偏偏翟姨娘一臉殷勤的笑意，所謂伸手不打笑臉人，這時候若是發作起來，失了顏面也落了下乘，所以汪氏只能咬牙當作沒聽見。

她看向趙大玲，越發覺得不順眼，滿腔怒火都移到趙大玲身上，一拍桌子道：「當日妳傷了二小姐，我念妳老子娘都是府裡的老人才沒把妳攆出府去，誰知妳不知悔改，竟然還敢惹是生非！」

友貴家的慌了神，直叩頭道：「夫人，我家玲子向來最是乖巧聽話的，肯定不是她挑的事，她一個姑娘家怎麼會去招惹幾個小子？」

翟姨娘陰惻惻一笑。「乖巧懂事？衝撞了二小姐的可不是她嘛！如果她不挑事，那二小姐是自己摔倒的嗎？」

說完她又向汪氏一拜。「夫人，奴家剛剛在外面也聽到隻言片語，聽黃茂說起因是外廚房的早飯，這丫頭將黑掉的饅頭和見不著米粒的粥當作早飯分給他們幾個，這才起了糾紛。奴家倒是覺得，幾個奴才爭吵打架不算什麼大事，但是外廚房剋扣油水的事可要好好查一查。一來府裡早有規定，一應的飯食都有定量，怎麼就敢以次充好、偷工減料呢？二來，若是傳了出去，說咱們御史府苛待下人，連飯食都不管飽，豈不是有損老爺的清譽？老爺責怪下來事小，若是讓咱們老爺丟了顏面，那才是天大的事！」

這已經不是趙大玲一個人的罪狀了，若是罪名坐實，今天他們一家三口都沒了活路。趙大玲冷眼看著翟姨娘顛倒黑白，一個人演戲演得渾然忘我。

這時黃茂幾個配角也適時出來搶鏡。「求夫人做主，從外廚房領回來的飯食難以下嚥，我們頓頓吃不飽。不吃飽，哪有力氣幹活替府裡效力？」

黃嬤嬤也不甘放過此等發揮的機會，抹著眼淚叫了一聲。「我的兒，難為你了！怪不得最近見你瘦了這許多，每次到我那兒總跟餓鬼似的。」

友貴家的已經嚇得癱軟在地上，哆嗦著迭聲道：「奴婢冤枉……他們胡說八道……奴婢冤枉……求夫人做主……」

火候到了，該自己登場了。趙大玲狠掐了自己大腿一把，頓時眼淚汪汪，她悲憤地撲到友貴家的懷裡。「娘，女兒不孝，連累您和弟弟了。女兒也沒臉活在這世上，這就找爹去，將冤屈和爹去說。」

趙大玲跌跌撞撞地爬起來，向人多的那個方向撲去，作勢要撞牆，當然被幾個婆子七手八腳的攔下。

「閨女，妳有什麼委屈說出來，好好的尋什麼死？妳這是要親娘的命嗎？」友貴家的嚎得震天響，撲在金根家的懷裡，鼻涕眼淚抹了金根家一身。「大玲子有個三長兩短，我也不活了，柱子就交給妳照顧了。柱子是她爹留下的香火，我不能帶著柱子走，妳替我把柱子帶大，讓他喊妳娘，我下輩子做牛做馬報答妳……」

大柱子不明所以，但見這陣勢也跟著哭了起來。「娘、姊姊，妳們別丟下我啊，我不要給別人當兒子，咱們一起找爹去！」

廳內一時人仰馬翻，雞飛狗跳。

金根家的翻了個白眼，心道誰稀罕這白撿的傻缺兒子，但面上也只能安慰友貴家的。「妳這是幹什麼？夫人在呢，有什麼冤屈就說出來，夫人定會為你們做主的。」

汪氏被吵得頭疼都犯了，一手揉著額角，一手捶著桌子。「肅靜，你們眼裡還有我這個夫人嗎？」

哄的哄、勸的勸，友貴家的癱倒在金根家的懷裡，一聲長一聲短的掙氣，金根家的無奈地給她順著後背，大柱子也止了哭聲，只是在乾抽著，間或吸一下要流到嘴裡的鼻涕。

汪氏指著抽抽搭搭、好像隨時要昏死過去的趙大玲道：「妳說，到底怎麼回事？你們外廚房有沒有剋扣糧食、以次充好？」

趙大玲勉強跪起來，飲泣道：「夫人可以去外廚房看看，饅頭都在籠屜裡呢，都是白麵加高粱麵蒸的，個個都有碗口那麼大；粥也在鍋裡，密密稠稠的一大鍋，插進去筷子都不倒。夫人若還是不信，可以搜搜我們住的屋子，但凡能搜出銀兩來，不用夫人下令，我們一家三口即刻就自行了斷。」

汪氏打發跟前的僕婦去外廚房察看，不一會兒察看的人帶了一個饅頭和一碗粥回來。

汪氏掰開饅頭看了看，又用湯勺在粥碗裡攪了攪，一邊用帕子擦手，一邊點頭道：「吃食還算可以，沒有剋扣。」

一旁的翟姨娘撇了撇嘴。「你們是管著外廚房的，自然是將好的留著，將黑饅頭和稀粥給了黃茂他們。」

「沒有！」趙大玲斷然否認。「外廚房裡的兩個灶，一個蒸饅頭，一個架著鐵鍋熬粥。府裡六、七十號人由外廚房供食，我娘每天天沒亮就起來做飯，哪有時間準備好的和壞的兩樣東西？府裡在外廚房領飯的吃食都是一模一樣的，我們母女三人也不例外。夫人和姨娘自可詢問一下其他下人，可有吃不飽或吃不好的時候？」

翟姨娘臉上勃然變色。「好個伶牙俐齒的丫頭，夫人面前，豈有妳指手畫腳、巧言令色的分！」

趙大玲冷眼看她。「那姨娘的意思是讓我們冤死也不能分辯一句了？奴婢只是府裡一個末等丫鬟，每日不過做些生火掃地的活計，但是奴婢身在御史府，受老爺和夫人的感召教誨，自然懂得做人的道理。中飽私囊、利慾薰心的事不能做，那樣的銀子燒手拿不得，奴婢一家一直在府裡勤勤懇懇的做事，莫名被指證做了背主背信之事，奴婢當然不能認，這若是稀裡糊塗被定了罪，奴婢一家生死是小，御史府榮辱是大。」趙大玲一臉決絕。「今日奴婢可以以死證明一家人清白。」

翟姨娘不屑道：「不過是個奴婢，也敢跟我尋死覓活？拿死嚇唬誰呢？一條賤命能值幾個錢？」

趙大玲目不斜視地看著汪氏，話卻是對著翟姨娘說的。「姨娘這話奴婢聽不明白。奴婢的命是不值錢，但一切有夫人做主，夫人才是奴婢的正經主子，奴婢犯不著在姨娘面前掙個長短。那半個主子的另一半也是奴婢不是？」

「妳……」翟姨娘氣得仰倒，指著趙大玲的腦門說不出話來。

汪氏挺直了脊背，在主位上坐得更加端正，聲音中也透出威儀。「行了，翟姨娘退到一邊去吧，跟個丫頭你一句我一句的鬥嘴成何體統？也不怕失了顏面，讓底下人看笑話，連帶著兩個哥兒也跟著妳沒臉。」

翟姨娘咬著下唇，攥著黃嬤嬤的手氣鼓鼓地退到一邊。

汪氏微微點了點頭。「趙大玲，現在妳可以說說到底是怎麼回事了吧？妳若真有冤屈，我自會給妳做主。」

趙大玲泫然欲泣，恭恭敬敬地給汪氏磕了一個頭。「奴婢沒有冤屈，只求一死。」

「這話是怎麼說的？」汪氏訝異道。「我都准了為妳做主，妳還要尋死？」

趙大玲蹙著眉頭，彷彿在心裡掙扎，須臾咬牙道：「奴婢謝夫人，但奴婢已經沒臉活著了，只能讓這冤屈爛在肚子裡，隨著奴婢屍首帶到地下。老天若有眼，讓奴婢死後化作厲鬼找仇家復仇，定讓他們不得好死。」

汪氏見她話裡有話，還說得如此陰森恐怖，不禁手捂心口。事到如今，也只能放緩了語氣反過來勸說趙大玲。「有冤訴出來便是，咱們御史府向來對下人寬厚，有什麼是說不得的？再說妳年紀輕輕就說這喪氣話，即便不顧及自己，也要為妳娘和弟弟著想。」

「事關奴婢清譽，奴婢沒臉說啊！再說……」趙大玲淚流滿面，瞟了一眼翟姨娘和黃茂他們，渾身哆嗦了一下。「奴婢一家位微言輕，在府裡無依無靠，奴婢惹不起那些有根基的。」

汪氏敏銳地嗅到不一樣的風向。有點兒意思，看來今天要有意外的收穫了。汪氏的目光在屋裡掃視了一圈。「什麼根基？這府裡誰的根基能讓妳怕成這樣？但說無妨，我保妳全家無憂，若是誰敢因為妳說了真話而怪罪妳，那就是沒把老爺和我這個夫人放在眼裡。」

趙大玲嚥了嚥口水，面色堅毅起來，彷彿下定了決心，雖跪在地上，但脊背挺得筆直。「夫人說得是，誰的根基也不能在您面前稱大。奴婢也想明白了，夫人如此對奴婢，奴婢就是肝腦塗地也無法報之萬一。奴婢的名聲算什麼？比起御史府的清譽和幾位少爺、小姐的前途，根本不值一提。」

汪氏皺了皺眉頭。「這裡面怎麼還有少爺、小姐的事？妳細細說來。」

「是。」趙大玲換上一副羞憤的表情。「今天我娘到您這兒來開晨會，按照慣例，早飯時間往後延一個時辰，可是黃茂他們幾個趁著我娘不在，跑過來說是要領早飯。我見他們鬼鬼祟祟的，就讓弟弟大柱子去找娘回來。誰知他們幾個並不是來領飯的，他們圍著我讓我喊他們『親哥哥』，還說跟著他們能吃香的、喝辣的。

「他們中的一個說：『黃茂，你整天帶二少爺和三少爺逛青樓、喝花酒，怎麼還看得上這種上不得檯面的丫頭？』黃茂就說了，『雖然這丫頭連花樓裡姑娘的一根髮絲都比不上，但這世上的女人一百個就有一百種妙處。花樓的頭牌就好比是妖嬈的牡丹和芍藥，又嬌又媚；這府裡的幾位小姐就好比是蘭花和茉莉，又香又甜；這種野丫頭就好比是路邊的野花，雖然不起眼，但勝在夠潑辣，與園子裡的花都不一樣。』我聽他們說得難聽，又辱及府裡的少爺和小姐，就掄起門閂打了黃茂的腦袋。黃茂惱了，幾個人上來要欺辱我，幸虧外廚房的小廝拚死抱住黃茂的腿，被他們幾個打得滿身是血昏死在柴房裡。就在這時，我娘和馬管家他們就趕到了……」

汪氏聽得目瞪口呆，氣得渾身哆嗦，一把抓起手邊的蓋碗砸向黃茂。茶杯磕到黃茂腦袋上，又落在地上摔得粉碎。

友貴家的也明白過來，「嗷」的一嗓子，撲過去接茬兒撓黃茂的臉。「你個下三濫的王八蛋！竟敢欺負我閨女！」

黃茂一臉的血和茶葉渣子，非常狼狽，一邊躲閃著友貴家的，一邊哭喪著哀嚎：「夫人，這下作丫頭滿嘴胡說，小的從來沒說過那些話啊！小的就是有天大的膽子也不敢說少爺和小姐的壞話！」

趙大玲轉頭狠狠地瞪著他。「你當然是膽大包天！豈止這些，還有好多的骯髒話呢，什麼小姐雖美也不如花魁會服侍人，什麼兩位少爺誇你會給他們找樂子，花樓裡的姑娘就是花樣多……」

「夠了！」汪氏一聲斷喝。

友貴家的在最初的震怒後，意識到了一個更加嚴峻的問題——女孩家的名聲和清白啊！她停下對黃茂的撲打，扭身摀住趙大玲的嘴。「我的小祖宗，再說下去，妳這輩子就都毀了！」

趙大玲明白今後的名聲毀不毀的只能先放一邊，她今天必須一擊而中，讓黃茂他們沒有翻盤的機會。

那廂翟姨娘還沈浸在自己兩個兒子逛花樓的震驚之中，黃嬤嬤已經尖利地喊了出來。「夫人，您不能聽這賤婢紅口白牙的胡說啊！我家茂兒從小養在御史府，怎麼可能做出這種大逆不道的事呢？定是這賤丫頭想勾搭我家茂兒，勾搭不成又反咬一口……」

「夫人，」趙大玲拉開友貴家的，往前膝行了幾步。「我雖是燒火丫頭，但也是個女孩家，禮義廉恥還是懂的。我若是勾搭他，怎麼會拿門閂打破他的腦袋，又怎麼會讓我弟弟去找我娘回來？」趙大玲雙手摀臉，哭泣道：「幸虧我娘和馬管家來得及時，若是晚來一步，我只怕……」

說到這裡，趙大玲放下手，露出滿臉的淚痕。「反正奴婢賤命一條，大不了就自盡在他們面前，死也要留住清白，絕不讓御史府蒙羞。」

一旁的大柱子年紀小，聽得雲山霧罩，見姊姊幾次三番說要死，哭著爬過去。「姊，妳不能死，那幾個壞人欺負妳，我去打他們……」

雖然平日友貴家的人緣不好，但大多數人還是心懷善念的，此刻見他們一家人摟在一起抱頭痛哭，一屋子的婆子和丫鬟都跟著鼻子發酸。

黃茂惶惶然地左顧右盼，好像抓住了救命的稻草，急赤白臉地向大柱子道：「柱子兄弟，我們幾個可沒想著欺負你姊姊，你跑出去之前應該看到了，我們一直在屋外來著。」

大柱子迷惑地揉了揉眼睛，囔著鼻子甕聲道：「我倒是沒看到什麼，就聽見你們好像說什麼『傻著呢』，還說『會服侍人才是正理』。」

趙大玲在心裡為弟弟點了一個讚。好小子，聽到的都是有用的。

小孩子的話更讓人信服，沒人會懷疑六歲的孩子撒謊，況且時間緊迫，也肯定不是大人教的。屋裡眾人本來就覺得大玲子說的應該是實話，哪個女娃會拿自己的清白隨便信口開河？她又尋死覓活的交足了戲分，讓大家認定了她確有冤屈，此刻大柱子歪打正著聽到的幾句話跟之前趙大玲說的都對上了，眾人更加深信不疑，紛紛露出「果真如此」的表情，看向黃茂的神色盡是鄙夷。

黃茂急得殺雞抹脖子地分辯。「不是說你姊傻，說的是……」

趙大玲生怕他供出長生來，連忙把話頭截過去。「那你說的是花樓的姑娘嗎？又或者什麼旁人？對了，夫人，」趙大玲彷彿忽然又想起了什麼。「我還聽到黃茂說什麼楚館的，說不知有什麼花樣，得空要帶少爺們去嚐嚐鮮。」

背對著汪氏她們，趙大玲眯起眼睛盯著黃茂，目光中滿是警告和威脅。她不願供出長生，但要把這個威懾放在黃茂面前。

黃茂臉上青筋直冒，腦海中千百個念頭呼嘯而過。

對於一般的氏族來說，花樓還在可接受範圍之內。男人嘛，喝喝花酒最多被斥為年少荒唐，即便是柳府這樣的清流，逛個花樓最多受罰，卻也不是死罪，但若是楚館、小倌兒什麼的被牽扯出來，那他真是要死無葬身之地了。畢竟那種不入流的地方在世人眼裡比花樓歌姬更骯髒。

幾經權衡後，黃茂只能咬牙道：「少胡說，那是誇妳大玲子俊咧！」

「啐吧」一聲，翟姨娘扭斷了手上寸長的指甲，上前幾步揚手給了黃茂一巴掌。「黑心奴才！還敢想著帶你家少爺去那種下作地方？我怎麼瞎了眼讓你跟在少爺跟前！」說著撲通一聲跪在汪氏跟前，聲淚俱下。「夫人，奴家被刁奴蒙蔽了，求夫人做主。」

黃嬤嬤見大勢已去，像插蔥一樣拜倒在地上不斷磕頭，避重就輕道：「年輕人一時糊塗，衝撞了玲子姑娘，求夫人看在我們娘倆為府上效力多年的分上，饒他一條性命。」

說著又轉過來朝友貴家的和趙大玲磕頭。「趙嬸、玲子姑娘，那混小子做了錯事，老奴替他給妳們賠不是了。妳們大人大量，饒過他這一回！」磕完頭又拚命朝黃茂使眼色。

黃茂反應過來，也朝著趙大玲磕頭。「玲子妹妹，我是被豬油蒙了心，一時糊塗才起了歹念，讓妹妹名聲受損。我願意明媒正娶，娶妹妹做正經八百的娘子，今後一定敬著妹妹，求妹妹饒了我這一回！」

趙大玲厭棄地退後一步，黃茂他們幾個侮辱長生，差點兒把他打死，又豈是一句「對不起」就可以原諒的。

黃嬤嬤窺著趙大玲的臉色。「玲子姑娘，只要妳一句話，我讓這小子今後給妳做牛做馬，我們一家子當妳是菩薩一樣地供著。」

趙大玲暗地啐了一口。要她嫁給黃茂，還不如死了再穿一回呢！她轉向汪氏。「夫人，您剛才也說了，國有國法，家有家規，奴婢不知道有哪門子的規矩可以就這樣囫圇著生米煮成熟飯的。奴婢向您和諸位表個心志，我趙大玲即便終生不嫁，也絕不嫁給這等卑鄙小人，若是有人逼我，奴婢還是那句話，大不了就是個死，奴婢死也要死得清清白白！」

汪氏擺擺手道：「起來吧，咱們柳府一向家規嚴謹，賞罰分明，再說世上哪有要苦主去死的道理？」

她看著跪在她面前嚶嚶哭泣的翟姨娘，心裡萬分的痛快！

翟姨娘仗著自己有兩個年長的兒子，公然挑釁她已經不是一次、兩次了，今天終於得了這個機會斬斷了她的臂膀，又讓她大丟了顏面，還可以在老爺面前斥責翟姨娘教子無方，二少爺和三少爺在下人唆使下流連花樓，這可是一箭三鵰的好事。一想到一向自命清高的老爺知道這事後吹鬍子瞪眼睛的樣子，汪氏就覺得渾身毛孔都透著舒坦。這會兒又覺出那個大兒媳阮明君的好處來。將門之女，馭夫有術啊！有那樣的媳婦看著，大少爺肯定是沒膽量去花樓喝什麼花酒的。

至於黃茂一干人等當然不能輕饒。他帶著二少爺和三少爺出去鬼混無所謂，但是言語上辱及她的女兒卻是罪大惡極，死不足惜。這要是傳將出去，御史府裡的小廝隨意妄論待字閨中的小姐，那小姐的名聲還要不要了？況且最近正要給慈兒挑選婆家呢，若是這當口傳出什麼流言蜚語，哪個好人家還敢登門？

「來人！」汪氏端坐在椅子上，高高地仰起頭。「把黃茂他們幾個拉下去各打五十板子，然後轟出府去，永遠不許他們踏入柳府一步！至於黃嬤嬤，」汪氏沈吟了下。「年紀大了，就送到南郊的莊子上養起來吧，也不用再進府門了。」

黃嬤嬤一屁股癱坐在地上。五十板子下去不死也得殘，出了柳府，她的寶貝兒子就什麼都不是了；而南郊的莊子是所有莊子中最窮、最貧瘠的一個，去了只有吃苦受罪的分。

黃茂幾個大聲求饒，被下人拖了下去，不一會兒就傳來一五一十打板子的聲音和聲嘶力竭的哀嚎。

汪氏目色一寒，對著眾人道：「今兒的事就到這兒了，要是讓我聽到府裡人嚼舌根子，累及御史府清譽和少爺、小姐的名聲，我絕不輕饒。」

眾人都道不敢。汪氏垂著眼睛看著一直跪在地上的翟姨娘，居高臨下的角度正好看到翟姨娘頭上的飾品顫顫地綴在髮髻間，就好比此刻翟姨娘惴惴不安的心境。

汪氏吐出一口氣，用語重心長的口氣道：「妳呀，就是耳根子軟，禁不住下人幾句好話，自己給他們當槍使不說，還差點兒害了兩位哥兒。雖然妳是老爺跟前的老人，又有兩個兒子，但是我主持著這個府裡的大小事務就得做到賞罰分明。就罰妳一年的例錢，再禁足半年吧，回頭老爺那裡我會跟他說的。」

翟姨娘咬斷銀牙，只能面上恭敬地從牙縫裡擠出「謝夫人」幾個字。

汪氏覺得今天的陽光格外明媚，一扭頭看見了趙大玲，覺得她順眼了許多，至於推她閨女一個屁股墩兒的事也不那麼在意了，不禁放緩了聲音。「趙大玲，這府裡人多，難免有幾個心思不純、人品敗壞的，妳今日雖然受辱，但也算是為府裡除了幾個禍害。」

她吩咐跟前的琉璃。「去庫裡拿疋料子賞給她。天冷了，讓他們娘兒幾個做幾件厚實衣裳。」接著又囑咐馬管家。「他們孤兒寡母的不容易，既然在外院的廚房，你就多照看著吧。」

馬管家恭敬地應下，這才領著友貴家的一干人等退出了花廳。

趙大玲擔心長生的傷勢，一路緊跑著回到外院，進了柴房，眼前的景象讓她的心狠狠地揪在了一起。

只見長生面朝下趴在地上，依舊是他們離開時的姿勢，身上胡亂搭著趙大玲蓋上去的棉被，但身下已經聚集了一攤鮮血，連厚實的棉被都隱隱沁出血色來。他面色慘白，嘴唇也是灰白的，沒有一絲血色，整個人就像是一個了無生氣的布偶。

馬管家從門口伸頭向裡看也嚇了一跳，生怕這時候死個人驚動了夫人會怪罪下來，趕上前伸手到長生鼻下試了試，驚嘆道：「喲，這孩子還活著呢！命可真大！」

聞言，友貴家的用鼻孔出氣。「您知道是個要死的孩子還往我這兒送？把我這兒當作醫所呢！我這做飯的地方還得兼管著救死扶傷不成？我是要個能劈柴送飯的小廝，不是要個一腳踏進棺材的廢物。」

馬管家有些訕訕。「柱子他娘，今天幸虧是這孩子救了妳家大玲子不是？要不是他拚死抱著黃茂那畜生的腿，妳家大玲子還指不定出啥事咧，妳這會兒哭都來不及！」

友貴家的想想也是。「還算是個有良心的，不枉我們娘兒幾個這些天救治他。」

馬管家點頭稱是。「您這是好心有好報哪！看這孩子傷得挺厲害，待會兒我讓小廝去找個郎中給他看看吧，花多少銀子都從外府的帳房裡扣。」

眾人散去，黃嬤嬤幾個被攆出府，但府裡的日子還得照樣過。友貴家的罵罵咧咧地張羅飯食，嘴裡唸著「你們家是遇上事了，可這府裡好幾十口子還等著吃飯呢」。

趙大玲和大柱子把長生搬回鋪板上，又打了盆溫水，輕輕蘸去長生身上的血漬。他身上原本的鞭傷剛剛結痂，此刻又都裂了開，身上更是多了很多新傷，一身的傷痕累累，慘不忍睹。

不一會兒，小廝果真帶來一個留著山羊鬍的郎中。趙大玲不方便進屋幫忙，只能站在門外看著郎中一通施針用藥、包紮傷口，又重新固定了長生的斷腿，最後交給隨行小廝一副草藥方子才出了柴房。

她見那郎中診治時頻頻蹙眉，便站在門口輕聲問那郎中。「還煩勞您說說他的傷勢如何？何時能痊癒？」

郎中嘆了口氣，手撚長鬚道：「這後生傷勢過重，又反覆多次，能撐到此刻已是強人所難。好在他尚且年輕，身體根基又好，好生將養著，過了明年夏天倒也能恢復個十之八九。只是他憂思過重，氣結於胸，長此以往恐難享常人之壽啊！」

趙大玲默然。身上再嚴重的傷痕都會隨著時間逐漸好轉，可內心的創傷又要如何醫治呢？長生那樣的人，肉體上的痛楚他可以咬牙忍耐，只怕他心中的傷痛要遠勝過任何的鞭傷斷骨之痛吧。

趙大玲謝過郎中後，小廝便帶著郎中去外院帳房支取診費，並拿著方子到外面的藥房抓藥。

趙大玲轉身回到柴房，屋裡光線昏暗，只有一面牆上一人高的地方有一個一尺見方的透氣孔，此刻陽光從那裡照射進來，光束正好打在長生的臉上，照得他的臉白得近乎透明。

他緊閉著雙眼，連呼吸都是微不可察的，長長的睫毛如羽扇般覆在眼簾上，在下眼瞼的地方投下一小片淺黛色的陰影。雖然身處破舊雜亂的柴房，身上不過蓋著一條看不出顏色的舊棉被，但是趙大玲覺得他比自己見過的任何人都更加乾淨，滿身的傷痕及落魄的境遇都掩蓋不住他渾身散發出的風華。

她放輕腳步來到他身旁，伸手替他掖好了被角，又用手背輕輕搭在他的額頭上。謝天謝地，他沒有發燒。

簡單的動作驚動了長生，他緩緩睜開眼睛，一時間彷彿天地間所有的光亮都匯聚在他眼中。

趙大玲知道他失血過多，肯定口渴，便端起地上的一碗水柔聲道：「喝點兒水吧！」

長生嘶啞著聲音問：「他們沒有再為難妳吧？」

趙大玲怔了一下，沒想到他醒過來第一句問的是這個。到目前為止，長生只說過兩句話，卻都是為了她。

趙大玲笑笑道：「沒有，我好著呢。夫人處置了黃茂他們幾個，打了板子攆出府了。你好好養傷吧，我剛問了郎中，他說你底子好，好生休養著，過不了多久就能痊癒了。」

長生緩緩點頭，屋裡一時沈寂下來。今天的事確實令人尷尬，趙大玲無法去細想作為一個男人，這個時候心中會有多麼的屈辱難言。她想勸長生想開點，別往心裡去，又不知如何開口，只能默默地出了柴房。

臨到門口時，她聽到後面的長生輕聲道：「謝謝妳。」

她心中一窒，知道他這聲謝謝包含了太多的涵義。

第六章　維護

這麼一折騰早就過了飯點，來領飯的人已經擠滿廚房門口。

趙大玲趕緊幫著友貴家的把早飯分發下去，府裡人多嘴雜，都已經知道早上發生的事。雖然汪氏發話不能嚼舌根子，但架不住大夥實在心癢難耐，三三兩兩地交頭接耳，投向趙大玲的目光也帶著審視，有些不厚道或者跟友貴家的有過節的甚至多了幸災樂禍的意味。

四小姐跟前的齊嬤嬤上次和友貴家的因為互相牽扯出對方閨女的糟心事而結下了梁子，自那次以後，齊嬤嬤就沒來外廚房領過飯，都是讓小丫頭來。今天齊嬤嬤起來後打發小枝子去領早飯，見時辰還早，四小姐又去二小姐那裡繡花了，便睡了個回籠覺。不知睡了多久，她被餓醒，這才發現已經是日上三竿，小枝子的早飯還沒取回來，她罵罵咧咧地喝了一碗白水填肚子，一直等到日頭都快升到正頂才見小枝子拎著食盒回到沐霜苑。

齊嬤嬤一個巴掌呼過去。「死妮子，一把子懶骨頭，一天到晚就知道偷懶耍滑！讓妳領早飯去的，這端回來都能當午飯了。妳也不抬頭看看都什麼時辰了？領個早飯領了一上午，妳跑哪兒鬼混去了？老娘肚子都餓扁了！」

小枝子被打得一趔趄，捂著臉，淚眼汪汪道：「您老這話說的，我哪兒貪玩來著。今兒個外院廚房裡出了事，分飯分晚了，我這還是排前兩個，排後面的還真能跟午飯一塊兒取呢，還能少跑一趟。」

聽說是外廚房出事了，齊嬤嬤一下子來了精神，也顧不得肚子餓，耳朵豎得老高，兩眼發光道：「哦？出什麼事了？說來聽聽。」

小枝子委屈地放下食盒。「我也不大清楚，只聽說今天一早夫人把翟姨娘跟前的黃嬤嬤和黃嬤嬤兒子黃茂還有幾個小廝打了板子轟出府去了。」

「那跟外院廚房有什麼關係？」齊嬤嬤耐心地問。

小枝子十一、二歲，已經到了提及男女之事知道臉紅的年紀，眼見四下無人，才小聲道：「聽說是黃茂看上了大玲子，趁著她娘不在帶著幾個小廝去調戲，他還誇大玲子長得俊，要娶大玲子過門做媳婦呢。大玲子不樂意，那幾個下作胚子就動了粗，兩廂打起來都掛了彩，結果驚動了夫人。」

齊嬤嬤一拍大腿，開始後悔自己睡回籠覺，生生錯過了這麼精采的戲分——結合了淫亂、械鬥、臭不要臉等諸多題材，簡直比話本子還好看。友貴家的這是現世打臉啊，一個黃花閨女被幾個大小子占了便宜去，看她還敢嚼自家二丫的舌根不？

「我領午飯去！」齊嬤嬤精神抖擻地把早飯從食盒裡拿出來胡亂扔在一邊，拎著空食盒頭也不回地往外走。

小枝子在後面追著喊：「您老先墊一口吧，這剛分完早飯，午飯還沒下鍋呢。」

齊嬤嬤哪兒還顧得上吃早飯，這會兒早已歡脫地越過沐霜苑的門檻，跑得無蹤無影。

到了外院廚房，領早飯的都還沒全走光，齊嬤嬤就站在外頭粗聲粗氣道：「我說友貴家的，這都到午時了，妳怎麼還在分早飯？稀粥爛飯的誰吃得飽？我這一碗稀飯下去滿肚子晃蕩，不頂事，只能自己跑來領午飯了。」

友貴家的因為今天一早的事正不自在呢，見齊嬤嬤那一臉興奮勁，更覺得膩歪。「夫人今天早上交代的事多，自然耽擱了些時辰。大夥兒有的還沒吃上早飯呢，偏妳一頓不吃就能餓死？再說了，早飯裡不是有蔥油卷子嗎，誰讓妳光喝稀的不吃乾的？妳若是沒吃飽，就再拿兩個卷子走，別在我這兒瞎嚷嚷。」

「呵，我稀罕妳那兩個卷子？妳也少拿夫人來說事，夫人讓妳遲發早飯了？夫人讓妳把早飯當中飯吃了？妳這廚房就是做飯的，到點不發就是妳沒當好差。」齊嬤嬤又鼓動旁邊的幾個人。「你們幾位說是不是這個理？」

漿洗房的李嫂子跟友貴家的關係不錯，常在一起打牌，替友貴家的解釋道：「二丫她娘，這誰也有個特例不是？公雞天天打鳴還有睡過頭的時候呢，少吃一頓半頓的也不是大事。您啊先回去等等，過一個時辰再打發底下的小丫頭過來看看，那時候午飯也就出鍋了。」

齊嬤嬤依舊不依不饒。「又沒讓她外院廚房做什麼山珍海味，頓頓飯不過是蒸個饅頭、煮個粥的，怎麼就還得耗費一個時辰？早上那幾個卷子我都給院子裡的丫頭分了，自己就喝了一碗清粥，這會兒餓得兩眼冒金星，哪有力氣等那麼久？妳們說說，她這個廚娘是怎麼當的？占著茅坑不拉屎啊！沒那金剛鑽就別攬瓷器活，乾脆向夫人回稟，說她幹不了這廚娘的差事，讓賢得了。」

李嫂子看不過齊嬤嬤那囂張的做派，向友貴家的說：「友貴家的，快給二丫她娘拿兩個卷子吧，真把她餓暈了，還不得一輩子賴上妳了。」

友貴家的知道齊嬤嬤就是來找碴的，她本來就是個火爆脾氣，抓過兩個卷子朝齊嬤嬤扔過去。「吃不死妳個老貨！」

齊嬤嬤捂著腦袋，嗟呼地嚷嚷：「哎喲，砸死人啦！來人啊，救命啊！友貴家的要殺人啦！一家子黑心肝的玩意兒，就會下黑手。自己是母老虎，養個閨女也跟母夜叉似的，那幾個大小夥子在妳們手裡都占不到便宜，我一個老婆子可打不過妳們……」

友貴家的拿著鍋勺衝出來，兜頭往齊嬤嬤身上掄。「妳閨女才是母夜叉呢！」

見真打起來了，李嫂子趕緊攔著友貴家的，正在裡屋收拾屋子的趙大玲聽到騷動，立刻跑了出來。

「怎麼了娘？先別生氣，有話咱好好說。」

齊嬤嬤見友貴家的被攔住，心裡不怕了，遠遠地站開兩步，伸脖探腦地盯著趙大玲道：「大玲子，不怪妳娘生氣，是嬸子剛才說錯話了。妳以前長得粗壯，嬸子也沒細打量，今兒個仔細一瞧，真是女大十八變，這小模樣還挺水靈的，跟剛摘下來的水蔥似的。哪有母夜叉長這麼俊，戲文裡的小姐佳人也不如妳，怪不得黃茂他們幾個不長進的見到妳跟蒼蠅似的；

不過話又說回來，這蒼蠅也不叮無縫的蛋不是？」

這話說得旁邊幾個看熱鬧的人掩嘴而笑。

友貴家的跟瘋了似的要撲過來。「妳滿嘴胡扯什麼呢?!是黃茂幾個下作胚子起了歪心，關我家大玲子什麼事？他們幾個都被夫人一通發作攆出府去了，我家大玲子清清白白，夫人還賞了她一疋料子呢！」

齊嬤嬤出了之前的一口惡氣，顧忌到友貴家的彪悍的戰鬥力，也不再戀戰，撿起地上的蔥油卷子拍了拍，扔進挎著的食盒裡，匆匆丟下一句。「清不清白的誰知道呢？老話怎麼說來著，母狗不掉腚，公狗不上前。」

齊嬤嬤剛要溜，大柱子突然衝出來，像火車頭一樣一腦袋撞在齊嬤嬤肚子上，齊嬤嬤被撞得「蹬蹬」後退了兩步，一屁股坐在地上。

「哪兒來的小兔崽子，撞你娘啊！」齊嬤嬤大吼，待看清是紅了眼的大柱子，也有些心虛，嘴裡嘟囔著「一家子土匪」，這才爬起來一瘸一拐地離開。

大柱子還要追過去，卻被趙大玲攔住了。「行了柱子，餓了吧？洗洗手吃飯去。」

周圍的人見沒熱鬧看了，也三三兩兩的散了，李嫂子安慰友貴家的兩句也提著早飯走了。

見只剩下自家人，友貴家的終於繃不住，坐在地上拍著大腿哭了起來。

趙大玲趕緊上前扶起友貴家的。「娘，別哭了，由他們說去，還能少塊肉不成？您再哭，更讓那些人看咱們笑話。」

友貴家的咬著袖口嗚咽。「閨女，娘不怕被他們說，娘是心疼妳啊！清清白白的一個女孩兒家，讓人說得這麼難聽，妳以後還怎麼嫁人？」

趙大玲也有些心酸，不為別的，只為友貴家的這麼袒護她。「那我就不嫁人了，陪著您過一輩子也挺好的。」

友貴家的拍了趙大玲一下。「胡說，哪有女娃不嫁人的！」又轉過頭胡擼大柱子一頓。「柱子，娘不可能跟著你們姊弟倆一輩子，你以後要照顧好你姊，不能讓她被別人欺負了去，知道不？」

「嗯！」大柱子頭點得鏗鏘有力。「等我將來做了府裡的管家，就封我姊一個管家婆子做。想吃點心就吃點心，想吃肉就可勁兒吃肉。」

趙大玲好笑之餘又眼圈發紅。這一個娘一個弟弟，對她而言不僅僅是這具身體的親人，如今她是真真切切地把他們當作了自己的親人。

友貴家的爬起身，拍拍身上的土進屋去做午飯。已經過了時辰，待會兒真的會有人來領午飯了。趙大玲也跟進去幫忙，囑咐大柱子吃完飯把給長生熬的藥端到柴房去。

直到忙活完了，趙大玲才發現大柱子進了柴房還沒出來。她推開柴房的門，看到長生躺在鋪板上，大柱子就坐在他旁邊。

大柱子扭頭見是姊姊，跟發現新大陸一樣地宣布。「姊，啞巴張口說話了，他會說話！」

趙大玲過去拍拍大柱子的小腦袋。「那你以後就要叫長生哥，不能再啞巴啞巴的叫了，多難聽，也不禮貌，知道嗎？」

「嗯。」大柱子乖巧地點點頭。「我還要謝謝長生哥咧，今早上多虧你救了我姊。」

長生扭過頭來看著趙大玲，黑亮的眼睛彷彿水中的曜石，神色卻是嚴肅的。「為什麼那麼說？明明是妳救了我，為什麼都攬在自己身上？」

趙大玲一愣，沒有直接回答他的問題，而是向一旁的大柱子道：「柱子出去玩吧，姊姊跟你長生哥說幾句話。」

大柱子小腦袋搖得跟波浪鼓似的。「我不走，我正給長生哥講今天在夫人那裡的事呢。長生哥沒看見，黃茂那天殺的一個勁兒地誇我姊俊，我姊當然俊，還用他說！他還說要娶我姊做媳婦兒，我呸！我才不要他當我姊夫呢！還好後來夫人打了他們板子，斷了他的念想。」

趙大玲有些無奈。「行了柱子，你長生哥累了，你在這裡鼓譟，他還怎麼休息？你快去吧，娘那邊蒸了白菜包子，你去趁熱吃一個。」

大柱子一聽有包子吃，「蹭」地跳起來，待要出門，又想起一件事，滿臉迷惑地問：「姊，什麼叫『母狗不掉腚，公狗不上前』？」

趙大玲尷尬得恨不得找個地縫鑽進去。這話實在是太難聽了，饒是她前世見多識廣，都覺得牙磣。

見大柱子還一臉求知慾旺盛地看著她，她只能輕咳一聲，結結巴巴道：「這個……就是說……母狗掉到坑裡了，公狗去救牠……柱子，你快看，那邊有一隻花腿蚊子飛過去了！」

「哦！」大柱子恍然大悟，絲毫不為花腿蚊子所吸引，還執著於剛剛學到的知識。「幸虧我剛才撞了齊嬸子那老雜毛一個屁股墩兒。她這是罵妳是狗咧，說妳掉坑裡了，長生哥去救妳呢。」

趙大玲驚得下巴都快掉下來了，也沒想到大柱子會這麼解讀這句話，這領悟力太厲害了！她趕緊再三囑咐大柱子。「柱子，這不是好話，難聽得很，千萬不能當著別人的面說，知道嗎？」

大柱子滿不在乎地拍拍手。「小爺也罵她是狗去，他們一家子都是狗雜碎！」

趙大玲覺得應該及時教育大柱子一下，這麼發展下去，就是第二個友貴家的。她語重心長地對大柱子說：「柱子，別人罵了你，你就罵回去，他再罵，你也罵，什麼時候是個頭呢？你等於是把自己的水準降得跟他一樣低了。他若是個地痞無賴，那你又是什麼？狗咬了你，你總不能也去咬狗吧？」

大柱子顯然是聽進去了，蹙著小眉頭冥思苦想。「那姊妳說怎麼辦？」

趙大玲胡擼了一下大柱子的腦袋瓜。「狗咬了你，你當然是要拿棍子打狗。人不能跟狗一般見識……」

這時外面傳來友貴家的中氣十足的一聲吆喝。「大柱子，包子熟了！」

什麼也不如包子的魅力大，大柱子立刻把狗咬狗的問題甩到腦後，「哧溜」就跑了，趙大玲說了一半的話飄散在風裡。後來證明，大柱子果真是只聽見了前半句。

教育工作沒有完成，讓趙大玲有些失落。一回頭看見長生雖然保持著剛才的姿勢沒動，但臉上出現可疑的紅暈。

她一下子想起大柱子剛才的奇葩言論，禁不住臉也發燒起來，她故作鎮定地問長生。「你吃包子嗎？我給你拿一個去。」說完準備要開溜。

「趙姑娘，暫且留步。」長生輕聲從背後叫住她。

趙大玲遲疑了一下才明白長生是在叫她。自從穿過來，大夥兒都大玲子、大玲子地喊，還沒有人這麼稱呼她。

她尷尬地搓搓手。「那個……包子剛出鍋，涼了就不好吃了。」

長生也不說話，只安安靜靜的一個眼神飄過來，趙大玲立刻乖乖投降。「好吧！」

只是柴房裡連個凳子都沒有，她只能垂著頭走到離床兩步的地方，老老實實地站著。不知為什麼，她竟然有些緊張，有種小時候在課堂上被老師點名，卻回答不出問題的感覺，雙手不自覺地絞在一起。

「為什麼對別人說，黃茂他們幾個欺辱妳？」長生目光灼灼地看著她。

「這也是事實，」趙大玲答道。「你沒聽黃茂那小子說還要我跟著他嗎？在夫人面前，黃茂也是這麼說的。」

長生抿抿嘴角。「我聽見外面的喧鬧就覺得不對，那個女人那麼侮辱妳，說妳……那麼多難聽的話……剛才我就問了大柱在夫人面前對峙的情景。」他看著趙大玲的眼睛，彷彿要透過她的眼睛看到她的靈魂。「他們要欺辱的是我，是妳趕來救了我才連累到妳的，為什麼不對夫人說實話？」

趙大玲有些怔忡，自己也說不清為什麼在汪氏面前死活不願提及長生受辱。現在仔細想想，大概是因為自己有著現代人的靈魂，她可以直接面對這種侮辱。說白了，真在現代遇到黃茂這種流氓，她絕對會報警，不會為了所謂的名聲忍氣吞聲，放過懲治惡人的機會，讓惡人逍遙法外再去禍害別人。從這方面來說，趙大玲不覺得認下這樣的事有什麼活不下去的。

但這個時空的人不一樣。這裡的人把貞節看得比性命還重要，尤其是長生，他是那種寧為玉碎，不為瓦全的人。說起來也挺尷尬的，趙大玲總覺得男人遇到這種事會比女人更覺羞恥，畢竟女人在大家的眼裡是弱者，而男人身為強者，就更不能忍受雌伏，這對於男人來說簡直是莫大的侮辱。再說長生已經受了這麼多的苦，她潛意識裡總想著要保護他。

不過這些當然不能向長生解釋，趙大玲只能故作不經意道：「你不也救我了嘛，當時那麼混亂，哪還分得清誰先救了誰？再說了，怎麼說不都一樣，反正黃茂他們幾個也受到了應有的懲罰，今後再也不會找我們麻煩了。」

「不一樣。」長生的聲音是平靜的，語意卻異常堅決。「我去找夫人把實情告訴她，還妳清白。」

他掙扎著要起來，傷口處的血又流了出來，浸濕了身下的棉布單子。

趙大玲趕緊跑過去按住他。「你都這樣了還不老實躺著，再往外跑就沒命了。」她不由分說地用被子裹起他，他那麼瘦，隔著棉被都能摸到他凸出的肩骨，硌著她的掌心。「已然這樣了，難不成你還要跑出去跟所有的人說，黃茂他們沒看上我，看上的是你，是我跑出來把你們的事攪黃了，我還自作多情地認為黃茂想占我便宜。你這不是要毀了我嗎？我娘還不得打熟了我！」

長生被趙大玲按在鋪板上，因為手腳都裹在被子裡，一時動彈不得，掙扎了一下，雪白的面孔都沁出血色來，額前的髮絲黏到了臉頰上，怎麼看都有一絲旖旎的味道。

趙大玲這才發現這個姿勢很曖昧，趕緊鬆開手，說話也結巴了。「我、我不是成心的……我就是不想讓你下床……」

長生不動了，晶亮的眼睛看著她，不過一瞬又垂下眼簾看向地面，聲音輕得趙大玲屏息才能聽清。「我已然如此，不值得妳如此維護。倒是妳的閨譽清白，不能因我而累。」

趙大玲只覺得心口一痛，彷彿揪在了一起，自己都無法解釋這突如其來的心痛究竟為何，只是下意識地說：「我不在乎什麼清白不清白的，給我立一個牌坊也不能當飯吃，誰愛說什麼就說什麼去吧。」

長生眼中是空茫的死寂，喃喃道：「人活一世，唯求『清白』二字，若遭人唾棄，背負污名，又如何立命安身、苟活偷生？」

趙大玲在他的眼中看到了絕望——那種深入骨髓、生無可戀的絕望。

「不，不是這樣的！」她急急地說道。「只要你有一個乾淨而高貴的靈魂，就不怕別人將污水潑到你身上。世人讚蓮花『出淤泥而不染』，讚梅花『凌寒自開、傲世風雪』，講的都是『風骨』二字。外在的環境和他人的非議，都不應該是你評判自身的依據。人們常說『身正影清』，只要俯仰無愧、光明磊落，又何懼他人說三道四？」

長生抬起頭看著她，目光中帶著一絲困惑。

趙大玲這才發覺自己說得太文謅謅了，實在不像是一個廚娘的女兒應該有的口吻。人有時候就是這樣，對著什麼人就會說什麼話。她對著友貴家的時候也不會這麼講話，但是對著長生，不自覺就把前世的詩文都說出來了。

她趕緊換了一個直白通俗的說法，慌亂掩飾道：「我的意思是說，走自己的路，別管別人說什麼。嘴長在別人身上，愛說就說去吧，只要自己不被干擾就行。」

說著她起身退後了兩步。「你安心養傷，千萬不要跟夫人或是其他人說什麼再節外生枝。如今我不過是落個遭人垂涎的名聲，夫人也沒怪罪我，反而安撫了我和我娘一番。至於府裡的風言風語，大夥兒說膩了自然就散了，你要是現在跑出去逢人便說黃茂欺辱你，我是為了救你才跟黃茂他們打起來的，勢必會掀起新的波瀾，我的名聲不會變好，只怕還會更糟糕，指不定還有更難聽的話等著我呢。而且這樣一來，我之前在夫人面前說的話就成了謊話，夫人會如何看我？此事就到此為止吧，作惡的人已經得到懲治，你我也把這件事忘了吧。」

長生知道趙大玲這樣說安撫他的成分居多，但也明白她講的是實情，事已至此，多說無益，只是他心中的感動和愧疚卻不知如何表達。身為男子，卻要一個姑娘用自己的名聲來保護他，這種無力感甚至比當日一道聖旨之下，他被除冠剝衣、貶為官奴更加強烈。

趙大玲看著他的臉色，小心翼翼道：「你累了吧，要不要歇會兒？」

長生苦笑著搖搖頭。「我不累。妳的話我聽明白了，不會再提這件事。只是，我終究是虧欠了妳，無以為報。」

趙大玲連連擺手。「不用、不用，咱們之間還說什麼虧欠不虧欠的話。」說完，她又覺得這句話好像說得有些曖昧，貌似太親近了，連忙又補充道：「我是說，你不用把這件事放在心上。」

長生抬頭見趙大玲微紅著臉，雖是一身不合身的粗布衣服，頭上也只有一根木頭簪子，卻一下子讓他想到剛才她所說的「蓮花出淤泥而不染」，一時竟覺得沒有比這句話更能形容她的了。

在這樣惡劣的環境中，她卻如此善良美好。

第二天，趙大玲幫著友貴家的分發了早飯，便去五小姐那裡上工。

她昨天因著黃茂的事少當一天差，五小姐明裡倒沒說什麼，蓮湘為人厚道，怕她難堪也沒提這事，只有蕊湘幸災樂禍，咋咋呼呼地甩著手裡的帕子。

「哎喲我的娘啊，我還尋思著妳今天也不好意思出門呢，沒想到這一早妳倒是頂門來了。還是妳想得開，遇到這樣的事一樣吃得下、睡得著，這心大得能裝下一匹駱駝了。」蕊湘上下打量她。「聽說昨天三少爺跟前的黃茂誇妳俊來著呢，他不是瞎了眼吧？又或者沒見過俊的，所以看母豬都是雙眼皮？」說完捣著嘴吃吃地笑。

趙大玲心裡一陣膩歪。這丫頭嘴也真夠毒的，姑娘家家的這麼刻薄，假以時日，等她嫁了人有了漢子，葷素不忌之後，必能跟友貴家的一較長短。看來幾天前五小姐罰蕊湘跪太陽地還沒讓她學乖。

趙大玲有心再找個由頭整治整治她，但又實在懶得跟這種人一般見識。

自從出了黃茂的事，府裡不時有人對著趙大玲指指點點，在她身後交頭接耳，她也只當作沒聽見，該吃該睡，該幹什麼就幹什麼。

晚上，友貴家的去打牌的時候，趙大玲得了空閒找來一根丁字形的樹杈，大約三指粗細，既粗又有一定的韌性。她將樹杈上多餘的小枝杈都砍掉，把頂端橫著的枝杈截成適合的寬度，然後用砂紙細細打磨上面的毛刺，最後在短橫枝上纏上了布，方便挾在腋下，一個輕便又實用的枴杖就完成了。

隔天一早，趙大玲得意地將枴杖拿到柴房給長生看。

「等你能下地了，就能拄著這枴杖練習走路。你別瞧外型不好看，實用著呢。有一次我打球扭傷了腳，就是拄著這種枴杖走了一個月。」趙大玲的思緒一下子被帶到了現代。那次學校裡舉辦排球聯賽，她本是替補，誰承想上場三分鐘，一分沒得還扭了腳，賽後的慶功宴上被大家笑了很久。當時不覺得，現在想起來那種無憂無慮、自由自在的日子簡直就是天堂。

趙大玲甩甩頭不敢再想，沒有對比就沒有傷害，再想下去，她都要哭出來了。還打球、慶功宴呢，她已經記不清自己有多久沒有娛樂、沒有吃過一頓像樣的飯了。

她將枴杖靠放在長生旁邊的牆壁上，仔細看了看長生的氣色。還好，經過幾天的休養，他的臉色恢復了一點血色，不再蒼白如紙。

長生扭頭打量那個枴杖，輕聲道：「很好，我很喜歡。」說著俊美無儔的臉上浮現一絲微笑。

那抹笑意生動又帶著一絲羞澀，彷彿冰雪初融，又彷彿一縷陽光穿透厚厚的烏雲照射出來。這是趙大玲第一次看到長生的笑容，看到他展開了微蹙的眉頭露出類似歡愉的表情，雖然只是唇角微微翹起的弧度，驚鴻一瞥之下，卻讓她覺得頭腦轟鳴、心跳如鼓。

她舔舔發乾的嘴唇。「你現在還不能用，先留著吧。」匆匆丟下一句便落荒而逃。

一場秋雨淅淅瀝瀝地下了一整天，北方的秋天異常短暫，天一下子便涼了下來。

柴房的一角漏水，整個地面都濕漉漉的。趙大玲走進柴房時只覺得裡面陰冷萬分，一點熱乎氣都沒有。

長生躺在鋪板上，身上的被子都是潮的。她走過去將給長生的粥飯放下，伸手摸了下被子，皺眉道：「這怎麼行，蓋著濕被子會生病的。」

長生費力地撐起來，靠在被雨水浸潮了的葦稈和泥築的牆壁上，搖頭道：「沒事的，被子裡面是乾的。」

「我給你換一床去！」沒等長生說話，趙大玲已經像旋風一樣衝出柴房，到自己住的裡屋在櫃子裡一陣翻找。

可櫃子裡除了娘仨兒的幾件舊衣裳、兩個破了的包袱皮，哪兒還有多餘的被子？趙大玲想了想，從床鋪上將自己的被子抱了下來。

柴房裡，長生見趙大玲抱著一床湛藍色的粗布被子去而復返。

她先將手裡的被子放在旁邊的木墩上，又上前手腳麻利地揭長生身上的被子。

長生臉一紅，下意識地用手抓緊了被角，不讓她扯下去。

趙大玲詫異了一下，脫口而出。「給你清洗傷口時，我又不是沒見過。」

長生的臉更紅了，好像沁出血來一般，抬眼倉促地看了她一眼，又趕緊垂下頭，一點一點放開了手。

趙大玲也有些不好意思，又忘了自己面對的是保守觀念深重的古人，何況長生這個傢伙還這麼容易害羞。

她小心翼翼地拿下他身上的被子，順便檢查了一下他的傷口。

長生緊閉著眼，一動不動地讓趙大玲檢查傷痕，只是顫抖的睫毛顯示出他的羞澀和緊張。

還好傷口都結痂了，趙大玲在心裡祈禱。但願這次能順利痊癒吧，可別讓他再添新傷了。

她將潮濕的被子放在一旁，拿過木墩上的被子蓋在長生身上。

長生感到身上一暖，被棉被從頭到腳包裹起來。棉被厚實，被面雖然是粗布的，被裡卻是米白色的細布，最重要的是，棉被上散發出淡淡的清香，跟她身上的味道一模一樣。

長生倉皇地睜開眼睛。「這是……」

趙大玲按住他想揭開被子的手。「你先蓋著，我可以跟我娘睡一床被子。晚上我把你的被子放到灶火前烤一烤，明天一早就能烤乾換回來。」

「不行。」長生固執地掀開被子，身子一歪，跌倒在鋪板上，卻依舊白著臉道：「於禮不合，恐損姑娘的清譽。」

趙大玲自嘲地一笑。「清譽？我都在社會最底層了，還要『清譽』這吃不得又穿不得的東西做什麼？」

她重新用被子蓋住長生。「放心蓋著吧。我真搞不懂你們這些人是怎麼想的，蓋個被子怎麼就有損清譽了？清譽是自己的修養，不是別人嘴裡的話頭。」她歪頭想了想。「我知道了，你是嫌棄我，嫌棄我是個廚娘的女兒，被子上都是油煙味。」

「不是！」長生趕緊搖頭。

「那不就行了？」趙大玲笑得慧黠，起身抱起那床濕被子。「那你先將就一晚，明天就給你換回來。」

「可是，我身上……」長生想到自己一身傷，遲疑了一下。「會弄髒妳的被子。」

趙大玲滿不在乎地搖搖頭。「沒關係，我懶，正好給我一個拆洗被子的理由。」說完步履輕快地走出柴房。

柴房裡只剩下長生一個人，卻留下了她身上那股好聞的香味。他小心翼翼地低頭輕碰了一下被褥，鼻尖傳來柔軟的觸感，嗅到那清甜的味道。

他彷彿怕褻瀆了一般，趕緊將被子往下拉了拉，那縷香氣卻一直縈繞在鼻端。

這一晚，是他自從被貶為官奴以來睡得最好的一晚。夢裡沒有家破人亡的椎心之痛，沒有從雲端跌到地獄的恐懼，沒有翻飛的鞭子和那些人醜陋扭曲的面孔。

他彷彿是飄在空中，扯過白雲蓋在身上，那樣柔軟而芬芳……

第七章　風波

隔天，趙大玲早早地到五小姐院子裡上工。整個上午她都心神不定，不知為何一直覺得心裡慌慌的、不踏實。

果不其然，剛忙活完手裡的活計，就見一個剛留頭、細腳伶仃的小丫鬟跑進來，她一看，正是曾在外廚房打雜的大萍子。

「怎麼了萍子，慌慌張張的？」

大萍子氣喘吁吁地道：「玲子姐不好了，妳家外廚房那裡出事了！內廚房的張嬸子帶著一幫人把外廚房掀了，現今馬管家都去了！」

趙大玲一聽急了眼，扔下手裡的抹布就往外院跑。

原來早上她剛走不久，一群人就氣勢洶洶地闖進外廚房，打頭的是個精瘦的僕婦，一身棕黃色的暗紋褙子，皮色黑黃、顴骨很高，淺淡的眉毛下是一雙渾濁的吊梢眼，一副趾高氣揚的模樣，身後還跟著三、四個人高馬大的婦人。

友貴家的正在和麵，準備蒸午飯的饅頭，見她們進來，忙用抹布擦了手迎了上去。「這不是張嫂子嘛？這大晌午的您不在內院廚房張羅主子們的吃食，怎的跑到外廚房來了？」

原來來人正是掌管內院大廚房的張氏，友貴家的跟著別人稱她為張嫂子。別看兩個人都是掌管廚房的，這內院廚房和外院廚房卻有天壤之別，張氏與友貴家的更是不可同日而語。人家內院廚房做的是少爺、小姐這些主子們的飯菜，光掌勺的僕婦就有兩個，做點心的一個，打下手的兩個，還有幾個劈柴燒火的，可不像友貴家的只有一個大玲子幫忙。

平日內外廚房並無交集，一個是做精細飯食的，頓頓至少要做十幾個菜式、八道點心、四道羹湯；一個是做大鍋飯的，幾籠饅頭、一道素菜了事。

內院廚房的向來看不起友貴家的，說她是插豬食的。友貴家的雖然氣惱，但確實在廚藝上技不如人，所以對上內院廚房的人總是不自覺的矮了一頭，帶上幾分敬畏。好在雙方平日裡甚少見面，所以一向相安無事，可今日張氏突然帶著人闖進來，讓友貴家的心中有些打鼓。

張氏雙手插腰，掃視了一圈，只看見光禿禿的土牆和兩個破土灶，鄙夷地翻了個白眼。「我這是無事不登三寶殿。昨個二小姐特意吩咐了今天午飯想吃燉得嫩嫩的雞蛋羹，可我這蒸鍋都架灶上了，卻忽然發現雞蛋不見了。明明昨早上我才清點過的，筐子裡有二十幾個，這一天下來做菜的澆頭用了十幾個，應該還剩下十來個才對。誰承想，這雞蛋沒孵出小雞來也能自己長腿，說不見就不見。友貴家的，妳也是做廚娘的，應該知道現今外面的雞蛋金貴，要幾個大子一個。要說咱這御史府也不是吃不起，只是現在遣小廝去外面買是來不及了，二小姐還等著吃雞蛋羹呢。」

友貴家的一頭霧水。「那您再找找，指不定放哪個犄角旮旯了，您也犯不著上我這兒拿雞蛋啊！這外廚房可不比您那兒富足，都月底了，我這兒這個月分例的雞蛋早吃光了，還眼巴巴的等著府裡採買送下個月的分例呢，哪兒有多餘的雞蛋給您？」

張氏冷哼一聲，斜著眼睛打量友貴家的。「明人不說暗話。我聽內院廚房灶上秦平家的說了，妳昨天趁著到內院開例會，順腳到內院廚房打了一晃，妳前腳剛走，秦平家的就發現放在筐子裡的十來個雞蛋不見了。妳昨兒個急用拿走了，我也不怪妳，但凡剩了幾個就趕緊還給我，耽誤了二小姐的午飯，咱們兩個可都擔待不起。」

友貴家的這才聽明白，張氏是在指摘她偷了內廚房的雞蛋。友貴家的好像被點燃的炮仗躥得老高，一口啐到張氏的臉上。「我呸！哪兒來的潑皮破落戶，跑來老娘這裡來滿嘴噴糞！老娘會稀罕妳的雞蛋？妳自己下的蛋不說看牢了，還指不定被哪個烏龜王八當自己的蛋拿回去孵了呢！」

張氏的黃臉被氣得發青，張口回罵：「可不是被妳給拿回去了？」

友貴家的一下子炸了。「就妳下的那個蛋也有人要？掉地上都沒人拾，磕開還不準爬出什麼髒東西呢！妳是得好好找找，尤其是那陰溝茅廁裡，說不定妳的蛋得了妳的精華，奔著那骯髒地方就當到家了。」

張氏罵不過友貴家的，氣急敗壞地朝跟來的幾個人一揮手。「給我搜，把那灶台砸了看看是不是藏裡頭了？還有裡屋的櫃子，偷來的鑼鼓敲不得，她肯定是放在一般人尋思不到的地方了！」

幾個僕婦擼胳膊挽袖子一通亂翻亂砸，將筐子裡的白菜都扔在了地上，又狠踩了兩腳，裡屋的櫃子也被打了開，娘兒幾個的衣服被扔了一地，唯一的銅盆也咣噹一聲落在了地上。

在炕上睡覺的大柱子被吵醒，擁著被子坐起來，揉著眼睛迷迷瞪瞪地看著一群人在自己的家裡亂翻、亂扔，繼而光著屁股跳下炕，揮舞著小拳頭捶那幾個僕婦，卻被一個又高又胖的僕婦一隻手拎了起來，徒勞地在空中踢著兩條小細腿。

友貴家的攔了這個，又去攔那個，好不容易撿了地上的一件衣服，一扭頭卻見土灶被砸塌了一角。

張氏蹺著二郎腿坐在外屋的凳子上，得意洋洋地看著友貴家的跟沒頭蒼蠅一樣亂轉，一時間孩子哭、大人叫，地上一片狼藉……

外廚房裡的打鬧驚動了柴房裡的長生，他拖著斷腿從地上爬起來，勉強掙扎到門口一看，幾個僕婦正在那兒一通亂砸。他心急如焚，扭頭看見牆邊立的柺杖，忙伸手拿過來。

幸虧有這根柺杖才讓長生出了門，去找外帳房的馬管家過來解圍。

等到趙大玲趕回外廚房的時候，只見屋子裡跟遭了災似的，除了張氏屁股底下的凳子和跟前的那張破木頭桌子外，已經找不出一件完整的東西。

友貴家的披頭散髮，被幾個僕婦架著，眼睛都直了，大柱子則哇哇地哭著。長生臉色慘白，滿頭冷汗，一身的土，勉強靠著牆壁和柺杖的支撐才沒有倒下。

馬管家正焦頭爛額的平事。「你們說說，這是怎麼茬兒的？前幾天剛鬧了一通，打板子的打板子，攆出去的攆出去，你們怎麼還不消停？今兒又是為了什麼啊？」

張氏這才悠悠地從凳子上站起來，指著旁邊桌上的一個褐色的粗瓷碗，碗裡放著七、八個光溜溜的紅皮雞蛋。「馬管家，您老看看，千防萬防，家賊難防。我內院廚房昨天丟了幾個雞蛋，二小姐想吃雞蛋羹都沒有材料，不承想卻是被友貴家的順手牽羊偷了去。」

友貴家的嗓子都啞了，嘶聲道：「妳胡說！我沒進過內院廚房，也沒偷過妳的雞蛋！」

張氏一臉有恃無恐。「是不是我胡說，咱們可以到夫人面前評評理。秦平家的親眼看見妳到內廚房，那可是有人證的。再說了，如今贓物都擺在這兒了，妳還有什麼可狡辯的？」

友貴家渾身像篩糠一樣，抖著嘴唇分辯。「雞蛋上也沒刻著妳的名號，妳叫它一聲它會答應還怎麼的？妳怎麼就說是妳的？這幾個雞蛋本來就是外廚房裡的。」

「外廚房裡的？」張氏拿起一個雞蛋來到友貴家的面前，手一鬆，雞蛋落在了地上，蛋黃、蛋清灑了一地。「成，妳既然咬死了說不是妳偷的，我也不跟妳爭辯這個。我只問妳，妳剛才還說這個月的雞蛋吃光了，怎麼又跑出幾個來？而且這做飯的食材怎會放在裡屋的櫃子裡？我只知道這櫃子是裝衣服的，還真不知道原來是用來存雞蛋的，還放在櫃子裡角用個破被單蓋著。妳若是心中沒鬼，怎麼會把雞蛋藏著、掖著？若不是偷來的，就是藉著當廚娘的方便給自己撈好處，剋扣了大夥兒的嚼用。這府裡養了這麼一隻偷嘴的大耗子，夫人還蒙在鼓裡呢！」

友貴家的愣了一下，不承想張氏在這兒堵著她呢。

她好像鬥敗的公雞，一下子蔫了，聲音都低了八度。「不是廚房分例裡的，那是我從牙縫裡省下來的錢，找外頭人換了幾個雞蛋。你們也知道，大玲子自打上回的事以後身子一直不健壯，大柱子生得瘦小，又正是長身體的時候，我就想著換幾個雞蛋給兩個孩子補補身子。外廚房人來人往的，人多手雜，我才將雞蛋放在櫃子裡，怕被人順手拿了去。」

友貴家的一輩子要強，從不在人前訴說家裡的窘迫，家裡一文錢不剩的時候也咬牙挺著，在人前還要掙個臉面，此刻被逼得實話實說，自是覺得現眼打臉，抬不起頭來。

趙大玲一下子眼圈就紅了，鼻子酸酸的。她知道她這個半路得來的娘向來是得理不饒人的主，從來不吃虧，此刻卻被人拿捏住，全沒了平日的威風。她寧可看到氣焰囂張、張嘴就罵人的友貴家的，也不願看到此刻的她，好像老虎被拔了爪子。

她叫了一聲「娘」，撲過去推開架著友貴家的兩個僕婦，將友貴家的摟在懷裡。

張氏依舊不依不饒。「呵，瞎話還編得真順溜，別人拍馬都跟不上妳這節奏！眼見糊弄不過去，就開始做小伏低裝可憐了。也行，就算是妳自己花錢買的，可妳有錢換雞蛋，就沒錢還債嗎？幾個月前妳家大玲子要死要活的又是請郎中又是買藥，妳可還向好幾家借了銀子呢，如今有錢了，倒先吃起雞蛋來，欠著一屁股債還吃香的、喝辣的，妳還要臉不要？我都替妳臊得慌！」

一旁的馬管家看不過去。「張嫂子，幾個雞蛋而已，不至於吧！」

張氏裝腔作勢道：「幾個雞蛋自是不值什麼，我講的就是個理。」

趙大玲擋在友貴家的前頭，向張氏道：「我娘是為了給我看病才向府裡人借了銀子，這錢我們肯定會還，但妳也不至於為了我們家有幾個雞蛋就來興師問罪吧，還砸了我們家的東西，這筆帳又怎麼算呢？」

「喲，這狐媚子丫頭倒跟我算起帳來了？自己一身騷，還有臉說東說西的。聽清楚了，咱們可不是來看你們家的家當來的，這不是找賊贓嗎？既然妳娘死活不承認是偷的就算了，我姑且相信是妳娘買的。唉，誰叫我這個人心腸軟呢！」張氏見差不多了，砸也砸了，罵也罵了，也知道見好就收。「再說了，難不成為了幾個雞蛋還鬧到夫人跟前去？夫人主持著一大家子的中饋呢，沒得拿這點兒雞毛蒜皮的小事讓她煩心。」

她扭頭看馬管家。「馬管家您說呢？要不今兒就到這兒了，我只當是吃了個暗虧。時辰不早了，我還得回去想法子找幾個雞蛋出來給二小姐蒸雞蛋羹呢。」

旁邊一個臉胖得跟發麵饅頭似的僕婦對張氏討好道：「這不有現成的幾個嘛，咱拿回去先救救急。」

不承想馬屁拍在了馬蹄上，張氏順手將那個粗瓷碗從桌上嘩啦到地上，幾個雞蛋摔得散了黃，流了一地。

張氏往地上啐了一口。「呸，誰要這窩裡出來的蛋，個個黃子都是黑的，沒得髒了手！」

馬管家也只能無奈地揮揮手。「您走好吧，回去變雞蛋去吧，別變出個臭的來就好！」

一群人散了去，友貴家的滑坐在地上，靠著趙大玲，不哭不鬧，癡癡傻傻的。

大柱子撲到友貴家的懷裡，嗚嗚哭著，淚珠子順著小黑臉往下滾。「娘，妳怎麼了？不就是幾個雞蛋嘛，咱不心疼，我和姊身子都壯著呢，不用吃那個。」

趙大玲一陣心酸，眼淚也差點兒掉下來。來到這個異世，她一直覺得自己像一個局外人，更像一個旁觀者，無論是丫鬟間的爭鬥還是生活的困苦，都不能讓她這個擁有現代人靈魂的異世者真正融入。就像是在看一場電影一樣，最多自己在其中客串一個小角色，電影演完了，散場了，自己也就可以回家了。

然而此時此刻，她心中的悲憤和感受到的屈辱卻是實實在在的。幾個月來她第一次真切地感受到自己是這裡的一分子，她不是在客串角色，這場戲也沒有散場的時候。

她是在過日子，過這個不是人過的日子。

馬管家面色不忍地勸了幾句。「大玲子，快帶著妳娘和妳弟弟從地上起來，妳看大柱子哭的……沒得嚇著孩子。妳也勸勸妳娘，別往心裡去。」

趙大玲扶起友貴家的。「娘，進屋躺會兒吧。」

友貴家的像夢遊似的跟著閨女走，走幾步又回頭向馬管家道：「馬管家，那幾個雞蛋真是我自己掏錢買的，不是府裡採買來的。」

馬管家揮揮手。「行啦，都是府裡的老人了，這點上信得過妳。妳放心，就是真鬧到夫人跟前，我也替妳擔這個保。」

趙大玲和大柱子把友貴家的扶到炕上躺下，心疼地看著她娘平日裡像母老虎一樣剛硬的人，這會兒卻對著牆壁默默流淚。

她從地上撿起一條褲子給大柱子套上。大柱子這大半天的還一直光著呢，又吩咐大柱子照看著友貴家的，自己則出來謝過馬管家。

「今兒多虧您了，幸虧您來得及時，鎮住那夥人，要不然我娘還得吃更大的虧，這房子也得讓她們拆了。只是馬管家，我不明白這是為什麼，她一個內廚房的管事怎會跟我娘過不去？」

馬管家嘆了口氣。「她那是存心找碴呢。那天跟著黃茂到外廚房惹是生非的幾個小廝裡有一個是她的姪子，被夫人打了板子轟出去了，所以她今天來這麼一齣。什麼雞蛋丟了，不過是隨便扯了個藉口到你們家砸東西撒氣來的，就算沒搜出那幾個雞蛋，結果也是一樣的。所以她們砸完東西就走了，也不會把這事鬧到夫人跟前，若夫人真知道了，她也沒臉不是？」

趙大玲不忿道：「太欺負人了，我找夫人評理去！」

馬管家忙擺手勸道：「大玲子，我勸妳還是算了吧。她男人在老爺跟前很得臉，老爺當年出任江北荊州知府時，身邊就帶著她男人做跟班。夫人敬著老爺，不會輕易動他跟前的人。你們呀，只當是吃個啞巴虧，好好收拾一下，回頭我再找幾個小廝來幫著拾掇拾掇灶台。」說完馬管家就搖著頭走了。

趙大玲看著一屋子的狼藉，心中生出深深的無力感和身為底層只能任人欺侮的屈辱感。

「這是個什麼世道啊！」她垂頭坐在唯一完好的凳子上，用雙手捣著臉哀嘆。此刻她真恨不得一頭撞在牆上，保不齊一命嗚呼又穿回去了呢。

現代社會雖然也有不公平，但她還沒遇過這樣顛倒黑白的肆意侮辱，連個說理的地方都沒有。以前憤青時也在網路上喊兩句民主、談兩句人權，現如今落在古代，什麼民主、人權的，說出來都跟中國有民主、人權這笑話一樣，那是遠在天邊的事，屋頂上擺梯子都搆不著。

不知過了多久，趙大玲自手掌中抬起臉時，正好看到長生正專注地看著她，滿含關切的目光彷彿雪山融雪匯成的溪水般清澈澄淨，不沾染一絲凡俗污垢。

他額前頭髮被冷汗打濕了，濕漉漉地貼在面頰上，越發襯得毫無血色的臉頰白得近乎透明，身上更是狼狽不堪，衣服縐巴巴的，又是土又是滲出的鮮血，混成暗紅色的泥印。

他拖著斷腿帶著一身傷去搬救兵，從外廚房到帳房不過幾百公尺，平常人走幾分鐘就到，而他要摔倒多少次，又爬起來多少次？

趙大玲忽然覺得自己沒有資格抱怨。要說活得屈辱、辛苦，有誰比眼前這個人更有刻骨的體會呢？而就是這個人在這種境遇中還幫助了他們一家，她還有什麼藉口不堅持下去？

自己一頭撞死是不能夠了，既然不能死那就咬牙活著。不單單是為了自己，屋裡那抹眼淚的一老一小也是她的責任。

在長生安靜的注視中，趙大玲有些不好意思地搓搓面頰。「我沒事，真的，沒什麼大不了的！」

彷彿是為了印證她的寬慰，長生又盯著她的臉看了一會兒。趙大玲咧嘴給了他一個比哭還難看的微笑，長生這才垂下了眼簾。

「多虧了你去找馬管家，不然還不定鬧成什麼樣呢！只是你的腿是不能用力的，這會兒是不是疼得更厲害了？」趙大玲調適了自己的情緒後才向他道。

長生抿著嘴搖搖頭。可趙大玲知道怎麼可能不疼呢？看他一頭冷汗和微微發抖的身軀就知道了。

她起身攙扶長生。「你得趕緊回去躺著，我一會兒讓馬管家派個小廝去把郎中請來，你身上的傷口又出血了，腿骨也不知道有沒有錯位？得讓郎中好好看看。」

長生輕輕掙脫了她的手，將身體的重心放在枴杖上，垂眼道：「我自己走。」

趙大玲看著自己空落的手臂。喲，這老古董，還男女授受不親哪！

長生艱難地走了兩步，見趙大玲沒有跟上，便停了下來，扭頭輕聲道：「被人看見……對妳不好。」

剛才那個張氏罵趙大玲是狐媚子，明裡暗裡說她品行不端、勾三搭四，為自己姪子抱不平，長生只能用自己的方式來維護她。

趙大玲心中一暖，又有些微微的疼，自己都說不清是種什麼感覺。

繼黃茂事件之後，幾個雞蛋引起的打砸事件又給府裡下人添了話柄，在趙大玲背後嘀嘀咕咕的人更多了。

蕊湘每次見到趙大玲除了「母豬也能看出雙眼皮」這個調侃之外又增加了一個新詞。「喲，大玲子，今天吃了幾個雞蛋啊？」

趙大玲微微一笑。「雞蛋沒吃，笨蛋倒是見到一個。」

蕊湘左顧右盼。「在哪兒了？」

切，就這智商？趙大玲不禁翻了個白眼。

外廚房裡塌了的灶台又砌上了，磕了一個洞的銅盆重新鑲好了，破了的衣裳洗乾淨又打了補丁。還是那句話，再大的委屈，只要還有一口氣在，這日子就得繼續過。

齊嬤嬤上次被大柱子撞了一個屁股墩後傷了後腰，躺了好幾天，在炕上聽聞了雞蛋事件，急得她抓耳撓腮。在看熱鬧、落井下石方面，她向來是不遺餘力。

這一日剛能下地，她就又馬不停蹄地趕過來了，老遠就聽見她用聒噪的聲音扯著脖子嚷：「老妹妹，我給妳帶了家鄉的芡糍糕咧！」

友貴家的臉一沈，低聲嘟囔。「這老貨什麼時候這麼好心了？肯定是好了傷疤忘了疼，又過來踩一踩……」

「快拿盤子來啊！」齊嬤嬤精神抖擻，手裡托著一個豆腐塊大的紙包，進門就嚷嚷。說著自己從灶台上拿了一個大盤子，將紙包小心地打開，捧出一塊淡紅色的糕點放在盤子中間，一個人自說自話道：「老家的茯糍糕，中間夾了核桃仁的，前兩天老家的親戚進京來看我時特意帶給我的。妳男人死得早，老家那邊肯定巴不得跟你們孤兒寡母的斷了聯繫，兩個孩子也可憐，生下來就跟著妳在府裡做奴婢，連府門都沒出過吧！給孩子嚐嚐鮮，窮家破戶的，他們肯定沒吃過這麼俊的糕。」

友貴家的正在煮青菜湯，眼皮都沒抬一下。

齊嬤嬤見沒人搭理她，圍著灶台轉了幾圈，咋咋呼呼地叫道：「這灶台一角怎麼重新抹過了？是不是之前塌了？」

友貴家的裝作沒聽見，繼續忙活著手裡的事。

齊嬤嬤按捺不住，換了一個話題往那話頭子上引。「友貴家的，今兒這湯怎麼這麼稀啊？這清湯寡水的，別是菜也讓妳收櫃子裡一半了吧？」

按照友貴家的以往的脾氣，早就破口大罵了，但經過這兩次事，她受了不小的打擊，只掀起眼皮睞了齊嬤嬤一眼，悶聲道：「還沒勾芡呢，當然看著稀。這外邊日頭還這麼大，我哪能想到有人餓死鬼投胎似的，這麼大老早就來領飯。」

齊嬤嬤有備而來，皮笑肉不笑地說：「勾不勾芡倒是不打緊，只是這看著寡淡，不如打幾個雞蛋進去，飛個雞蛋花就有賣相了。屋裡還有雞蛋嗎？不會都被你們一家子給偷吃了吧？」

友貴家的淡淡道：「喲，瞧您金貴的，喝個菜湯還得要飛雞蛋花。那您走錯地方了，您得去內院廚房要去，或者是老夫人的小廚房，再不成就掏銀子去外頭下館子，可著勁兒地要雞蛋，蒸的、燉的、烤的、煎的隨便點，把這些年下的蛋都塞回去您肚子裡都沒人管您。我這兒可沒這個先例要東要西的，就這清湯寡水，愛喝不喝。」

齊嬤嬤好像一拳打在了棉花上，滿腔熱情沒了用武之地，幾經撩撥，友貴家的就是不接招，只是淡淡地應著，頭也懶得抬。

最後齊嬤嬤只能悻悻地嘟囔：「一副死眉搭眼的樣子，肯定是作賊心虛。」說完便提著食盒走了，離開前不忘把她帶來的糕又用紙仔細包好，一併帶走。

趙大玲進門時，與齊嬤嬤走個對臉，正看見齊嬤嬤邊罵邊出門。她懶得理齊嬤嬤，趕緊進來找友貴家的。

「娘，您沒事吧？齊嬤嬤是不是又來找麻煩了？您別理她。」她小心地看著友貴家的臉色。

友貴家的不想閨女擔心，便道：「沒什麼，不過是聽說了那事又過來說風涼話了，她就那副嘴賤的德行。」

大柱子不知從哪兒鑽了出來，舔著剛長出一半的那顆牙。「娘、姊，妳們別生氣了，我已經整治過她了。」

趙大玲一驚。「你怎麼整治她的？」

大柱子頗為得意。「姊，妳不是說過『狗咬你，你不能咬狗，要拿棍子打牠』嗎？剛才她說咱家的壞話，我沒有出來罵她。」

趙大玲感到欣慰，好險教育沒有白費。「做得對，柱子，罵人也解決不了問題。」

大柱子嘿嘿一笑。「我在她那盆湯裡撒了一泡尿。」

友貴家的聽了一愣，接著哈哈大笑，直到笑出了眼淚，用手背抹著眼角。「還真便宜那個老貨了，那可是我兒子的童子尿咧，包治百病呢！」

趙大玲以手扶額，本想再教育一下大柱子的，但這幾天友貴家的都蔫頭耷腦，難得見她又露出了笑臉。

自家人當然最重要，那娘兒倆已經抱著笑到一堆，趙大玲也放棄了說教，跟著笑道：「幹得漂亮，柱子，該讓她拿你的尿漱漱口。」

當晚，齊嬤嬤覺得這回的青菜湯雖然清湯寡水的，卻別有一番滋味，最神奇的是老腰竟然不那麼痠疼了。

府裡風言風語傳得多了，五小姐也有些坐不住，便找來心腹蓮湘商議。

「那黃茂欺辱大玲子的事還沒過去，又傳出來她娘剋扣雞蛋的事，這大玲子終究是個惹是生非的，妳說夫人若是知道了，會不會指摘我管不好底下的人？」

蓮湘愣了一下，安慰五小姐道：「奴婢倒覺得大玲子自打重新來上工後，為人警醒了不少，也比以前穩重了許多。黃茂的事怪不到她頭上，夫人不是發配了黃茂他們，沒有牽連她嗎？這說明夫人心裡通透著呢。至於剋扣雞蛋的事，沒憑沒據的，不過是府裡下人閒得難受嚼舌根子罷了，當不得真。外院廚房窮得叮噹響，可不比內院大廚房有油水，即便真有剋扣的事，依奴婢看，內院廚房比外院廚房的可能性大多了。」

五小姐嘆了口氣。「話雖如此，她終究是我這院子裡的人，旁人說她時，難保不會捎上我幾句。」

主僕二人在迴廊一角的閒話，正巧被在樹後拾掇花草的趙大玲聽個滿耳，對蓮湘又多了份感激，只是這位五小姐可真不是個可以依靠的好主子。

這天傍晚，趙大玲從枕月閣回到外廚房時，發現屋外堆了一堆劈好的柴火，有的塊大，有的塊小，參差不齊的，還什麼形狀都有，都能給大柱子當積木玩了。

她問向坐在門檻上端著一個破碗吃蠶豆的大柱子。「這是誰劈的柴？」

大柱子嘴裡嚼得嘎吧響，向柴房那裡努努嘴。「長生哥劈的，他拖著一條腿站不穩，差點兒劈了自己的手咧。我還笑他來著，還不如我姊劈得好！」

趙大玲一驚。他不要命了嗎？

她快步進了柴房，見到長生就像往常那樣坐在鋪板上，靠著冷硬的牆壁。

長生見她進來，只看了她一眼就垂下了頭，悄悄把手藏到了背後。

「把手伸出來！」趙大玲虎著臉上前。

長生不動，趙大玲就蹲下來扯他的手臂。長生再瘦也是男人，臂膀繃著勁兒，她自是拉不動。她盯著長生的臉，放緩了聲音。「給我看看。」

許是她的語氣太溫柔，長生慢慢鬆開胳膊上的力氣，讓她將他的兩隻手臂從身後拉了出來。

她用手指輕輕扳開他握著的拳頭，不禁倒吸了一口涼氣。

只見兩隻手的手掌都有大片的血泡，血泡又磨破了滲出血水，一雙手慘不忍睹。

趙大玲來不及埋怨他，匆匆用銅盆打來一盆清水，又取了金創藥和乾淨的布巾，將布巾浸濕，扳著他的手擦他掌心的傷痕。

長生縮回手，低聲道：「我自己來。」

趙大玲白了他一眼，握著他的手腕又把他的手拽到自己面前，沒好氣地道：「放心吧，這裡沒有外人，不會損了您的清譽。」她敲了一下他修長的手指。「把手攤開！」

他靜默了一會兒，才緩緩打開蜷起的手指。

趙大玲湊近仔細看才發現，不但血肉模糊，傷口中竟然還嵌著細小的木刺。她一手托著他的手，一手拔下頭上的簪子，用簪子的尖頭小心地將木刺挑出來。

扎進指縫的那根大木刺被挑出來時，一股血跟著湧了出來，長生明顯抖了一下，她馬上低頭湊過去朝他的手吹了幾口氣。

長生只覺得指尖一暖，有溫熱的氣流拂過，鑽心的疼痛竟然減輕不少。他下意識地蜷起了手指，想要留著那絲暖意。

趙大玲又拍拍他的手。「別動別動，忍一忍，就這根扎得最深，終於出來了。」

從長生的角度，只能看見她低垂的頭頂，因為拔下了簪子，她一頭秀髮傾瀉而下，垂到了他的膝蓋上，彷彿一疋閃著微光的黑色錦緞，還帶著清新的香味。

柴房裡光線暗，她不得不將整張臉都貼到他掌心近處，專心地尋找著傷口中細小的木刺，近得他都能感覺到她呼出的氣息如蝴蝶翅膀一樣拂過他的掌心。那股香暖的氣流順著指尖流到了心裡，讓他不禁心神一蕩，心湖中如落入一顆石子，泛起層層漣漪。

腿上傳來的一陣劇痛將他拉回現實，也提醒自己如今是什麼樣的身分和處境。他眸光一暗，將頭別到一旁。

趙大玲挑完了兩隻手的木刺，又忙活著清洗、上藥、包紮。「記著，這幾天可千萬不能沾水啊！」

等到把長生的兩隻手都裹成了粽子，趙大玲才鬆了一口氣，也有閒心開始抱怨他。「你到底有沒有劈過柴？兩隻手應該虛握著斧頭把手，而不是實打實地抓緊。那個斧頭木柄是剛換的，上面都是毛刺，你就不知道墊一塊布？還有，你腿還沒好呢，怎麼就跑外頭站了這麼長時間？郎中都說了，傷筋動骨一百天，更何況你的腿骨整個都折斷了。現在不在意，回頭骨頭長不好，以後陰天下雨有你的罪受。」

趙大玲發洩完了，發現長生一直不說話，感覺自己一拳打在了棉花上，她推推長生的肩膀。「你倒是說話啊！」

長生抿了抿嘴，方輕言道：「我只是想做點力所能及的。第一次劈柴，劈得不好，本來想再去挑水的，沒找到桶。」

趙大玲想起了剛見到長生時，為了刺激他活下去曾說過的話：我這兒的柴還沒劈、水還沒挑，你好歹也等你好了，做些力所能及的事報答我，然後再去尋死覓活吧！

她一下子沒了脾氣，拿起木簪胡亂綰了頭髮，才向他道：「做這些也不用著急，慢慢來，尤其挑水是萬萬不能去的，你的腿傷沒有好，還不能用力。若是你嫌待著煩悶，又願意做點什麼，就幫我娘揀菜吧。好幾十人的菜量，這可是費功夫的活兒，我娘腰不好，不能老彎著腰揀菜。」

「嗯。」他痛快地點頭應了。

第二天，趙大玲一回來，友貴家的就向她抱怨。

「小祖宗，妳可別讓那個敗家子揀菜了。我這二十多斤的青菜，他揀完了只剩下五斤，夠誰吃？扔的比留的還多，我還得從他扔的那堆裡再一根一根地往回揀。」

趙大玲勸解友貴家的。「好了娘，人都有第一次，您仔細教他不就行了。」

友貴家的一摔門簾進了裡屋。「算了吧，我可教不了那個敗家子。這以前指不定是哪個富貴人家府上衣來伸手、飯來張口的公子哥兒呢！揀個菜跟寫毛筆字似的，先舉到眼前仔細端詳著，然後一手托著一手揪。我都怕他把我這些菜梆子甩出副墨寶來。這我還沒讓他幫我切菜呢，還不得給我切一幅山水畫出來！」

趙大玲一下子想起那天黃茂幾個在屋外說過的話——三歲識字、五歲作詩，十六歲就被皇上於金鑾殿上欽點了探花郎……

那才是他本來的人生啊！

第八章 對聯

白天越來越短，晚飯由酉時三刻改到了酉時一刻，這樣一來，晚飯後的時間就變長了。

自從張氏帶人來鬧了一通後，友貴家的消沈不少，牌也不打了，早早地忙活完就帶著大柱子上床睡覺。

趙大玲躺在床上翻來覆去，腦子裡亂糟糟的，實在躺得難受。她悄悄起身，穿上衣服躡手躡腳地出了門。屋外空氣清冷，涼風一吹，倒是讓混沌的頭腦清醒了些。

今晚的月色很好，月如銀盤，掛在當空，灑下輕柔的光輝，將遠近都照得朦朦朧朧。

屋後是一小片空地，友貴家的開了兩小壟地，種了點蔥蒜，空地旁邊還有一棵老榆樹。聽大柱子說，春天的時候開滿榆花，友貴家的還用榆錢和著麵蒸餑餑呢。

趙大玲在榆樹下的石頭上坐下，托腮看著月亮。只有在這個時候，她才感覺自己是顏粼睿，她租的那間小屋子有一個小露臺，晚上在露臺上抬頭看到的月亮與此時此刻看到的一模一樣。

一陣冷風吹過，她裹緊身上的衣服。很快就要進入冬天了吧，北方的秋天總是這麼短。前些天的一場秋雨過後，樹葉落了大半，樹上只剩下零星的枯葉，更顯蕭條，不過她反倒看到了一絲希望，因為等樹葉都掉光，她就不用一天掃八遍地了，這些日子她掃的地比前世掃的都多，都快掃到吐了。

想到掃地，她不得不正視自己現在的處境。

以前趙大玲是當一天和尚撞一天鐘，壓根兒沒想過巴結主子掙個什麼，她還樂得不用貼身服侍五小姐呢。她可沒那覺悟給五小姐洗小衣裳、搓後背，沒事一口一個奴婢，動不動就得跪著聽訓、做小姐的撒氣筒。

在趙大玲眼裡，那是有辱人格的，還不如她掃地或澆花來得自在。可在經過黃茂和張氏這兩件事後，她的心境發生了變化。

如果她要渾渾噩噩地過日子，就永遠只能待在府裡的最底層，且毫無尊嚴地任人欺凌，生殺大權都掌握在別人手裡。

她不用占卜都能知道以後的日子會怎樣——友貴家的做一輩子的外院廚娘，大柱子長大了給少爺們鞍前馬後地做小廝，自己則胡亂配個小廝接茬給府裡貢獻家生子……

太可怕了，趙大玲想到都心顫。不想這麼過，就得找出路，遠的不說，得先找個可靠的主子，在府裡站穩腳跟。

除此之外，還要想法子賺錢，把當初借的醫藥費都還回去，他們娘兒幾個才能在府裡挺直腰桿子。

至於張氏、齊嬤嬤這樣的人也得時刻提防。齊嬤嬤就是個幸災樂禍的，雖討人嫌，可對他們一家人倒是造成不了什麼傷害；但張氏在府裡根深柢固，這個梁子算是結下了。

趙大玲自認不是個特別記仇、睚眥必報的人，但也不代表可以這樣任人欺負，這口氣早晚要從張氏那裡討回來。

想到這裡，趙大玲突然覺得前路艱難。畢竟獻媚邀寵不是自己的強項啊！她缺乏那種與生俱來視主子為天的覺悟，以及甘願給主子當墊腳凳的犧牲精神，至於丫鬟上位的捷徑——爬上男主子的床，在她眼裡比做個奴顏婢膝的哈巴狗更難。

首先，身為現代人，打死她也不能接受跟別的女人共用一個男人，別說是做小老婆了，做大老婆也不行。從地位上來說，也許正妻比小老婆高，但從本質上來看都是一樣的——每天使盡手段只為了把一個男人留在自己的床上，而他很可能剛剛才從別的女人被窩裡爬出來。

再說，退一萬步來講，即便她能夠拋開自尊心和現代人的愛情觀，拉下臉來「入境隨俗」，可就她冷眼看去，這府裡的幾個男主子也都不大可靠。

像是御史老爺，一張道貌岸然的苦瓜臉，年齡大得都能做她爹了，除了正牌老婆和幾個生育過的姨娘，還有幾個通房妾室，還自稱清流砥柱呢！寒磣不寒磣?!

大少爺還算周正，也領著一份職，但他媳婦兒厲害啊，那可是舞刀弄槍的主兒。趙大玲覺得自己鬥鬥心眼還勉強能行，真動起手來可不是大少夫人的對手。

前兩天，大少夫人還抽了一個丫鬟十幾個耳刮子呢，那丫鬟臉都被抽破相了，起因不過是給大少爺遞茶時碰到了大少爺的手。

至於二少爺，則是個偷雞摸狗的浪蕩主兒，向來不幹正事。她曾經見過一回，隔著八丈遠都能看出他腳步虛浮，走近一看，果真長了一張縱慾過度的腎虛臉。聽說屋子裡的丫鬟和跟前的小媳婦兒只要看得過眼，不是醜得天怒人怨的都能拉上床去。

為此，二少夫人也一哭二鬧三上吊過，可惜不管用，這邊頭都撞在牆上、磕出血了，那邊還摟著丫鬟鬼混呢。在二少爺這兒，爬床容易，出人頭地難。被他啃過丟到腦後，這不是賠了夫人又折兵嗎？

三少爺倒是還沒有正牌老婆，屋裡只有兩個開臉的丫鬟。但他小小年紀就流連花樓，這年頭染上花柳病就是絕症，更別提還有這個年代不知道的AIDS，風險實在太大，她不能拿自己的生命去賭。

最後就只剩下六歲的四少爺，但四少爺現在還尿炕，若要談姊弟戀，這歲數差距也太大了。

每條路都不是她能走的，趙大玲想了整整一個晚上，最後給自己的近期目標定為換個可靠點的主子，賺一點錢，把欠的債還清。

有了錢傍身，就能保障他們一家在府裡有一定的地位，讓她年滿十八歲不得不嫁個小廝的時候有自己的選擇權；至於以後能不能放出御史府，就只能走一步算一步了。

就目前的情況來看，身為一個家生子奴婢，想獲得自由身、過自己想過的日子真的太難了。

目標訂好了，心理障礙也不是不能克服。趙大玲在心裡告訴自己，拿出前世職業女性的鬥志，將丫鬟的生涯當作職場上的工作，現在的自己就是個職場新鮮人，五小姐不是主子，是資質平庸的小組長，而目前要做的，就是換一個小組長。

不過說起來容易，實行起來卻難。

一來，她的身分實在太低了。在基層幹苦力，其他上司卻看不到，所以怎麼脫穎而出是個關鍵。

二來，之前原身給大家留下的印象不算好。她就是個頭腦簡單又不懂得融會貫通的二愣子，這個印象需要慢慢改變，更需要適合的契機。

趙大玲感到心煩意亂，隨手拿起樹枝在地上畫起來。等她想回屋睡覺時，才發現自己在地上寫了一行字：閒看門中月。

她小時候跟著爺爺背了不少對子，此刻竟不知不覺就寫下一個。

閒字中間是個月，這是個拆字對。趙大玲苦笑了一下，看月是看月，自己可是一點兒閒情逸致都沒有。

月上中天，回屋睡覺！

第二天一大早，天才濛濛亮，友貴家的就讓趙大玲去屋後拔兩棵蔥要烙蔥油餅做早飯。

趙大玲打著呵欠來到屋後，呵欠尚含在嘴裡，卻一下子定住了。

只見榆樹下，自己昨晚寫的「閒看門中月」幾個狗爬字旁邊，竟然多了一行字：愁賞心上秋。

趙大玲見筆跡清雋卓絕，環顧左右，只見晨曦中的樹影在初冬的冷風中搖曳，周圍一個人也沒有。

她繞著那行字轉了三圈。對仗得真是工整，拆字拆得精妙，還很有意境，只是這「愁賞心上秋」終究是悲了點。

她想了想，從旁邊草叢裡撿起一根樹枝，在旁邊又寫了一句：思耕心上田。

寫完她扔掉樹枝，拔了兩棵蔥就回屋去了。

晚上回來時，趙大玲迫不及待地先跑到屋後去看，只見「愁賞心上秋」被劃掉了，只留下了「閒看門中月，思耕心上田」。

她對著那兩行字傻笑了一會兒，又寫了一句：南運河，北運河，南北運河運南北。

第二天早上她一看，只見旁邊寫著：春讀書，秋讀書，春秋讀書讀春秋。

她哈哈一笑。果真是掉書袋子裡了，於是又加了一句：東當鋪，西當鋪，東西當鋪當東西。

晚上再看時，那句「春讀書，秋讀書，春秋讀書讀春秋」沒有劃掉，三句排在了一起，大概那人覺得當鋪當東西不如讀書風雅吧。

好吧，那咱們就來個風雅的。

趙大玲手上的大樹枝一揮，寫上：海納百川，有容乃大。

隔天一早，雖然惦記著屋後的對聯，但趙大玲根本沒時間去看就早早地到了枕月閣。

今天是十一月初五，是五小姐的生辰，院子裡的丫鬟和婆子們給五小姐磕了頭，每人領了五十文的賞錢。

蓮湘替五小姐精心梳了一個垂掛髻，又在匣子裡挑了鮮亮的珠釵戴上。五小姐身上穿著新做的櫻桃紅色錦緞窄裉襖子，打扮得喜氣洋洋。不過單就結果來看，垂掛髻將頭髮分在兩鬢，顯得五小姐臉更寬，而櫻桃紅色雖然嬌豔喜慶，卻襯得五小姐有些五大三粗的。

五小姐大概也覺得衣服有些緊了，早餐只喝了碗杏仁茶就帶著蓮湘給老夫人和夫人磕頭去了。趙大玲則被蕊湘使喚得團團轉，又是擦地，又是收拾屋子，彷彿恨不得讓趙大玲把耗子洞都打掃一遍。

中午，夫人留五小姐在她那裡吃長壽麵，蕊湘以活兒多為由，也沒讓趙大玲回外院廚房幫忙，一直到五小姐帶著二小姐、三小姐和四小姐回到枕月閣，趙大玲才有喘息的時間。

幾位小姐帶著禮物來給五小姐祝壽。二小姐帶了一把瀟湘竹扇，自己在扇面上寫了一首賀芳齡的詩；三小姐帶了一盒玫瑰胭脂膏；四小姐則是送了自己繡的香囊。

幾位如花似玉的小姐再加上各自跟著的丫鬟，熱熱鬧鬧、鶯鶯燕燕的一大堆如花少女，但到底不是一個娘生的，感情自然談不上有多深厚，能維持表面上的客氣就不錯了。

二小姐身上穿著冰藍色的襖子，下面是紫色繡玉蘭花的襦裙，一副趾高氣揚的樣子，進門不過打量了一下院子便撇嘴道：「妳這院子裡的花在夏天還有點兒看頭，到了冬天就越發顯得光禿禿的，荒蕪得很。」

五小姐吶吶地不知說什麼好，臉都紅了。

穿著一身淡粉色錦緞小夾襖的四小姐未語先笑。「前個兒入了冬，百花凋零，哪兒都沒有好景致了。要我說，這府裡最別緻的還要數二姐姐的倚雲居，一年四季都是滿院的書香、墨香，光這一份書卷氣，就是多少花草和景觀都比不上的。」

五小姐向四小姐投去感激的一瞥。

二小姐素來以文采自傲，聽到四小姐頗為露骨的讚美，自是感覺良好，進而向幾個妹妹說教道：「咱們雖是閨閣女兒，但也不要一味地花花草草，沾染了太多的脂粉氣。」說完不忘瞟了三小姐一眼。

三小姐的娘親梅姨娘名下有間老爺送的胭脂水粉鋪子，這件事闔府皆知，夫人也為此不高興，所以二小姐也就找個機會刺一刺三小姐。

三小姐面上淡淡的，好像沒事人一樣，倒是跟前的丫鬟紫鳶捧著三小姐送給五小姐的胭脂罐子有些憤憤不平，鼓著頰又不敢發作，只小心地窺著自家小姐的臉色。

四小姐忙不迭地點頭稱是。「二姐姐說得是，妹妹們受教了。回頭我再向姊姊討幅墨寶掛在屋子裡，讓我那沐霜苑也沾沾姊姊的才氣才好。」

「這有何難？還不是信手拈來的事。」二小姐一向倨傲的臉上也難得帶了一抹笑意。

「那妹妹可不客氣了，今兒回去就摘了牆上那幅牡丹圖。我早就嫌那幅畫俗氣，明兒就上倚雲居向姊姊求字去。二姐姐既然答應了妹妹，到時候可不能推賴，要不然我那面牆可要禿了。」

四小姐見竿就上的本事也真是不一般，姊妹兩個有說有笑地進了屋，倒把壽星晾在了一邊。

三小姐似笑非笑地打量著她們幾個，也不加入談話，一副冷淡清高的樣子。不過這位三小姐也果真有清高的本錢，一雙流光璀璨的妙目，身姿窈窕、雪膚花貌，上身穿著一件蜜合色挑銀絲的短襖，下身是淡橘色繡著杏花的襦裙，清清淡淡的顏色，在一眾少女中非常搶眼。

跟她一比，就顯得二小姐刻板倨傲、四小姐精明市儈、五小姐粗壯木訥。有其女必有其母，怪不得梅姨娘能讓老爺心甘情願地給她一間胭脂水粉鋪子。

幾位小姐進了屋，平日枕月閣清清冷冷，難得這麼熱鬧，幾個丫鬟也都忙了起來，端茶倒水、布置點心。

五小姐心高，早就備下精緻的糕點和果子，就怕怠慢了幾位姊姊，惹人笑話。可是枕月閣就這麼幾個丫鬟，蓮湘要照顧五小姐，又要給這位小姐搬凳子、給那位小姐找手爐，只恨沒生出八隻手來。

蕊湘平日裡見不到三小姐，獻不上殷勤，如今終於得了機會，巴不得立即攀上三小姐的高枝，所以一門心思撲在三小姐身上，圍著她團團轉，遞帕子、拿果子，惹得三小姐的丫鬟紫鳶直翻白眼。

五小姐也看見了，可礙於人前，不好發脾氣。

三小姐要喝茶，五小姐一早就備下了上好的鐵觀音，蕊湘見屋裡的熱水不夠熱，正要去取，還沒出門，就見趙大玲提著冒著熱氣的銅壺走了進來。

蕊湘面色一寒，上前兩步接過趙大玲手裡的銅壺，不悅地低聲道：「妳怎麼進來了？」

趙大玲低眉順眼道：「鐵觀音要用滾水沖泡才能激出香味，我見水開了，所以趕緊送過來。」

三小姐聞言，不禁抬頭打量了趙大玲一眼。

趙大玲知道今天是五小姐的芳辰，特意穿了一身半新的衣服，蓮青色的襖子外面是淡青色的比甲，但饒是穿上了自己最好的衣服，還是擋不住被嘲笑。

二小姐跟前的染墨跟她主子一個脾性，看見趙大玲先嗤笑了一下。「什麼德行的也上了檯面了？妳們小姐的好日子，妳卻穿得這麼寒酸，還一身的油煙子味，這不是讓妳們小姐沒臉嗎？」

她的聲音不大不小，正好讓在座的幾位小姐都聽見了。二小姐一向最看不起五小姐，連帶著她跟前的丫鬟也不拿五小姐當回事。

五小姐一下子白了臉，手裡的帕子都快扭出水來。她面帶慍怒，向趙大玲道：「誰讓妳進來的？這精細活自有蓮湘、蕊湘她們做，妳外面待著去，別一個不小心再衝撞了幾位姊姊！」

趙大玲在心裡翻了個白眼。嘿，當我願意伺候妳們呀？

五小姐也是個沒腦子的，她不提還好，這麼一提，倒讓正在聊天的二小姐和四小姐停下來看向趙大玲。

二小姐本來沒注意趙大玲這個人，一見之下，立刻想起幾個月前的屁股墩兒，再加上五小姐說「衝撞」，更讓二小姐覺得這是故意諷刺自己，又提起她在人前出的醜，當下就黑了臉，向五小姐道：「今兒要不是妳的壽辰，我是懶得踏足妳這枕月閣，一院子都是不懂尊卑禮教的。」

這是把枕月閣的人都罵了進去，五小姐快哭出來了，又是氣惱，又是難堪，但又惹不起二小姐，只能把所有怒氣都發洩到趙大玲身上。

「沒眼色的東西！還杵在那裡幹什麼？還不快向二姐姐賠罪！」

趙大玲氣得鼻子冒煙。賠的哪門子的罪啊？若論上回屁股墩兒的事，這鞭子也挨了、湖也跳了，還不夠嗎？若說今天的事，自己不過送壺水進來，又怎麼惹到她們了？

我忍，我忍，我忍……趙大玲在心裡唸了好多遍，接著才躬身向二小姐道：「奴婢粗手笨腳的，原本就只配幹掃地的活兒，今天見幾位小姐都來為我們小姐賀生辰，怕咱們枕月閣招待不周，怠慢了幾位小姐才送水進來的，不想卻惹幾位小姐不快，是奴婢僭越了，奴婢這就出去，不過走之前，奴婢還有一個心願。

「之前奴婢在二小姐面前失禮，害您跌倒，奴婢也是後悔萬分，唯有以死謝罪，可惜老天沒讓奴婢死成。後來奴婢的娘和府裡的嬸子都開導奴婢說：『妳也太想不開了，若就這麼尋死，傳出去豈不是讓人說二小姐因為一點小事逼死丫鬟？妳這不是給二小姐臉上抹黑嘛！二小姐雖是閨閣貴女，卻胸襟敞闊，斷不會為這一點小事怪罪妳。』奴婢聽了這話，才斷了尋死的念頭，但對您一直心存歉意，今天有幸再次見到二小姐，也終於有機會正式向二小姐道個歉。」

這一席話說得二小姐倒無法發作了，若是接著沒完沒了，不顯得自己心胸狹窄嗎？話趕話地說到這兒，二小姐也只能敞闊一把。「妳不提那事我都忘了呢，不大點的事，哪裡就值當妳要死要活的？」

這種情形下，五小姐一般是接不上話的，還是四小姐機靈，立刻心悅誠服地讚道：「我就知道二姐姐是巾幗不讓鬚眉的人物，自己受了天大的委屈，卻從來不往心裡去，也不會記恨別人，這份胸襟和氣度，真讓妹妹敬佩。只可惜二姐姐不是男子，若是男子的話，就憑二姐姐的人品學識，定有一番大作為。」

這馬屁拍得太到位了，二小姐非常受用，心情一好，當真大度起來，向趙大玲揮手道：「把茶倒上吧，就當妳賠過罪了。以後這事不提，再提可就沒意思了。」

說著又上下打量了趙大玲一眼。「衣裳是寒酸了，好歹妳們小姐芳辰，也應該打扮得齊整些。想來是五妹妹這邊沒什麼富餘，這樣吧，回頭我讓丫鬟送一身不常穿的衣裳過來，就當賞給妳的。」

這居高臨下的口吻，若是之前的趙大玲早就甩手撂挑子了，可如今她已經練就一身心平氣和的好本事，上前沏了茶，恭恭敬敬地遞給二小姐，才躬身行禮道：「無功不受祿，奴婢怎麼好意思接受二小姐的賞賜呢？再說我們小姐平日裡也沒少給我們衣服和小東西，都是我眼皮子淺，把好東西擱了起來，捨不得穿。」

趙大玲一席話都在給五小姐找臺階下，若真接受二小姐的衣裳，豈不是狠狠打了五小姐的臉？她畢竟在五小姐跟前當差，本著職場原則，關鍵時刻是一定要給頂頭上司遞梯子的。

蓮湘適時地輕碰了五小姐肩膀一下，五小姐才如夢方醒，假意埋怨趙大玲。「妳也真是的，賞妳的衣服穿戴上就是了，留著做什麼？沒見過捨不得穿卻把好好的衣裳放壞的。不敢煩勞二姐姐，我的丫鬟哪有讓二姐姐破費的道理？正好我有兩件衣裳顏色不大喜歡，就給妳吧，可要記得穿，別再壓箱底了。」

四小姐掩嘴而笑。「五妹妹真體恤人，怪不得我的丫頭們都說五妹妹仁厚，恨不得到枕月閣當差呢。」

五小姐終於找回一點面子，也跟著笑了起來，趕緊讓蓮湘翻箱倒櫃地拿出兩件衣裳當面賞給趙大玲，又忙著張羅幾位姊姊喝茶、吃點心。

趙大玲悄悄退了出來，出門時，看到一直沒怎麼說話的三小姐看了她一眼，目光中彷彿已洞悉一切，將所有人和所有事看得透澈。

柳府的小姐午後都要歇息，於是眾人聊了一會兒就散了。

小姐們前腳剛走，李姨娘就到了，母女兩個關起門來說體己話。想想在大宅門裡做姨娘也挺悲哀的，親生女兒還得管別人叫母親。

五小姐見到李姨娘，也不過招呼一聲。「姨娘來了，煩勞您老惦記著我。」即便再親，人前也要做出一副不遠不近的冷淡樣子來，更別提娘兒倆在府裡仰人鼻息的地位，這也更堅定趙大玲絕不稀裡糊塗給人做妾的信念。

當然，趙大玲也沒資格去可憐人家，人家再怎麼說都比自己這個燒火掃地丫頭來得強吧。

其實今天趙大玲拎著銅壺進去確實是有意為之，說她想攀高枝也不算冤枉。她整日就待在枕月閣和外院廚房，很少有機會能在御史府幾位主子跟前露臉，而今天正是近距離觀察那幾位小姐的好機會。

想要在府裡活出人樣，就必須換個頂頭上司。五小姐愚鈍懦弱，是靠不住的，就像剛才，為了二小姐一句話，她就可以毫不猶豫地把她扔出去。

一個不愛護也不能保護下屬的上司不是好上司。

而二小姐就更是算了吧，雖然她根正苗紅，但趙大玲可不想整日靠著溜鬚拍馬混飯吃。

二小姐這種人好哄，看四小姐對她是怎麼說話、怎麼辦事的就知道了，只要時時刻刻捧著她就行，但是趙大玲偏偏不願費這個腦子去取悅二小姐。

起碼她想保留一點尊嚴和自由。

至於四小姐，雖然年紀小，馬屁段位已然很高，已經達到了春風化雨、潤物無聲的境地。當然，她沒有瞧不起四小姐的意思，四小姐自幼喪母，在夾縫裡生存，只能靠著討好夫人和二小姐過日子，也是個可憐的孩子。只是趙大玲覺得跟著四小姐沒有意義，難道要主僕二人組團拍馬屁嗎？

剩下的三小姐倒是有點兒意思。不言不語的，總是透著股清高味，人看著也是有主見、有腦子的。

趙大玲曾遠遠見過梅姨娘一回，那雪膚花貌、風姿卓越果真不是夫人、翟姨娘和李姨娘能比擬的，不過舞姬這個出身也實在是拿不出手，府裡的人大多看不起這樣低的身分。

聽聞梅姨娘是個不爭不搶的性子，偏安一隅，要不然也不會被夫人所容，但是這個三小姐卻沒有隨梅姨娘的恬淡性子，是個不甘屈居人下的人物，聽說老爺還曾經說「可惜三小姐不是個男子」，這句話可是很高的評價，連一向自認文采斐然的二小姐都沒得到老爺如此肯定。

趙大玲正想著，就在迴廊裡被蕊湘攔下了。

「行啊妳，不好好掃地，倒會上趕著攀高枝了？狗顛兒著送熱水進屋，又是沏茶又是道歉的，在幾位小姐跟前露了臉，還得了小姐兩件衣裳，這會兒心裡是不是特別得意啊？」

趙大玲繞過蕊湘繼續走，想了想又轉回來。「我穿粗布衣裳習慣了，小姐的衣裳這麼精細，我是不配穿的，不如給妳。」說著將五小姐給的兩件衣服塞進蕊湘手裡。

蕊湘看著手上一件蔥綠色的夾襖和一件薑黃的繡花褙子，有些難以置信。「妳真的要給我？」

趙大玲點點頭。「妳穿肯定比我穿好看。再說了，妳是五小姐跟前的丫鬟，整日需要陪小姐出去見人，當然要穿得體面些，我就是燒火掃地的丫頭，這麼金貴的衣服穿在身上，我還怎麼幹活呀？」

「算妳識趣！」蕊湘高高興興地拿起衣服在身上比劃。

「腰身這裡有點兒肥了，還得改改。」趙大玲在一旁當參謀。

這等於是變相說蕊湘比五小姐苗條，蕊湘聽了挺得意。「得往裡收三兩吋呢，不然不貼身，穿起來臃臃腫腫，白糟蹋了好衣裳。晚上我就改！」

趙大玲摩挲著衣裳袖子。「這料子真滑，是緞子的吧？緞子軟，不好裁剪，小姐的衣服都是外頭裁縫鋪子裡的裁縫專門來量體裁衣的，瞧這針線手工，多精細，一般人還真做不來。要我說，蕊湘姊姊還是別自己改了，萬一做不好，挺好的衣服就毀了。」

「那怎麼辦？」蕊湘也有些犯愁。「說得我也不敢動手了，我的針線活兒再怎麼著也不如外頭的裁縫靈光。」

趙大玲覺得好笑。說得她針線活不賴似的，一個荷包都能繡一個多月。她忍住笑。「不如拿出去讓外面的裁縫改。這樣吧，這不馬上就到月中了嗎？我聽妳說過，妳娘都是這個時候進府給梅姨娘送上個月的鋪子盈利，妳就讓妳娘把衣服拿到外面改，下個月月中再送回來，正好趕上過年穿。」

蕊湘眼睛一亮，興致勃勃地道：「這倒可行，回頭我讓我娘將我的尺寸量好，找家好裁縫仔細地改了。這兩件衣服顏色有點兒素淨，繡花也只有下襬和袖口兩處，我再讓外頭的繡娘補些繡花。」

蕊湘越說越興奮。「妳說，這件蔥綠的就繡粉色的桃花，薑黃的則繡紅色的芍藥花怎麼樣？」

趙大玲故作羨慕。「那肯定好看。不過聽說外頭的裁縫不便宜，而且人家都說做衣服容易，改衣服難。這麼兩件衣服，腰身都要改，再加上繡活兒，不知道要多少錢呢？」

蕊湘滿不在乎地一昂頭。「我爹娘管著梅姨娘的胭脂水粉鋪子，這點兒錢還是有的。雖說那鋪子地段不好，但一個月的盈利怎麼也得十幾兩銀子……」她自覺說漏了嘴，又趕緊含糊其辭。「不過刨去人吃馬餵的，也就剩下幾兩了。」

趙大玲聽說過，梅姨娘每個月能從胭脂水粉鋪子那邊拿到三、五兩銀子，不過鋪子裡只有蕊湘爹娘兩個人看著，再加上兩個製作胭脂水粉的工匠，什麼人吃馬餵能一個月花掉十兩銀子？

趙大玲識趣地忽略這個問題，又靦覥道：「還得煩勞姊姊一件事。」

蕊湘得了衣裳，正在興頭上，遂大方道：「說吧！」

趙大玲扭捏了下。「能不能讓妳娘給我帶一盒水粉、一盒胭脂進府？」她咬咬牙，把今天五小姐生辰發的五十文賞錢掏出來。「不知市面上的胭脂水粉多少錢？我就這五十文，夠不夠？」

蕊湘不屑地推開趙大玲的手。「這點兒零碎錢也就只夠買一盒茉莉香粉。薔薇香粉六十五文一盒、鳳仙花膏一百五十文一盒、胭脂八十文一小盒，一百二十文一大盒。像今天三小姐送給五小姐的那種上好的玫瑰胭脂膏要二兩銀子一盒呢。」

蕊湘說起胭脂水粉的價格來如數家珍，須臾揮揮手。「得了，我讓我娘給妳帶一盒茉莉香粉和一小盒胭脂，權當送妳了，妳值我情就行。」

趙大玲麻利地將五十文塞回懷裡。「那就謝謝蕊湘姐姐了。」

笑話，兩件衣裳換兩盒胭脂水粉，誰值誰的情？當然，別人的衣服趙大玲也不會穿，給了蕊湘，從她那兒套出了不少話，還瞭解了市面上胭脂水粉的行情，也算是物盡其用了。

蕊湘鄙夷地看著趙大玲。「瞧妳那財迷樣，五十文錢恨不得串肋條上呢。」

晚上回去後，趙大玲將五十文錢給了友貴家的。

「妳們五小姐還挺大方的，過個生日還給底下人賞錢，還是在小姐跟前當差好啊！」友貴家的挺高興，說著把錢用帕子包好，塞到炕上的褥子底下。

家裡還欠著外債呢，得存起來還債。

趙大玲在心裡算了一下，五十文錢也就合現在的二、三十塊，實在是少得可憐。唉！什麼時候才能攢夠還債的錢？此時此刻，趙大玲賺錢的願望空前強烈。

她一直惦記著屋後的對聯，忙乎完了晚飯，趕緊抽空跑到屋後，只見昨晚寫的「海納百川，有容乃大」旁邊用清雋的字體寫著「土載萬物，無怨方平」。

趙大玲摸著下巴品評了一下，工整是工整，只是意境上差了一些，遂在旁邊的空地上將林則徐的原對寫上：壁立千仞，無欲則剛。

第二天一早她去看時，果不其然，那行清俊的字跡消失了，只留下了自己寫的「海納百川，有容乃大；壁立千仞，無欲則剛」。

她發現字跡旁邊有一處泥土有些雜亂，彷彿有人在這裡站了很久。

從此以後，趙大玲每天多了件事做，就是在屋後空地上寫對子。

她寫出上聯，等著有人來對下聯，第二天再把她知道的原對下聯寫出來。

她有種自己在欺負人的感覺。這些對聯都是小時候爺爺硬要她背下來的，如今她卻來為難一個對這些對聯一無所知的人。

其實他寫的下聯已經很工整嚴謹，但一個人的文采如何能及得上幾千年累積下來的文明？所以每回對方將自己的下聯劃掉時，趙大玲都會再寫出來，留了三句在地上。

趙大玲將飯送到柴房。雖然長生能拄著枴杖走動，幫忙劈柴、揀菜，卻一直只在柴房裡吃飯。見到長生時，趙大玲總是擺出一副若無其事的樣子，從來不提對聯的事。

這種感覺挺有意思，像是兩人之間的小秘密，心照不宣卻都不說破。倒是長生有時會偷偷地打量她，目光中帶著探究，當她轉過頭盯著他，他又會羞澀地低下頭，將饅頭掰成小塊，安靜地放進嘴裡。

一連好幾天都沒有難倒他。趙大玲起了促狹之心，寫上：琴瑟琵琶，八大王一般頭面。

這可是金庸在《射鵰英雄傳》裡寫的絕對，清朝末年的版本是「琴瑟琵琶八大王，王王在上。魑魅魍魎四小鬼，鬼鬼犯邊」，不過本著對武俠小說的熱愛，趙大玲更喜歡金老先生的對聯。

第二天一看，旁邊的泥土凌亂，隱約可見寫著「江河湖海三點水」、「松柏榆槐四根木」幾行字，顯然對方沒有找到最好的答案，所以寫完又劃掉了。

趙大玲嘿嘿一笑，該幹什麼就幹什麼去。

第三天再看，地上還是一片雜亂，顯然那人在這裡逗留很長的時間，在地上寫了劃，劃了又寫，然後再劃掉。

到了第四天時，地上被扒拉得很乾淨，寫著「琴瑟琵琶，八大王一般頭面」旁邊的空地上撒著一層細細的土，平平整整的，這是在虛心求教呢。

趙大玲悄悄得意了一下，這才在空地上寫上「魑魅魍魎，四小鬼各自肚腸」。

隔天再看時，屋後的空地上寫滿了「琴瑟琵琶，八大王一般頭面；魑魅魍魎，四小鬼各自肚腸」，好像學生被老師罰寫一樣。

趙大玲不禁想像起長生苦惱地思索下聯的模樣，彷彿能看到那個才華橫溢、意氣風發的探花郎。

長生一天一天地好了起來。不僅是身體上的傷漸漸結痂，自從有了這個對聯遊戲，他便多了一分牽掛和一分樂趣，在思索對聯的時候，他會暫時忘了自己的苦痛和遭遇，想著下聯該對什麼？如何遣詞造句？時間便能飛快地溜走，白天和夜晚都不再那麼難捱了。

第九章　暴露

天氣越來越冷，一場初雪過後，宣告著冬天正式降臨。

友貴家的腰疼犯了，躺在裡屋炕上沒起來。每到入冬的時候，友貴家的這個老毛病就會發作，而柱子也還在賴床。

奎六兒提著食盒來領早飯，小眼睛四處一瞧，沒看見友貴家的那個母老虎和小狼崽子一樣的大柱子，只看見趙大玲一個人站在灶台前，立刻感覺骨頭都輕了幾兩。

之前奎六兒藉著拿飯的名義向趙大玲說幾句便宜話，都被友貴家的拿著鍋鏟給打跑了，今天機會難得，他覥著臉湊過來，涎皮賴臉道：「玲子妹妹，今天穿的這件衣服顏色嬌豔，更襯得妹妹的臉跟敷了粉一樣！」

趙大玲身上是一件末等丫鬟的藏藍色粗布棉襖，為了耐磨，領口和袖口縫了一道褐色的滾邊。她怕冷，外面還套了一件青布比甲。就這身打扮還能叫嬌豔？趙大玲突然有些相信奎六兒對她是真愛了。

趙大玲沒搭理他，將饅頭撿進他帶來的食盒中，正要盛粥，卻被奎六兒握住了拿著鐵勺的手。

奎六兒摩挲了一下，一臉的陶醉。「玲子妹妹的手可真細，怎麼看都不像是做粗使活計的。不如跟了我，我向夫人討了妳怎麼樣？保證以後讓妹妹享清福，不用在廚房裡幹這累人的活兒。」

趙大玲心裡一陣膩歪，甩掉奎六兒的手。「哪兒涼快哪兒待著去，再在我跟前胡說八道，我叫我娘去。」

「喲，別給臉不要臉。」奎六兒瞪大了一雙綠豆眼。「黃茂那小子摸得妳，老子就摸不得？妳還真把自己當什麼了？老子說娶妳，那是抬舉妳，就妳現在這名聲，除了老子誰還敢要妳？」

趙大玲氣白了臉。再怎麼說她也只是個女孩子，即便有前世的經驗，在這種卑鄙小人面前也落了下風。打又打不過，市井裡難聽的話她又罵不出口，只能揮舞著鍋勺。

「你滾不滾？黃茂什麼下場你也看到了，你是不是想跟他一樣？」

奎六兒上前一步，有恃無恐道：「少在老子面前裝什麼貞節烈女！黃茂那回還有人說妳是被迫的，若是再出這麼一檔子一樣的，妳說大夥兒會怎麼說？說不定有人要替黃茂他們幾個喊冤咧！」

趙大玲面罩冰霜，咬牙道：「大不了就是個魚死網破，我落不得好，你也別想占到便宜！」

奎六兒眯著眼睛盯著趙大玲，見她神色堅定，遂又換上一副嬉皮笑臉的嘴臉膩乎過來。

「玲子妹妹，哥哥就是喜歡妳，幹什麼動不動就要死要活的，多不吉利！來，先把哥哥的粥盛上，咱倆再慢慢聊！」
趙大玲不自覺地往後仰，躲開奎六兒伸過來的臉。斜刺裡伸出一隻手，手腕優美，白皙而修長的手指握住鍋勺的尾端，將鍋勺從趙大玲手裡拿了過來。
趙大玲扭頭，見長生拄著柺杖，穿著府裡下等僕役的青黛色粗布短衫，衣服在他身上鬆垮垮的，只能用一根布繩繫在腰間。
青黛色襯得他面色蒼白，嘴唇也淺淡得沒有血色。雖是這樣的裝扮，也掩不住他身上高貴儒雅的氣度，整個人如修竹一般挺拔。
他上前一步，將趙大玲擋在身後，這才舀了鍋裡的粥，盛到奎六兒帶來的粥盆裡。
趙大玲看著他的側臉，粥鍋裡升騰的熱氣氤氳了他的眉眼，更顯得他眉目如畫，帶著一絲不食人間煙火的氣息，讓人感覺這樣一個神仙般的人物，壓根兒就不該出現在這個破舊陰暗的廚房裡。
奎六兒見橫空殺出來一個人，嚷嚷開了。「喲喲喲，哪兒跑出來的瘸子敢擋你爺爺的路！你小子是不是活膩了？出去打聽打聽你奎六兒爺爺的名號，看嚇不死你！」
長生不語，將裝滿的粥盆放到奎六兒面前。
奎六兒像看個稀罕物似的上下打量他。「瘸子，你不會還是個啞巴吧？你爺爺跟你說話呢，你也不知道知會一聲。」說著還用手推了推長生。「快滾一邊去，你爺爺沒空搭理你。」

長生被推得趔趄了一下，依然抿著嘴站在趙大玲前面。

「喲，小子，還跟你爺爺強上了？看老子不廢了你另外一條腿！」奎六兒說著便掄起拳頭要開打。

長生彎腰從灶膛裡抽出一根燃了一半的木柴，將帶著紅色火苗的一頭直指奎六兒面門。一陣糊臭味傳來，奎六兒的眉毛和額前的頭髮已經被燎糊了。奎六兒「嗷」的一嗓子，嚇得一邊往後躲，一邊手舞足蹈地在臉上胡擼。「哎喲，想燒死你爺爺啊！要出人命啦！」

長生拿著木柴逼近一步，目光凜冽。「別再糾纏趙姑娘！」

奎六兒三步併作兩步跳出廚房，見長生沒有追出來，又手扒門框往裡看，一張臉烏漆抹黑的，頭髮被燒掉大半，眉毛也都沒有了，只剩下眼白看得清楚，跟個黑乎乎的葫蘆似的。

奎六兒怕再挨打，又捨不得那食盒，躡手躡腳地走了進來，見到長生冷冷地看著他。

奎六兒一邊瞟著長生手裡依舊燒著的木柴，一邊眼明手快地搶過灶台上的食盒，像兔子一樣地跑出屋，站在院子裡插腰罵道：「孫子也敢惹你爺爺了！你小子有種別跑，等著爺爺回來收拾你！」說完落荒而逃。

直到奎六兒跑遠，長生才將手裡的木柴塞回灶膛裡，又蹲下身，拿起旁邊地上堆著的乾木柴扔進火中。

「謝謝。」趙大玲也蹲在他旁邊。「不過你小心點兒，小心奎六兒回頭報復你。」

長生搖搖頭。「鼠輩而已，欺軟怕硬，不足為懼。」

趙大玲想到奎六兒一臉烏黑、沒有眉毛的狼狽相，不禁仰頭笑了起來，又解氣道：「活該，看他還敢不敢來領飯！」

蹲在灶火前的女子展顏一笑，火光映紅了她的笑顏，她的眼睛亮晶晶的，雖是粗衣荊釵，卻自有一派霽月風光、神采飛揚的明朗姿態。

長生看著她，目光溫和，隱帶笑意，直到趙大玲笑夠了，一扭頭與長生目光相碰，他才趕緊避開，又看向灶膛。

屋裡一時安靜下來，只聽見木柴燃燒的噼啪聲響。長生向來寡言少語，這活躍氣氛、沒話找話的事只能留給趙大玲。

「我剛才還擔心你罵不過奎六兒呢，他那種人嘴裡不乾不淨的，什麼都敢說，沒想到你拿燒著的木柴燒了他的頭髮和眉毛，倒是讓他不敢再胡說八道。」

長生「嗯」了一聲，盯著火苗輕聲道：「妳說過的，狗咬了妳，不能咬狗，要用棍子打牠。」

唉，趙大玲以手扶額。原來那日聽進去這句話的不只大柱子一個。

兩個人並肩在灶前，別有一番溫暖的感覺。趙大玲探身去拿瓷盆，正好長生也伸出手，兩人的手指在空中相觸又即刻彈開。

趙大玲只覺得一串火花從指間傳到心裡，內心禁不住怦跳起來。她偷眼去看長生，長生面色緋紅退開了兩步，窘得手腳都不知道放在哪裡。

剛才揮手的時候，一個小紙盒子從趙大玲的袖籠裡掉了出來，滾到柴火堆那裡，長生彎腰撿起來，垂著眼遞給趙大玲。趙大玲伸手去接，長生臉更紅了，沒有將盒子交到趙大玲手裡，而是放在旁邊的灶台上。

趙大玲微微失望，竟有些心煩意亂起來，不知是因為長生的退縮，還是因為自己的莫名心動？

前世她也交過男朋友，雖然沒有特別親密的舉動，但花前月下、牽手、擁抱都曾經歷過，可是她從來沒有體驗過剛才那種感覺。僅僅是指間不到一秒鐘的觸碰，卻感覺渾身的血液都在沸騰。

她深吸一口氣，若無其事地拿起那個小盒子。

這是昨天蕊湘的娘帶進府的茉莉香粉。盒子摔裂了，一些白色的粉末落在地上，一股茉莉花的清香飄散出來。

「對不起，害妳摔了這個盒子。」長生心中愧疚。他知道這一家人的狀況艱難，這盒香粉對她來說一定很珍貴。

趙大玲無所謂地拿起掃帚將香粉掃到一邊。「沒關係，我只是拿來研究裡面的成分，我又不用這個。」

長生只道她是在安慰自己。他想起以前見過的矜貴女子，都是臉塗得白白的，面頰上點著粉紅色的胭脂，他恍惚記得在一桌酒宴上，一個自詡風流的公子曾吹噓花百兩紋銀買一盒胭脂，只為博佳人一笑。當時他雖不屑花錢買笑的行徑，但是也不覺得百兩銀子是多大的數目。如今不過是市井裡一盒廉價的香粉，他卻連「我買給妳」幾個字都說不出口。

果然，身分低賤的人，命都不是自己的，什麼都是奢望，連心動的資格都沒有。

趙大玲見長生神色黯淡，心中一緊，知道他必是想多了，趕忙自嘲：「真的，沒騙你，就我這張臉，哪兒還用得著那些霜啊粉啊的。」

長生張張嘴，想對她說不要妄自菲薄，想說「妳比我見過的所有女子都美好」，但這些話還是沒有說出口。

不過好在他沒說出來，因為他根本就誤解了趙大玲的意思。趙大玲繼續大言不慚道：「臉黑的才塗粉，一臉雀斑的才需要用胭脂遮掩。我這天生麗質、皮光水滑的，搽胭脂抹粉反而不好看。」

好吧，長生承認趙大玲說的是實情，但這種話不是應該等著別人來說嗎？哪有自己嚷嚷出來的？

趙大玲沈浸在對自己的自吹自擂中。「你別看我穿著粗布衣裳，一身油煙子味，但是我自然啊。那句詩你聽過沒有？『清水出芙蓉，天然去雕飾。』說的就是我這樣的。」

長生咀嚼著這兩句詩，一時竟有些癡了，忽然又憶起她上次說過的一句話，不禁問她：「記得妳上次還說過一句『出淤泥而不染……』」

趙大玲很高興他不再提香粉的事，隨口接道：「是啊。『出淤泥而不染，濯清漣而不妖；中通外直，不蔓不枝；香遠益清，亭亭淨植，可遠觀而不可褻玩焉。』周敦頤的〈愛蓮說〉真是道盡了蓮花的氣節風骨。」

長生喃喃唸著，臉上生出敬慕之色。「周敦頤？此人文采卓絕，千古難見，在下枉讀詩書十數載，竟然不知此人。」

趙大玲這才想起來，自己一時高興說溜嘴了。這是一個架空的朝代，國號大周，跟自己知道的唐宋元明清都扯不上邊，既然扯不上，就不會出現李白的詩句和周敦頤的《愛蓮說》。

她趕緊往回拽，信口編了一個瞎話。「周敦頤是我父親的一個朋友，當時我還年幼，他來御史府看望我父親，正值六、七月份，池子裡的蓮花開得正好，他便指著蓮花隨口說了幾句，我就記下來了。」

趙友貴一個御史府的僕役竟然能有這麼一位出口成章的朋友，怎麼聽都覺得不對。不過長生也沒追究，只是一臉悵然。「沒想到當世竟有此等氣節高遠之士，若能見上一見，真乃畢生幸事。」

長生又想起一個困惑他多日的問題。「對了，當日得姑娘勸誡，榮辱有大是大非和個人得失之分，實乃當頭棒喝，在下一直銘記於心，只是尚有幾點不明，還請姑娘指教。」

趙大玲想了想，才想起是長生剛來的時候，自己為了勸他活下去，曾說了一車子的話，究竟說了什麼她也記得不是很清楚了，不外乎是鼓勵他放下個人榮辱，好好活下去。

「不用說什麼指教之類的話，你問吧，我要是還記得肯定會告訴你。」

長生思索道：「當日姑娘曾說，西楚霸王項羽在烏江自刎，可是史書記載，他當日渡過烏江回到江東，重整了兵力，並於次年帶領兵馬重渡烏江，在垓下大敗劉邦，建立了大楚，興國二百餘年……為何後人說他『生當作人傑，死亦為鬼雄』？」

嘶！趙大玲倒抽了一口冷氣——原來歷史是在這裡分了岔！

她腦子轉得跟風火輪一樣，努力回想自己還對長生胡說八道過什麼？那日黃茂尋事，她勸長生時好像提到了越王勾踐、荊軻和韓信，這應該沒有太大的問題……糟了，還有一個漏網的文天祥。

果不其然，還沒等趙大玲想出托詞，長生已經問了出口。「還有，文天祥是誰？如此義薄雲天、碧血丹青之人，在下竟從未聽說過。姑娘說他是南宋人，南宋又是哪朝哪代？『人生自古誰無死，留取丹心照汗青』，這句詩在下也從未讀過。」

見長生一臉期待地看著自己，趙大玲撓撓腦袋。「這個啊，都是我爹告訴我的，當時我年紀小，可能是我記錯了。原來項羽沒死啊？真好真好，兵敗自殺多窩囊，不死就對了！南宋文天祥是我爹從話本裡看到的，覺得有教育意義，就講給我聽。其實話本裡的都當不得真，你不用糾結……喲，時間差不多了，我得去枕月閣了！」

說完，趙大玲趕緊溜掉，留下長生一人依舊滿臉迷惑。

這時友貴家的一手捂著後腰，一手端著銅盆從裡屋走出來，見到灶裡的火，指著長生道：「別往灶裡添那麼多柴火，外院廚房的柴火一個月就兩擔，得省著點兒用。我就說你是個敗家子，那粥都煮沸了，還燒火幹麼？趕緊滅了！」

長生手忙腳亂地熄了火，惹得友貴家的頻頻搖頭。「架架棱棱，一看就是沒幹過活兒的。」

「大柱子，起床！」友貴家的向裡屋大吼一聲，然後從另一個灶上舀了熱水到銅盆裡。

「趙伯母，在下有一事相問。」長生突然開口道。

友貴家的琢磨了會兒才反應過來長生是有話要問她。「哦，問吧！」

「尊夫趙世伯是否學貫古今、飽覽群書？」

友貴家的一臉茫然。「說人話！」

長生只能重新遣詞用句。「大柱子的爹是不是學問很大，唸過很多的書？」

「哦，你問那個死鬼啊。」友貴家的終於聽明白了，接著舀水。「字倒是認識幾個，還能寫自己的名字咧！當年老爺還誇過他聰明呢，撿張紙片連矇帶唬的也能弄明白大概意思。我家大柱子就隨他爹，腦子機靈，會來事；不像大玲子，一腦子漿糊，要不然也不會丟了五小姐跟前二等丫鬟的差事。」

友貴家的一扭頭，見長生在那裡發呆，揮手轟他。「這兒沒你的事了，端碗粥拿兩個饅頭回柴房待著吧，趕緊把你的腿養好，眼瞅著快過年了，到時候好多力氣活兒還等著你幹呢。」

長生默默地回到柴房，找了一塊平整的木頭，用一個小鐵片將「清水出芙蓉，天然去雕飾」和「出淤泥而不染，濯清漣而不妖」等字句都刻在了木板上，放在了枕頭與牆壁之間的鋪板上。

他已經保存好多塊這樣的木板，上面刻的都是趙大玲不經意說出的詩句和那些對聯——「人生自古誰無死，留取丹心照汗青」、「生當作人傑，死亦為鬼雄」、「閒看門中月，思耕心上田」……

他手裡拿著那塊刻著「海納百川，有容乃大；壁立千仞，無欲則剛」的木板，陷入了沈思。

一連幾天，趙大玲都在研究那半盒茉莉香粉和那盒拇指大的胭脂。

兩樣都是挺粗糙的貨色。古代製作胭脂水粉的工藝僅限於研磨、勾兌、蒸煮，沒有經過蒸餾提純，所以遠不如現代的純淨。茉莉香粉就是研磨、沈澱過的米粉加上茉莉花粉做的，顏色不是白亮的而是灰濛濛的，而那胭脂膏顏色是烏突突的醬紅色，一點兒也不鮮亮。

前世趙大玲曾跟一個瘋狂熱愛DIY化妝品的朋友合租過一年公寓。那朋友是唸化工的，說市面上賣的化妝品都有加防腐劑或添加劑，只有自己做的才放心，於是屋子裡擺了很多瓶瓶罐罐，做出來的成品還免費送給趙大玲使用。

趙大玲耳濡目染，也知道一些方法和配方。只是這裡要什麼沒什麼，又是冬天，沒有花朵，想DIY現代那種胭脂水粉還真不容易。

晚上，友貴家的幫大柱子洗衣服，一邊洗一邊數落。「猴崽子是跑到哪個狗洞裡蹭了這一身灰？好好的湛藍色的褲子都洗不出來了。」

友貴家的使勁兒搓著褲子。「我跟妳李嬸子約好晚上一起玩幾圈牌的，若是手氣好贏幾個錢就給柱子做條新褲子。快過年了，咱家雖然窮，但怎麼也不能讓柱子穿補丁褲子過年。」

趙大玲欣慰地看到友貴家的蔫頭耷腦了好些日子後，終於走出了雞蛋事件的陰影，又開始大嗓門嚷嚷，走路虎虎生風，也開始跟幾個老姊妹打牌嘮嗑。

處在底層的人就這點兒好，韌性十足，經得起挫折，天大的事過去就過去了，不會自尋煩惱。

趙大玲知道友貴家的腰還沒有好索利，擼起袖子道：「娘，我來洗就好，您找李嬸子她們玩去吧。」

「不用，這鹼麵燒手，妳一個女娃兒家的，把手洗粗就不好看了。」說著，友貴家的又抓起一小搓鹼麵放在褲腳處揉搓。

趙大玲腦海中靈光一閃。在這個時空，缺少的就是最基本的洗滌用品。

也許她可以試試做手工皂，這材料簡單又好做。在這裡，小姐們都是用澡豆洗頭、洗澡。富貴人家用的澡豆很金貴，加了各種香料，有的還添加玉屑和珍珠粉，但對於趙大玲這樣的底層丫鬟來說，平日洗臉就用清水，洗頭洗澡用點皂角就不錯了，至於洗衣服則都用棒槌在井沿上敲打，實在髒得不行了就抓把鹼麵揉搓揉搓。

趙大玲興奮地在屋裡轉了好幾圈，又不敢向友貴家的說明白，怕友貴家的說她異想天開。想了想，只能將柴房做為手工作坊進行試驗。

友貴家的前腳出去打牌，趙大玲後腳就溜進了柴房。

長生莫名其妙地看著趙大玲在柴房裡忙乎，好在他一向沈默寡言，雖然覺得奇怪，也沒有開口相問。

趙大玲在柴房裡生了一堆火，將一個洗得裡外乾淨的瓦罐架在火上。她先用蒜杵將草木灰搗成細末，然後把皂角、豬油和草木灰都放進瓦罐裡。

一扭頭，看見長生好奇的眼神，想到現成的免費勞力不用白不用，便將一把長柄木勺遞給他。「幫我攪一下，要順著同一個方向慢慢攪，不要讓裡面的東西濺出來。」

長生聽話地接過木勺，修長的手指握著木勺上端，攪動著瓦罐裡的不明物質。

他並不像一般人攪和東西那樣只轉動手腕，而是腕部不動，以手臂的動作均勻畫圈，那架勢猛一看就跟在硯臺裡磨墨似的，分外好看。

不一會兒，皂角和豬油化開了，熱氣自瓦罐中升騰起來。趙大玲趁友貴家的不在，從櫃子裡拿出友貴家的珍藏的半罐蜂蜜和一小包乾桂花。這可是家裡難得的奢侈品，還是老夫人壽宴時賞給外院廚房的，友貴家的捨不得吃，一直留著。

趙大玲也覺得挺可惜，但捨不得孩子套不來狼，於是狠下心舀了一大勺蜂蜜放進瓦罐裡，又倒進半包乾桂花。

蜂蜜和桂花的味道充斥整間柴房，讓一向冰冷的柴房多了抹溫暖香甜的氣息。長生盡責地攪著瓦罐裡黏稠的糊狀物，劃出一圈又一圈的漣漪。

瓦罐裡的東西咕嘟咕嘟地冒出小泡泡，長生舀起一點伸向趙大玲。「差不多了，妳嚐嚐。」

趙大玲笑彎了腰。「這可不是吃的。」

長生挑了挑眉毛，疑惑地看看她，又伸頭看向瓦罐裡的糊狀物，一向清冷的臉上生動起來，呆萌得可愛。

趙大玲手上隔著布將瓦罐從火上取下，將裡面的糊狀物倒進杯口般大的木頭模子裡。那個木頭模子是友貴家的過年時用來做蒸餅的，做工很粗糙，底部雕刻著一個歪歪扭扭的「福」字。

趙大玲一邊倒，一邊囑咐長生。「我一會兒會把這個模子洗乾淨了放回去，你可千萬別在我娘面前說溜嘴了，要是讓我娘知道我拿模子做這個，她非罵死我不可。」

長生點點頭，表示自己會守口如瓶。

趙大玲把瓦罐放回火上，讓長生接著攪拌。等模子裡的香皂冷卻凝固了就拿出來，再將糊狀物倒進去做下一個。
原料不多，一共只做了兩個半的成品，雖有些粗糙，但卻是貨真價實的手工香皂。
香皂因為加了蜂蜜，所以呈現半透明的琥珀色，裡面嵌著一朵朵金燦燦的桂花，散發著蜂蜜和桂花的香味，一面是光滑的，一面有一個凸出來的「福」字。
雖然上面草木灰的黑點有些礙眼，但整體來說已經很不錯。
趙大玲很高興，趕忙打來一盆熱水讓長生試用。她讓長生用水浸濕了手，然後將那半塊香皂放進長生的手心。
「揉搓一下，會起泡泡。」
長生依言搓了搓，那糕餅一樣的東西果真被揉搓出白色的泡沫來，他將手放進水裡將泡沫沖掉，手就洗得異常乾淨了，指間還留著蜂蜜桂花的香味。
「這是什麼？」長生問。
「這個叫做香皂，用不同的原料可以達到不同的效果。比如說這個加了蜂蜜和桂花，可以滋潤美白。現在我手上原料少，只能做到這樣，到了夏天，就可以把各種鮮花的花瓣放進去，做成各色各樣的香皂。怎麼樣，是不是比皂角和澡豆都好用？」
長生舉起自己的手就著火光細看，點頭肯定道：「嗯，洗得很乾淨，皮膚很光滑，也沒有緊繃的感覺。」
火光下，他的手指修長，皮膚白得晶瑩剔透，指骨玲瓏秀美，指節突出卻不粗大。做為手控，趙大玲沒出息地吞了吞口水，掉過頭不敢再看。

她簡單收拾了下，滅了火，將那半塊留給長生。「洗頭髮或洗澡都可以用。時候不早了，你睡吧，我也要回去了。」

黑暗中，長生躺在鋪板上摩挲著手指，指間滑滑的，一股甜甜的蜂蜜桂花味飄散著。藉著月光，他將那半塊香皂仔細地包起來，放在枕頭下。

他曾經以為自己已經一無所有，而此刻，他終於又有了屬於自己的東西。他一直用的楞杖和這個叫做香皂的皂塊都是她送給他的，比他曾經擁有的任何東西都更加珍貴。

趙大玲揣著那兩塊香皂回屋，友貴家的已經帶著大柱子睡下，聽見響動，迷迷糊糊地問她：「死丫頭跑哪兒瘋去了？」

「我去找大萍子和大蘭子玩了，聊得高興就忘了時間。」趙大玲隨口應道。

「少跟那兩個沒出息的來往，越混越往下出溜兒。」友貴家的嘟嘟囔囔地翻了個身，摟著大柱子接著睡。

第二天，趙大玲用油紙包了兩塊香皂揣在懷裡去內院當差，一路都在想著怎麼找機會去三小姐的棲霞閣？

到了枕月閣，就看見三小姐穿著一身水綠色繡辛夷花的襦裙，俏生生地站在枕月閣的院子裡。

原來五小姐昨天用了生辰那日三小姐送的玫瑰胭脂膏，結果晚上的時候就覺得刺癢，今天早上起來一看，兩頰都紅腫了，還隱隱泛著紅點。

五小姐本來就臉大，這會兒更顯得胖了一圈，跟大臉貓似的。她自覺羞於見人，便打發蕊湘去向夫人說身體不大舒服，今兒個不去請安了。

蕊湘在夫人那裡見到了三小姐，自然又上趕著湊過去，三兩句就將五小姐臉腫的事當笑話告訴了三小姐，還不屑道：「那位平日裡也沒用過這麼好的胭脂，沒命似的往臉上抹，加上臉大，竟然用去半罐子，塗得跟猴屁股似的，晚上就喊燒臉，打水洗淨了，還說熱辣辣的。今天早上一起床就發現皮膚都腫得發亮，這會兒子正捣著臉哭呢，門也不敢出了。」

三小姐聽了這消息，自然坐不住，向夫人請過安就跟著蕊湘來到枕月閣。

五小姐死活不肯開門，隔著門向三小姐哭道：「三姐姐回去吧，橫豎我是沒臉見人了！」

三小姐站了半天，奈何五小姐就是不見，只能無奈地離開。

趙大玲尾隨著三小姐到了枕月閣外，在府裡一條僻靜的小徑上叫住了三小姐。

「三小姐請留步。」

三小姐聞言回頭，身邊的紫鳶看清是趙大玲，皺眉道：「大玲子，妳找我們小姐何事？」

趙大玲上前道：「奴婢知道三小姐惦記我們五小姐的臉。其實以前我爹在時，曾給奴婢看過一個調製胭脂水粉的手抄本子，裡面都是一些調配的古方，我覺得有趣便看了，到現在也能記住一些，對這裡面的門道也算略知一二。就奴婢所知，玫瑰膏質地醇厚，挑一點用水化開抹在兩頰就夠了，如果直接用在皮膚上會容易過敏……也就是發紅腫脹，這倒也不是多嚴重的問題，只要停幾天不用，自然也就消腫了。」

聞言，三小姐也鬆了一口氣，不禁手撫心口道：「那就好，我就怕五妹妹的臉好不了，心裡一個勁兒的自責。我那玫瑰膏是鋪裡最好的一種，應該沒什麼問題，我自己也用著呢，就怪我那天沒跟五妹妹說清楚怎麼用。聽蕊湘說，她塗了半罐在臉上，不腫才怪，只是她現在不定怎麼罵我呢，我也不好跟她解釋，若是告訴她是她用得不對，她更要惱羞成怒了。」

趙大玲趕緊拿出自己的香皂。「三小姐看看這個，是奴婢按照古方做的，用來洗臉、洗手，甚至洗頭、洗澡都行。裡面加了蜂蜜和桂花，不但滋潤，還有鎮定肌膚的功效。三小姐是胭脂水粉中的伯樂，這個做得粗糙，只是班門弄斧罷了，著實讓您見笑。只是奴婢覺得古方失傳了可惜，所以試著做了兩塊，正好請三小姐品評一下。您拿一塊洗手試試，另外一塊可以給我們五小姐，讓她洗臉，紅腫能消得快些，再囑咐她洗完臉後千萬別再搽粉，只要在紅腫的地方抹點杏仁油，這兩天也別吃魚蝦、牛羊肉這類發性的東西，多吃清淡的蔬菜和水果，紅腫自然就消了。」

三小姐深深看了趙大玲一眼，沒收下香皂，似笑非笑道：「妳既然做了這個洗臉的東西，又知道這麼些門道，怎麼不找你們家小姐去，倒追著找我來了？再說了，我怎麼知道妳這叫『香皂』的東西管不管用？如果經我的手給了五妹妹，她用完紅腫得更厲害了，妳豈不是害了我？」說完她扭頭便走。

趙大玲也知道此刻不說實話，很難取得三小姐的信任，於是對著三小姐的背影道：「奴婢自然是有所圖才來找三小姐的。奴婢知道這些古方，卻苦於手頭沒有原料，做不出來。再者，就算做出來了，除了自己用或是送給府裡的人用，也沒有旁的好處。」

三小姐果真止住了腳步，回身不解道：「妳到底要什麼？」

趙大玲直言不諱道：「要錢。我娘為了給我看病借了錢，我要賺錢還債。我們一家人在府裡過得清苦，還受人欺負，我賺了錢，就能夠讓我娘和我弟弟活得滋潤些，也能少受些欺負。我沒有直接去找五小姐，是因為我知道她幫不了我。」趙大玲連「奴婢」的自稱都省了，反而更顯得迫切和誠懇。

三小姐挑了挑柳葉眉。「那妳憑什麼認為我能幫妳？」

「不光是三小姐幫我，我也可以幫三小姐和梅姨娘。」趙大玲掏出茉莉香粉和胭脂膏。「這是我託蕊湘她娘帶給我的，正是梅姨娘名下那間胭脂水粉鋪子裡的東西。我看過了，茉莉香粉不夠細膩，塗在臉上跟上了個殼子似的，一笑就往下掉粉；胭脂膏也不純淨，烏烏塗塗的不夠嬌豔，用了我的法子做出來的水粉和胭脂，絕對比這個成色好。」

三小姐嗤笑了一下。「我送給五妹妹的玫瑰膏比這個胭脂膏可好得多呢，顏色鮮豔又不輕浮，那是鋪子裡的匠人用一籃子的玫瑰花瓣才做出來那麼一小罐。妳手裡這個胭脂膏我知道，蕊湘她娘向我娘報帳時說了，這種只賣三、五十文，當然成色不好。」

趙大玲看了看三小姐，輕輕道：「八十文，鋪子裡賣八十文一小盒，一百二十文一大盒。還有這個茉莉香粉是五十文，其他的像薔薇香粉六十五文一盒、鳳仙花膏一百五十文一盒、上好的胭脂膏二兩銀子一盒，我知道的就這麼多，是蕊湘告訴我的。」

趙大玲每說一句，三小姐的臉就陰沈一分，到最後已經氣得胸口起伏，恨恨道：「孫長富那一家子黑心奴才，他媳婦月月來哭窮，每次都說現今市面上賣不出價錢來，只能壓低價格賠本賣，原來是做的陰陽帳，打量我們出不得府，可勁兒地糊弄我們母女呢！我就說那麼大間鋪子，怎麼一個月才三、五兩銀子的進項？偏偏我娘性子和善，還總說他們支撐一間鋪子有諸多的不容易。」

趙大玲知道孫長富和他媳婦就是蕊湘的爹娘，胸有成竹道：「只要妳我聯手，我保證妳不但能拿回他們貪了的那部分，還能賺得更多。」

三小姐心下思量了一番，須臾沈聲道：「好，若是真如妳所言，我肯定少不了妳的好處。」她接過趙大玲手裡的香皂。「先用這個投石問路吧，要是真的好用，我便信妳。」

兩天後，五小姐的臉果真痊癒了，還比以前更加細嫩。她親自到棲霞閣拜訪三小姐，拉著三小姐一個勁兒地道謝：「這次多虧了三姐姐。本是我不會用妳那玫瑰胭脂，沒用水化開就直接抹臉上了，那兩天臉腫了一圈，我都不敢出門見人。幸虧三姐姐給我的這個香皂，洗了臉就覺得不那麼緊繃，又塗了點兒杏仁油，當天就不那麼紅，第二天就消腫了，喜得我跟什麼似的。這個香皂真好用，比澡豆還好聞，洗得乾淨又滋潤，就剩大半塊了，我都捨不得再用。三姐姐這裡還有嗎？妹妹拿銀子跟妳買兩塊。」

送走了五小姐，三小姐拿出另外一塊香皂，放在鼻子下聞了聞，一股甜甜的蜂蜜和桂花香傳來。雖然外表粗糙，但顏色澄淨，用來洗手果真又細又滑。

她思索了片刻，吩咐紫鳶。「晚飯後妳去一趟外院廚房找趙大玲。」

紫鳶扁扁嘴。「小姐您真信那個丫頭？」

三小姐將挑選出的玫瑰花瓣放在一個小籃子裡。「以前我也見過她跟在五妹妹身邊，卻從沒在意過。這次五妹妹生辰，我在枕月閣見到她便覺得她很不一般，三兩句就緩解當時的尷尬，又讓二姐姐不再找她的麻煩。如果她真能為我所用，倒是好事。我早就覺得蕊湘她老子娘不對勁，好好的鋪子經營得半死不活的，胭脂水粉的質地也都不怎麼樣，最重要的是盈利那麼少，原來他們根本沒想著好好經營鋪子，一門心思地光顧自己撈錢了。我娘心軟又不愛管事，不敢跟父親提換人，眼下正好藉這個機會，如果能換上得力的人來管鋪子，再依據趙大玲知道的古方做出些成色好的胭脂水粉來，我和娘的進項也能多些。」

「小姐，咱們要那麼多銀子幹什麼呀？」紫鳶不解地問。「有這個鋪子已經讓府裡的那幾位把小姐視為眼中釘，如果鋪子再旺，賺得多了，夫人更該給咱們穿小鞋了。」

「她這些年沒少欺負我娘和我，只有她自己親生的那幾個是寶貝，她何曾把庶出的兒女放在眼裡過？」三小姐冷笑。「二姐姐還沒說定人家呢，剛有個意向她就已經開始忙活著給二姐姐置辦嫁妝了。說句不知羞的話，等我出嫁那會兒還不定拿什麼打發我呢。再說了，哪兒有嫌銀子燒手的？我即便不為自己著想，也得顧念著我娘，讓我娘手頭寬裕些。現在父親對我娘還好，誰知將來怎麼樣？等我娘有了年紀，多點兒銀錢傍身總是好的。」

紫鳶恍然大悟。「那我去找趙大玲來，讓她給您賺銀子。」

「銀子可不是想賺就能馬上賺到的。」三小姐將那籃玫瑰花瓣遞給紫鳶。「把這個交給她，問問她還缺什麼，妳就拿給她，讓她做幾樣東西，我先審視審視。」

當趙大玲得到這籃玫瑰花瓣時，簡直喜出望外。

寒冬臘月的竟然能看見新鮮的玫瑰花瓣，太讓人感動了。聽紫鳶說，這花瓣是三小姐在春天時摘下來後，一片片放進罈子裡密封，放置在府裡的地下冰窖裡，這才能保持玫瑰花瓣的新鮮和嬌豔。

趙大玲也沒客氣，收下了花瓣，又向紫鳶要了皂角、豬苓、油脂塊、花粉、香料、漏勺、細紗布……甚至還有細瓷的瓶瓶罐罐，還要了一口小燒鍋和一個炭爐子。

紫鳶很不忿，回來向三小姐彙報。「要了一大堆東西，皂角、豬苓、香料、蜂蜜、牛乳什麼的也就罷了，還要了碟子碗、瓶子、罐子……最可氣的是還要了一口鍋和一個炭爐子！碟子碗要細瓷的，鍋要帶蓋的銅鍋，這是逮到機會給自己辦嫁妝呢！她不會是把嫁妝單子列出來了吧？」

三小姐點頭笑道：「看來是個懂門道的。把東西都備齊給她，告訴她十天後帶著東西來見我。」

趙大玲躲著友貴家的和大柱子，將要來的東西一趟趟地鼓搗進了柴房。長生看著趙大玲如耗子搬家一樣，把鍋碗瓢盆都搬進來藏在了柴堆後面，接下來幾天，趙大玲得空就往柴房鑽，鼓搗那些瓶瓶罐罐。

「你會雕刻木頭嗎？」趙大玲問長生。

長生遲疑了一下點點頭。「以前胡亂雕刻過幾枚印章，不過用的是壽山石和雞血石，沒雕過木頭。」

這是他第一次提及從前，趙大玲沒敢細問，只是眉開眼笑道：「雕木頭肯定比雕石頭簡單。麻煩你幫個忙，幫我刻幾個花模子，省得老用我娘那個蒸餅模子，萬一洗不乾淨可麻煩了，這種皂類是不能吃進肚子裡的。」

趙大玲畫了幾個圖形，遞給長生。

長生接過來，翻來翻去地看了半天，迷惑地問：「這是……」

趙大玲畫功不好，只能畫出個大概輪廓，自己也很不好意思，臊眉耷眼地指著幾個圖形。「這個一團的是玫瑰花，這個是海棠花，這個五瓣的是梅花。我畫得不好，畫不出那種立體的效果，你將就著看吧。」

長生了然地挑挑眉毛。

柴房裡有的是木頭，趙大玲找了三塊質地堅硬、方方正正又大小適合的，再拿出從三小姐那裡要來的刻刀和砂紙一併交給長生。「不用太精緻，有個大概的樣子就行。」

第二天一早在院子裡，長生將幾個花模子交給趙大玲。

「時間緊，晚上又看不大清楚，所以做得粗糙，妳看看能不能用？」

趙大玲接過花模，吃驚得下巴都快掉下來了。

這簡直就是藝術品！模具內裡雕成立體的花朵形狀，還細細打磨過了，花瓣上帶著紋理，纖毫畢現，跟真花一樣。

趙大玲撫摸著模具，讚嘆不已，這才明白他之前所說的胡亂雕刻過幾枚印章肯定是過謙了。當然趙大玲不可能知道，長生確實只雕刻過為數不多的幾枚印章，一枚被當今聖上私藏，一枚送給了三皇子晉王，還有幾枚流傳在民間，千金難求。

天氣越來越冷，北風呼嘯著，柴房的牆壁本就薄，不過是用葦稈和了黃泥做的，一道四處漏風的木頭門，而所謂的窗戶就是一個窟窿，冷得跟冰窖一樣。

但就是在這樣陰冷逼仄的柴房中，一個小小的炭爐，架上一個銅鍋，在銅鍋裡熬上各種香料和花瓣，馨香的熱氣自銅鍋中升騰起來，這些微的暖意彷彿能驅散嚴冬的寒氣，讓圍坐在炭爐旁的長生和趙大玲感受到異樣的溫馨。

兩個人探頭看向鍋裡時，一抬眼就會發現彼此離得如此之近，近得看得見對方瞳仁裡自己的倒影。

長生總會率先避開，低著頭，不知是不是被銅鍋裡蒸騰出的熱氣暈染的，一向蒼白的臉頰飛上兩抹紅暈。

趙大玲喜歡看這個時候的長生，那一低頭的羞澀靦覥，美好如斯。

在製作胭脂水粉的過程裡，兩個人也不寂寞。之前在屋後空地上的對聯遊戲成了此刻面對面的考校，當然，出上聯的永遠是趙大玲，她可沒本事去接長生出的對聯。

「鳳落梧桐梧落鳳。」趙大玲搖頭晃腦地拋出上聯，又多此一舉地提醒道：「回文聯，正著唸和倒著唸是一樣的。」

長生低頭只想了片刻。「天連碧水碧連天。」

只有在這樣的時候，他才是舒展而輕鬆的，一向蹙著的眉頭也展開著，讓趙大玲不禁想起《詩經》裡的詩句——

言念君子，溫其如玉。在其板屋，亂我心曲。

「嗯，你這個真不錯，『碧水連天』跟幅畫一樣。」趙大玲點點頭。「我爹告訴我的下聯是『珠聯璧合璧聯珠』。」

長生安靜地用長柄勺攪動著銅鍋裡的糊狀物，沒有拆穿趙大玲的謊言。

趙大玲對自己的謊言早已穿幫毫不知情，依舊興致頗高，一抬頭看見牆壁上巴掌大的小窗戶外一輪明月清輝灑遝，便指著月亮笑言道：「就以明月出一個拆字聯。『日月明，日明月也明』。」

長生略微思索了一下，昏暗的光線下，輪廓精緻，眉目如畫，聲音清越似石上清泉。「秋心愁，秋愁心更愁。」

「對得好！」趙大玲拍手讚道。「不行，我要出一個難一點兒的……有了！還是跟『明』字有關的，『志士心明如日月』，我提醒你哦，不但字面上要工整，意境上也要跟上聯有關才行。」

長生琢磨著上聯。「志士心明如日月……士心為志，日月為明。字面要對上並不難，只是上聯有襟懷磊落、心底坦蕩之意，志士之心可鑒日月，若要符合這種意境，卻需要好好思量思量。」

他眉目舒展，神采飛揚，其人風華，積石如玉，列松如翠，跟平日沈默寡言時判若兩人。

趙大玲不禁想，這才是他以前的樣子吧，少年得志，意氣風發，只可惜命運將他從雲端拋到地獄，讓他受盡磨難。

這一次長生想的時間比較長，足有一盞茶的時間，方眉頭一展。「『吞天口信是人言』。心如明月，言而有信，可還使得？」

這回趙大玲是真的折服了。「這就是原對，沒想到你在這麼短的時間就對了出來，看來我今天是難不住你了。」

她托著腮又想了想。「你再聽聽這個。『夜冷，酒熱，人未歸，一點，兩點，三點，四點。』怎麼樣，這個是不是很有意思？夜字上有一個點，冷字兩點，酒字旁邊三點水，熱字下面是四點，下聯的字也要有這樣的數字。」

這個還真是難倒了長生。他下意識地用一根細木柴在地上勾畫著，趙大玲也不去打擾他，自己忙著煮花瓣、加蜂蜜，玫瑰花瓣的馥郁香氣和蜂蜜的甜香混合在一起，在小小的柴房中飄散。

過了一炷香的時間，長生不好意思地向趙大玲求教。「在下才疏學淺，這個對子還真是對不出來，還請姑娘賜教。」

趙大玲微笑道：「你可不是才疏學淺，是這個上聯太刁鑽，下聯也是個孤對兒。『晝暑，春曙，天已長，一日，兩日，三日，四日』。」

長生豁然開朗，粲然一笑道：「對得真妙，當真是一日，兩日，三日，四日。我怎麼沒想到呢？」

他的笑容燦爛，如春風拂過時滿園鮮花競相開放，讓趙大玲一下子看呆了，直到銅鍋裡的花水溢了出來，她才手忙腳亂地去端銅鍋。

長生幫她將銅鍋裡的花水倒出來，自然而然地囑咐她。「小心別燙到手。」

手是沒有燙到，趙大玲的心卻被燙了一下。慌亂中，她結結巴巴道：「我……我還有一個上……上聯，『狗牙蒜上狗壓蒜』。」

長生一愣，隨即啞然失笑。「這也是對聯？」

「嗯。」趙大玲指了指柴房角落掛著的一辮子蒜。「那可是正宗的狗牙蒜，下聯要對得工整才行。」

長生果真認真起來，嘴唇微抿、凝神思索的樣子簡直引人犯罪。

過了一會兒，他投降認輸。「這個我對不出來，有下聯嗎？」

「當然有！」趙大玲理直氣壯。「下聯是『雞冠花下雞觀花』。」

長生又笑了。「果然工整。」

趙大玲心中哀鳴。他一個晚上笑了四次，還讓不讓人好好工作了？

長生還沈浸在對聯中。「看來只要有上聯，就沒有對不出的下聯。上次妳說過的那個『琴瑟琵琶，八大王一般頭面；魑魅魍魎，四小鬼各自肚腸』就是我見過最孤絕的對聯，琴瑟琵琶對魑魅魍魎，簡直讓人拍案叫絕。」

「天下之大，無奇不有，文字更是博大精深。就我所知，還有一個更絕的對聯，堪稱是千古絕對。」

說完，趙大玲拿起一根木棍在地上寫下：海水朝朝朝朝朝朝朝落。

長生歪過頭來看，肩膀自然而然地和趙大玲的肩膀碰在一起，他詫異地問道：「怎麼有這麼多的朝字？」

「對啊！」趙大玲嚥嚥口水，儘量不去想他靠過來的肩膀，拿木棍一個字一個字點著。

「『朝』字通『潮』，這個上聯可以唸作『海水潮，朝朝潮，朝潮朝落』；也可以是『海水潮，朝潮朝潮，朝朝落』；或者是『海水朝潮，朝朝潮，朝朝落』。總之有十來種斷字讀法，下聯是唯一一個，幾千年間從無其二，所以被稱為千古絕對。」

她正說著，就聽見外面傳來友貴家的聲音。

「大柱子，去找找你姊，把她叫回來。挺大的閨女，這麼晚了還在外面貪玩！」

趙大玲朝長生吐吐舌頭，湊近他的耳朵小聲道：「別讓我娘知道我在這兒。東西幫我看好，別落了灰，你等著我，待會兒我娘和我弟弟睡著了，我再偷著過來。」

趙大玲熄了火，小心翼翼地到門口探頭往外瞧，確定友貴家的沒在屋外，才趕緊溜出柴房，裝出從外面剛回來的樣子，大模大樣地走進屋。

長生在黑暗中咀嚼趙大玲臨走前說的話，耳廓彷彿還留有她說話時呼出的溫熱氣息，一時不禁紅了臉龐。

第十章　致富

已經連著幾天，趙大玲都是神龍見首不見尾，不到睡覺的時間不回屋。友貴家的覺出不對勁，做早飯時問趙大玲。「大玲子，妳這些日子天一擦黑就往外面跑，月亮老高才回來，幹什麼去了？」

趙大玲支支吾吾地道：「我去找大萍子和大蘭子玩去了。」

「死丫頭，連妳娘也敢騙！昨天我遇到大萍子還問她呢，妳根本就沒找過她。」友貴家的隨手抄起擀麵杖。「說，妳上哪兒去了？」

正好長生抱著柴火拖著步子進來，他已經不用拄枴杖了，只是那條斷腿還是無法太出力，尤其是負重的時候，更是走不快。

友貴家的一下子警覺起來，手裡擀麵杖直指長生，嘴上問趙大玲。「妳……不會是……跟他……」

「沒有、沒有！娘妳想哪兒去了！」趙大玲矢口否認。「我偷著進內院，找棲霞閣三小姐跟前的紫鳶玩去了，我跟她個性合、聊得來，怕妳說我亂跑，所以才說去找大萍子的。」

這點兒心眼趙大玲還是有的，若是承認大晚上的跟長生在一塊兒，友貴家的還不得扒了她的皮！

友貴家的還是相信自己閨女的。「諒妳也不至於傻到這分上，跟這個廢物攪和在一塊兒！」

友貴家的轉身繼續熬粥，趙大玲則尷尬地看了長生一眼。

長生默默地放下木柴，轉身走出廚房，瘦削的肩膀彷彿刀劈斧鑿的一般。

「娘，妳別這麼說長生。」趙大玲不滿地小聲道：「人家本來也不是幹這粗使活計的，如今他天天劈柴擔水，活兒一點也沒少做，哪兒像妳說的那麼不堪。」

「什麼堪不堪的。我不知道他以前是幹什麼的，左不過是個五穀不分的公子哥兒，他還有什麼本事？會認幾個大字，會寫文章？現今他是府裡的雜役，那滿肚子文章也不能當飯吃。老話說得好，落魄鳳凰不如雞，他以前再風光富貴，如今也只是個廢物。還有妳，」友貴家的用大鐵勺指著趙大玲。「別因為他長得俊就看入了眼。妳瞧瞧妳每回一看見他，笑得牙花子都露出來了。那爺們家的長得俊有什麼用？手不能提，肩不能扛，又是這麼個官奴的身分，妳跟著他想喝西北風去？」

「娘，妳別說了！」趙大玲又羞又氣，恨不得搗上友貴家的嘴。「再說我翻臉了！」

「妳翻、妳翻，翅膀硬了是不是！娘這不都是為了妳好！當初找馬管家要個小廝是為了幫著幹活的，沒承想倒是引來個禍害。娘告訴妳，妳要是敢跟他眉來眼去的，我就立刻把他退回給馬管家。」

「娘，他還救過我呢！」趙大玲真生氣了。「如果沒有他，我今天也不能站在這兒，早被黃茂他們幾個禍害死了，妳不該這麼過河拆橋的。」
友貴家的嘆了口氣。「娘當然知道他對咱們有恩。當初妳爹也是府裡的一號人物，老爺都誇他仁義，這『知恩圖報』幾個字娘也懂。只是如今妳爹不在了，咱們孤兒寡母的禁不住閒言碎語，尤其是妳一個姑娘家，出出進進地跟個後生打頭碰臉、說說笑笑的，即便你們清白，也難保不被別人看扁。若是讓人說三道四，傳出些風言風語來，妳說，妳以後嫁給誰去？」
「那我就嫁……」心中出現那個人的身影，趙大玲及時止住嘴。「我誰也不嫁，守著娘過一輩子。」
「死妮子，哪有不嫁人的？」友貴家的開導趙大玲。「人往高處走，水往低處流。妳要是能成為五小姐的陪嫁丫頭，將來就有機會做姑爺的姨娘，脫了這奴籍，飛上枝頭變鳳凰，那是多大的體面！娘是不指望妳什麼，可妳總要想著提攜妳兄弟吧？」
趙大玲白了臉。「娘，這樣的話再也不要說，想也不要想。我這輩子絕對不做小，不但不做小，還要只做唯一的那一個，我要的是一生一世一雙人。」
「什麼世什麼人？」友貴家的不解地問。
「就是嫁個相公，他只能有我這麼一個娘子，不許他納妾娶小，不許他有別的女人，從身到心都只屬於我。」
「啊呸！死丫頭，妳也不怕風大閃了舌頭！」友貴家的往地上啐了一口。「還不做小呢，看看妳是什麼身分，將來姑爺看得上妳那是妳的造化。做姨娘有什麼不好？那可是正經八百的主子。妳看看府裡的翟姨娘和梅姨娘，穿金戴銀，有丫鬟服侍著，不比做個奴才強一百倍？偏妳還看不上，還想當一品夫人呢，妳也得有那個命才行！」

「沒那命就不嫁人了！」趙大玲說得斬釘截鐵，一摔門簾進了裡屋。

其實她不怪友貴家的有這樣的想法。站在友貴家的角度來說，確實也是真心為了這個女兒打算，這只是思想的問題，千年鴻溝無法跨越，這讓趙大玲感到很無奈。

自己是這個時空的異類，雖然她可以努力適應這個沒有電、沒有網路、沒有人權的社會，但有些事她永遠適應不了，比如尊嚴，比如愛情，比如不做小老婆。

一整天，長生都在躲著趙大玲。

中午趙大玲回來時，他拎著木桶去打水。傍晚天空中下起雪來，大片大片的雪花靜靜墜下，如飛棉扯絮一般，天地間很快變得一片潔白，清冷肅殺。

前世的顏粼睿最喜歡下雪，可以堆雪人、打雪仗，可以在溫暖的室內，捧著一杯熱熱的咖啡看著窗外的漫天飛雪，而今，穿上最厚的棉襖還凍得縮肩弓背的趙大玲恨死了這種天氣。沒有暖氣，沒有輕便的羽絨衣，下雪的冬天除了寒冷刺骨，沒有絲毫的詩情畫意。

「娘，棲霞閣的紫鳶約我去畫花樣，她要做過年穿的衣裳。」

吃過晚飯，趙大玲還是得出去。馬上就要到向三小姐交樣品的期限了，這個機會她必須抓住。

「這大雪天的，妳多穿點兒。」友貴家的又往趙大玲身上套了一件棉比甲，把趙大玲裹得跟球一樣。

「跟紫鳶多套套交情，梅姨娘在老爺跟前有臉面，連帶著三小姐也比五小姐更得勢。妳們五小姐看不上妳，妳要是能搭上三小姐就更好了，人不能在一棵樹上吊死。」友貴家的還是很贊成趙大玲跟內院的丫鬟們多多來往，尤其是三小姐的丫鬟。

趙大玲胡亂應下，拉開房門，友貴家的還在後面囑咐。「走路當心點兒，別踩到雪窩子裡濕了鞋。還有，早點兒回來，不然一會兒娘打發柱子接妳去。」

「不用了娘，我天天內院、外院地穿梭，這點兒路不算什麼，況且棲霞閣離咱們這裡也近，過了角門就到了。妳讓柱子早點兒睡吧，我畫了花樣一會兒就回來。」趙大玲裹緊身上的衣服，走到屋外，清冷的空氣瞬間將她包圍，吸到肺腑之間都覺得刺痛。

趙大玲在外面轉了一圈又繞回到柴房。其實過兩天才是最後期限，今晚趕工只是她給自己找的藉口，她只是想見他。

長生站在籬笆門後面，聽見踩在雪地上「咯吱咯吱」的腳步聲越來越近，終於停在了門外，他甚至能聽見她因為趕路而略顯粗重的呼吸聲。

趙大玲的手剛剛搭在柴門上，門就打開了。黑暗中兩個人對望了一眼，誰也沒有說話。

長生率先低下頭。「妳忙，我在外面給妳守著門。」

長生錯身從趙大玲身旁經過，趙大玲下意識地伸出手，卻只觸碰到他的一片衣角。她眼睜睜地看著長生走到外面的雪地裡，背對著她。她張張嘴，卻沒有說出話來。

她知道，就友貴家的那個大嗓門，長生肯定是聽見了早上的話。

她不知道該如何去安慰他？他那麼敏感驕傲，無奈的現實和最低賤卑微的身分，讓所有能說出口的話都成了多餘。

趙大玲在屋裡架上炭爐，將今天要做的玫瑰香脂膏的原料放進銅鍋裡。沒有了長生的陪伴，柴房裡陰冷難耐，雪花從小窗戶飄進來，落在地上都沒有化開。

他們娘仨兒睡的土炕內裡是掏空的，與外廚房的大灶相連，夜裡還能引些熱氣過來，但這個柴房卻是一點熱乎氣都沒有。

她打量著柴房四周，除了柴火還堆著一堆雜物，只有長生床鋪的那個角落乾淨整潔，他的被子像豆腐塊一樣整齊地擺放在床鋪上。只是他的被子太薄了，鋪板上也只鋪著稻草和一層粗布床單，連個褥子都沒有。

趙大玲將臉孔埋在掌心裡，一股蒼涼和無力感席捲而來。

生活太艱難了，看不到光亮，無論是他還是她，都活得好艱辛。

銅鍋裡「咕嚕咕嚕」地冒起了泡，她驚醒過來，趕緊拿長柄勺攪動。

就算再艱辛也得活下去，拋開那些長遠的目標不說，她目前最大的動力是要賺錢給長生做一床厚厚的被子。

她調轉目光望向屋外，從半掩的柴門可以看到長生坐在幾公尺遠的一塊大石頭上，他身上只穿著一件單薄的棉衣，頭上和身上都覆滿了雪花，就像一座雕像。

她眼眶一熱，忽然有想哭的衝動。

她吸了吸鼻子，憋回眼中的淚意，加緊了手上的動作。外面太冷了，再待在外面他會凍壞的，只能趕快做完，好讓他早點兒回到柴房。

長生在雪地裡，睫毛上覆著雪花。他眨眨眼，雪花落在眼裡，很快融成了一滴水。

他全身凍得麻木，已感覺不出寒冷。比這更嚴酷的境地他都經歷過，這點兒冷又算得了什麼呢？

他撿起一根樹枝，在厚厚的積雪上寫下一行字：一生一世一雙人。

他對著那行字凝視良久，在落下來的雪花將字跡掩去之前，用樹枝將那行字抹去。

隔天吃完晚飯，趙大玲帶著成品來到棲霞閣，在三小姐的閨房裡將香皂擺在桌上。

三小姐眼前一亮，拿起一塊來對著陽光細看。

只見香皂做成了玫瑰花的形狀，花瓣舒展著，精緻又可愛；乳白色的皂塊裡嵌著粉色和紫色的玫瑰花瓣，聞起來也帶著玫瑰花的芬芳香氣。

她再拿起一個半透明梅花形狀的琥珀色香皂，裡面嵌著金黃色的桂花，梅花花瓣中央還有花蕊，活靈活現；至於那塊海棠花香皂則是粉紅色的，猛一看好像真的一樣。

「這個玫瑰花的裡面加了牛乳和玫瑰花瓣，用來洗臉可以美白；梅花的這個加了蜂蜜和桂花，比上次我給妳的那塊做得更精細；海棠花這個是我用玫瑰花瓣熬水又加了紅豆汁做的，可以消腫。如今天寒地凍，手頭的東西還是不足，等到了春天，百花齊放，好多花都可以用，不但香味不同，功效也不一樣。」趙大玲介紹著，又拿出幾瓶花露和幾罐香脂膏。

「這是玫瑰花瓣蒸過後又加水熬煮得到的花露，我是用古方裡提到的蒸餾法，與如今市面上的工藝不一樣，做出來的花露也更澄澈純淨，敷在臉上可以護膚保濕。至於這個玫瑰香脂膏，裡頭加了玫瑰花汁、蜂蜜，牛乳、茯苓粉和油脂，還加了白朮和冰片等藥材，按一定比例同花露調和了，再用古方炮製，冬天用來搽臉是最好的，臉上不會乾燥，用來塗在手上，手就不會裂口子。最好的順序是先用香皂潔面，拍上花露，最後再塗上玫瑰香脂膏，可以滋養一整天。」

三小姐一樣樣地審視著趙大玲帶來的東西。她舀了一點兒香脂膏塗抹在手上，細細地揉進肌膚裡，感受了下指間的滋潤，又湊到鼻端聞了聞手上的香味，玫瑰清香中帶了蜂蜜的香甜和牛乳的溫暖氣息，非常好聞。

三小姐臉上露出滿意的笑容。「確實不錯。現在咱們可以來談談合作一事。咱們明人不說暗話，我要妳手頭的古方。」

趙大玲笑道：「三小姐是爽快人，我也喜歡直來直去。我知道的古方很多，少說也有上百種，從護膚的到修飾妝容的不一而同；我的意思是與三小姐長期合作，互惠共贏。妳也知道鋪子的經營要一步步來，隔一段時間推出一樣新產品是最好的，只有不斷地推陳出新，才能留住客人。眼瞅著快過年了，採購胭脂水粉的人也多，咱們不如就趁這個時候推出一樣新東西。」

三小姐打量著桌上的幾樣東西，最後拿起那塊玫瑰香皂。「就做這個香皂吧，我還保留了一些玫瑰花瓣，夠做一批，只是……」

趙大玲心領神會。「三小姐是不是擔心鋪子裡的經營？」

三小姐冷哼了一聲。「賺得再多也都是進了別人的腰包，我當然不甘心。」

「所以，當務之急不是做香皂，而是收回鋪子的經營權，換人來打理鋪子。不然妳我白忙乎一場，卻是為他人做嫁衣，」趙大玲沈聲道。

三小姐沒想到一個廚娘的女兒有這等見識，不禁看了趙大玲一眼。「沒錯，但是妳也知道，我跟我娘沒有什麼信得過的人，就算讓我爹換人經營鋪子，若是還跟蕊湘她老子娘一樣貪心怎麼辦？」

趙大玲想了想。「掌櫃的人選，我可以向三小姐舉薦一人。」

「誰？」三小姐趕忙問道。

「是五小姐跟前大丫鬟蓮湘的哥哥。我聽蓮湘說過，她哥哥曾在綢緞莊打雜，為人忠厚又機靈，頗得掌櫃的賞識，有意在西市開一個分號讓他接管。只是最近綢緞莊生意不景氣，西市的分號也沒開成，如今她哥哥閒在家裡，正在找活幹呢。」

這也是趙大玲在枕月閣聽蓮湘偶然提起的。蓮湘不是家生子，當初家境貧寒，十一、二歲時便被賣到御史府裡做丫鬟，外頭還有哥哥、嫂子，只等著他們賺了錢可以給她贖身。

經過這幾個月的相處，趙大玲對蓮湘的人品能力是信得過的，想來她哥哥也不會差。

三小姐有些猶豫。「畢竟沒見過人，不知道怎麼樣？」

趙大玲向三小姐道：「只要不是那種老油條，一門心思坑蒙拐騙就行。其實經營鋪子的掌櫃是否貪得了主子的錢財，除了跟掌櫃的人品有關以外，鋪子裡立下的規矩也十分重要。比如說，如何定價、誰來負責採買，還有財政大權，這些都應該由梅姨娘和三小姐來掌管，而不能撒手給旁人。這個規矩，我可以幫著草擬，明日拿過來給三小姐過目，您看看可行不可行？」

趙大玲向三小姐要了筆墨紙硯和一盞油燈，回到外院廚房後就鑽進了柴房。

長生正躺在床鋪上，見柴房門「吱嘎」一聲打開，一個苗條的人影閃身進來，就知道肯定是趙大玲來做東西了。

他趕緊起身披上棉衣。「妳做吧，我去門口守著。」

「我是有事要請你幫忙的。」趙大玲上前攔住他。雪雖然停了，但是依舊寒冷，就長生這身衣服出去，不凍死才怪。

長生退後一步，面容苦澀。「我也幫不了妳什麼。」

「這事非你不可。」趙大玲率先坐在長生的床鋪上，指了指旁邊的位置。「你也坐。」

長生站著沒動，垂著頭站在柴房中央，好像一道黑色的剪影。

那日友貴家的和趙大玲的對話他都聽見了，友貴家的說得沒錯，趙大玲不能跟他攪和在一起，他寧可自己去死，也不願給趙大玲的人生帶來任何污點。

「我真的是有事才來找你幫忙的。你過來啊，我又不會吃了你。」趙大玲鬱悶壞了，這個迂腐的傢伙，搞得好像自己是個惡霸來占他便宜似的。無奈之餘，她使出殺手鐧。「『觀海朝朝朝朝朝朝朝落』，下聯你對出來沒有？」

長生神色羞愧，老老實實地搖頭。

「對不出來就對了！再給你半年的時間你也不見得能對得出來。」趙大玲毫不留情地道。

長生在黑暗中紅了臉。這兩天這句上聯一直在腦海中盤旋，卻沒有絲毫的進展。

「你過來幫我寫個東西，寫完我就告訴你下聯。」趙大玲拋出誘餌。

長生掙扎了半天，終於耐不住想知道下聯的慾望，一咬牙，上前坐在床鋪的一角，離趙大玲足有三尺遠。

趙大玲把木墩子推到他面前，擺上筆墨紙硯，又點亮了油燈放在旁邊。

「我要是自己能寫就不會來找你了。我說你寫，你就當我是皇上，要跟擬聖旨一樣，我只說一個大概意思，你負責潤色執筆——」趙大玲還沒說完，就被長生的手掌摀住了嘴。

她「嗚嗚」抗議，兩隻大眼睛咕嚕地轉。

長生這才發現自己情急之下做了什麼，掌心下是她溫熱柔軟的嘴唇，小鳥一樣啄著他的皮膚。他猛地撤了手，臉羞得通紅，吶吶道：「不能亂講話，被人聽到是殺頭的罪名。」

趙大玲留戀他掌心的溫度，此刻竟有些悵然若失。她也不知道是怎麼回事，她平時說話辦事非常小心，不小心不行啊，在這個時空裡，說錯一句話都有可能掉腦袋。

只有跟長生在一起的時候，她才會完全放鬆下來，言語不經大腦，想說什麼就說什麼。在他面前，她會忘記自己是趙大玲，忘了自己落在一個保守嚴謹的異世時空。

柴房裡的氣氛一時有些尷尬。長生拿起毛筆沾了墨汁，在硯臺沿上靠了靠，提筆輕聲問：「要寫什麼？」

趙大玲舔舔嘴唇，感覺著唇上留著他的氣息，好一會兒才回過神來。「寫一個胭脂水粉鋪子的管理制度，還有經營項目的推進計畫。」

她不自覺地又用上了現代辭彙，長生怔了一下，根據自己的理解在紙上寫上「商鋪章程」幾個字。

趙大玲將管理制度細分為財務、人力、採購、銷售等幾大部分，一邊縷順思路，一邊講給長生聽。

這可苦了長生。大多時候他搞不懂趙大玲在說什麼，只能連矇帶猜地消化她的話，再按照自己的理解轉化成字句寫在紙上，若實在聽不明白的就停下來，讓趙大玲換一種表達方式再解釋。

比如說，他不明白什麼是人力資源，經趙大玲一解釋就明白了，說的是如何管人、掌櫃的有什麼職責，如何給鋪子裡的工匠和學徒訂定月錢，怎麼鼓勵他們多幹活，以及鋪子裡人員的去留要上報給梅姨娘和三小姐等等，趙大玲管她們兩個叫股東……

期間，趙大玲還回了趟自己的屋子假裝上床睡覺，等友貴家的和大柱子鼾聲四起才又溜了出來。

等到天色漸白時，趙大玲已經睏得兩眼發直，一腦袋漿糊，拿著長生寫的一疊稿子傻笑不已。

長生真是聰明，自己說得亂七八糟、顛三倒四，又夾雜著許多的現代辭彙和理念，他竟然都領悟了，潤色後寫得古色古香，有模有樣。

她將稿子收好，一手捧著一夜未眠、昏昏脹脹的腦袋，一手抓起木墩子上的毛筆，在空白的紙上用自己的狗爬字寫上：浮雲長長長長長長長消。

她有點兒不好意思，將紙交給長生時忍不住辯解一句。「你別看我的字不好看，我是用不慣你們這種筆，我用我們的那種筆寫字，參加硬筆書法比賽還拿過紀念獎呢。」

她往長生身旁挪了挪，肩膀自然地挨著他。長生渾身僵直，呼吸都變得清淺。

趙大玲指著紙上的字唸給長生聽。「『長』通『常』，所以這個下聯是『浮雲長，常常長，常長常消』。厲害吧，絕對的千古絕對。」

她站起身伸了個懶腰，口齒不清道：「我要回去了，我娘馬上要起來做早飯，我得趕在她睜眼前躺到床上去。抱歉，害得你也一宿沒睡，你抓緊時間歇會兒吧。」說完步伐踉蹌地溜了回去。

長生拿著趙大玲寫的下聯，看著那個「雲」字，久久移不開眼。

她說的「硬筆」是什麼筆？

她那一腦袋稀奇古怪的想法又是從哪裡來的？

屋外漸漸有了人聲，陸續有僕役來領早飯了，長生仔細地將這張紙摺好，放進懷裡貼著心口的位置。

枕月閣裡，趙大玲正想著抽空去一趟棲霞閣，三小姐就打發小丫鬟過來，說是讓她去幫忙侍弄一盆水仙花。

五小姐自然不會有異議，趕忙讓趙大玲放下手頭的事，隨小丫鬟去幫忙。

棲霞閣裡，三小姐對趙大玲拿來的章程頗感興趣。上頭訂定的制度削弱了看管店鋪的掌櫃的權力，把財政、定價、人員聘留的大權都牢牢地掌控在梅姨娘和她自己的手裡。

如此一來，就能完全保障她們娘倆的收益。

「太好了，真想不到妳還有這份才智，而且這字也著實寫得漂亮。」三小姐由衷讚道。

「這是找府裡一個小廝寫的。那小廝讀過幾年私塾，字寫得也好。」趙大玲含糊過去。

三小姐臉上露出躊躇滿志的微笑。「有了這份章程，我也有底氣去動孫長富和他媳婦了。之前我跟我娘商量過，也讓我娘在我爹跟前透了口風，這一、兩天就讓我娘下一劑猛藥，徹底趕走那兩個黑心的奴才。妳去問問蓮湘，她哥哥和嫂子若是有意看管這間鋪子，就讓她嫂子過來見我，我總得相看相看。」

趙大玲應下，才剛回到枕月閣，進門就碰到了蕊湘。

蕊湘的那兩件衣裳已經改好了，忍不到過年，早早地就穿在身上炫耀。只見蔥綠的夾襖上繡著深粉和淺粉的桃花，繡功很是精緻，桃花還用金絲線勾了邊，又繡出了花蕊，在陽光下閃閃發光。

蕊湘愛美，為了漂亮，大冬天的只穿著這件夾襖，怕顯得腰身臃腫，裡面連棉襖都沒有穿，倒是顯得身姿窈窕，只是凍得拱肩縮背、面色青白，一個勁兒地擤鼻涕。

蕊湘看見穿著厚棉襖的趙大玲，鄙夷地撇撇嘴，對著趙大玲劈頭蓋臉道：「正忙的時候，妳又跑哪兒躲清閒去了？方才五小姐要繡花架子，我找了妳一圈都沒找到，只能自己從庫房裡拎出來，妳這個差倒是當得自在。」

接著她頤指氣使地將手裡的繡架伸到趙大玲面前。「怎麼一點兒眼色都沒有，還不把繡架接過去？我這件新衣服才剛穿的，別給我蹭上灰了。」

趙大玲接過蕊湘手裡的繡花架子，悶頭往裡走，背後的蕊湘還是不依不饒。

「妳掀門簾子小心點兒，差點打到我的鼻子，也不知道等我進去了再撂下門簾子……就妳這笨手笨腳的還能做什麼？喂，我跟妳說話呢，啞巴了妳！」

蓮湘看不過去，對蕊湘指責道：「行了，五小姐正在午睡呢，別這麼大嗓門。妳也別什麼事都支使大玲子去做，養著妳是當小姐供著的嗎？再說了，大玲子也一直沒閒著，是三小姐打發人來讓她去棲霞閣幫忙的。」

蕊湘很是驚訝。「她這麼蠢笨能幫什麼忙？」

蓮湘看不慣蕊湘，白了她一眼。「三小姐新得一盆玉玲瓏，可惜水仙的葉尖有點發黃，知道咱們這枕月閣的花花草草都是大玲子侍弄的，所以讓大玲子幫忙去看看。」

蕊湘聞言，狠狠地瞪了趙大玲一眼，陰陽怪氣道：「我說呢，大冷天的不在屋裡待著卻往外跑，原來是攀高枝去了。不看看自己什麼德行，也配到三小姐跟前搖尾巴？」說完也不請示蓮湘，自己從桌上拈了塊米糕，一邊啃著一邊摔簾子出去了。

蓮湘連連搖頭。「瞧這張狂的樣子，不過是仗著小姐脾氣好罷了。」又安慰趙大玲。「妳別理她，惡人自有老天來收拾。倒是小姐賞妳的兩件衣裳怎麼到她身上了，還添了那麼多花啊朵的在上頭？」

對於衣服，趙大玲自然是無所謂。「我也穿不上那麼好的衣服，便送給蕊湘了。」

蓮湘不信。「肯定是她欺負妳搶了去的。妳也是，小姐指名道姓賞給妳，做什麼便宜了旁人？」

趙大玲放下繡花架子。「蓮湘姐姐，我正好找妳商量件事。」

蓮湘見趙大玲神色鄭重，便拉著她進了西廂房。「什麼事？妳說吧。」

趙大玲便將梅姨娘胭脂水粉鋪子的事告訴蓮湘。

「三小姐讓我問問妳，若是妳哥哥、嫂子願意做，就讓妳嫂子進府來拜見梅姨娘和三小姐。」

蓮湘又驚又喜。「有這好事？當真是天上掉餡餅了！我前天回去，我哥哥還唉聲嘆氣說眼瞅著要過年了，活計不好找。家裡艱難，哥哥又在家閒著，都快悶出病來了呢！只是三小姐怎麼知道我哥哥給綢緞莊做過夥計？」

趙大玲大大方方道：「是我聽妳說起過，正巧今日去棲霞閣，三小姐正為新掌櫃的人選犯愁，我就提了妳哥哥的事，三小姐便說要見見妳的嫂子，適合的話就這麼定了。」

蓮湘感激地握著趙大玲的手。「我這就給我哥哥、嫂子捎話過去，若是成了，我們全家都拿妳當貴人。」

下午，蓮湘的嫂子田氏便以探望蓮湘為由進了御史府。

田氏是個二十五、六歲的婦人，看上去麻利爽快，人也是厚道又能幹的。蓮湘偷偷帶著嫂子去了三小姐那裡，談了一個多時辰，梅姨娘和三小姐都對田氏非常滿意。

當天晚上，柳御史到梅姨娘的屋子裡時，就見梅姨娘正拿著帕子擦眼淚。

這副美人梨花帶雨的模樣，讓一向刻板的御史老爺也動了情，叫著梅姨娘的閨名。

「瑩兒，這是怎麼了？」

御史老爺問了三、四遍，梅姨娘才抽抽搭搭地說了出來。

原來是三小姐用了鋪子裡送來的水晶粉，臉頰上起了好多的紅點，躲在梅姨娘這裡不肯見人，連飯都不肯吃，她心疼女兒，這才急得直抹眼淚。

御史老爺沒覺得是多大的事，就叫三小姐出來看看。

三小姐用帕子擋著臉，遮遮掩掩地走了出來，她將帕子放下，御史老爺也嚇了一跳。好好一張賽雪欺霜的小臉紅腫一片，還起了好多紅點。御史老爺一向對三小姐還算疼愛，當下安慰幾句「好好歇息調養」之類的話。

三小姐捏著帕子，嗚嗚地哭道：「誰知道鋪子裡的掌櫃這麼坑人，水晶粉裡竟然加了過量的滑石粉，塗在臉上不過一個時辰就起了紅點，接著整張臉都紅腫。我是沒臉見人了，之前二姐姐舉辦的詩會上，我還向王尚書家的二小姐和方侍郎家的五小姐推薦自家鋪子裡的東西，若是她們跟我一樣，那不是打臉嗎？還會連累爹爹的臉面，女兒愧疚死了！」

柳老爺本來還無可無不可地聽著，聽到後來沈了臉。「掙不得幾個錢還惹出是非來了？我平日裡見孫長富和他媳婦還算機靈，才讓他們管這間鋪子，誰知竟是這等不堪重用！」

正說著，就聽見門外有人說話，柳老爺正不自在，梅姨娘忙問：「這麼晚了，誰在外面？」

門簾子一掀，蕊湘捧著一盆玉瓣攢心的水仙花俏生生地走了進來，她跪在地上給柳老爺和梅姨娘磕了頭。「奴婢是來找三小姐的，到了棲霞閣才知道三小姐在姨娘這裡。奴婢的爹娘尋了一盆金盞銀台送進府裡，已經開花了，香得很。奴婢知道三小姐喜歡水仙花，所以不敢自己留著玩，特地送來給三小姐。」

梅姨娘在一旁向老爺道：「這便是孫長富的閨女，在五小姐的枕月閣裡當差。」

蕊湘上午聽說趙大玲去幫三小姐侍弄水仙花，自以為找到了巴結三小姐的門路，馬不停蹄地讓她老子娘送一盆金盞銀台進府，上趕著就送了過來，這會兒聽梅姨娘介紹，不禁心花怒放，想著卯勁兒好好表現，說不定今天就能直接調到梅姨娘或是三小姐跟前，也好離開枕月閣那個不受寵的地方。

誰料柳老爺看了她一眼就皺起眉頭。「一個丫鬟倒穿得鮮亮。」

蕊湘激動得心都快要跳出來了。要是被老爺看上，那就飛上枝頭變鳳凰了！

她羞澀地抻抻蔥綠色的夾襖，將繡著桃花的衣襬顯露出來。「這衣裳是我娘在外頭找繡娘繡上了花。那家繡坊的繡娘手藝好，京城裡有頭有臉的夫人和小姐們都找那家繡坊做活呢！梅姨娘和三小姐若是需要什麼直管說，奴婢讓奴婢的娘置辦去。」

老爺冷哼了一聲，將手裡的茶杯重重地放在了桌子上。

「行了，把花放這兒，妳先退下吧。」梅姨娘趕緊打發蕊湘走。

蕊湘再傻也覺出不對勁，蔫頭耷腦地放下花退了出去。

梅姨娘低垂螓首，露出一截細膩潔白的脖頸。「老爺心疼妾身和妍兒，拿這個鋪子貼補妾身，妾身感激不盡，只是這孫掌櫃實在是一味地掉進錢眼裡了。您也看到了，他閨女穿戴得比一般家的小姐都強，還不都是仗著老爺的信任，緊著往自己懷裡攢錢嗎？他每個月交多少銀子過來，妾身倒是沒有放在心上，妾身只感念老爺的恩德，但是如果以次充好，賺那昧心錢，豈不是辜負了老爺一番心意？」

說著，梅姨娘又哭了起來。「妾身請老爺將鋪子收回吧，也免得妾身一個婦道人家讓人欺壓哄騙。」

柳老爺安撫梅姨娘。「已經給了妳，哪有再收回的道理？既然孫長富這麼急功近利、混水摸魚，乾脆就讓他別幹了，回頭我琢磨個適合人選接手這鋪子。」

梅姨娘用帕子沾了沾眼淚，鼻尖紅紅的，很是惹人憐愛。「老爺是朝廷的砥柱，妾身可不敢拿這點兒小事讓老爺費心，若說是換人打理鋪子，妾身倒是有個人選。妍兒聽五小姐跟前的蓮湘提起過，她哥哥就是個買賣人，在綢緞莊做過活，也懂得經營，不如就讓蓮湘的哥哥和嫂子試試，好便罷了，不好就索性關了鋪子，再怎麼說也不能為了賺幾個錢就折損老爺的名聲。」

柳老爺對誰打理鋪子並不放在心上，只囑咐了要老老實實做生意，不能讓人落了口實，就將這事放下了。

第二天，梅姨娘就召來孫長富的媳婦，也就是蕊湘的娘到府裡，當面說了這事，讓他們及早騰地，下午新掌櫃的就會去鋪子裡跟他們交接帳本。

蕊湘的娘感覺一道劈雷落下，忙不迭地跪地哀求，可哪裡還有扭轉的可能。

於是孫長富兩口子被老爺打發到鄉下莊子裡務農，胭脂水粉鋪子則換了蓮湘的哥哥傅大春和他媳婦田氏掌管，幾家歡樂幾家愁，蓮湘自是對趙大玲感激不已，悄悄塞給趙大玲兩匣子糕餅。

蕊湘躲在屋裡哭腫了眼睛，新衣服也不敢再穿，老老實實地換回了以前的舊衣服，還因為蓮湘的兄嫂頂了她爹娘的差事，把蓮湘恨得要死，見蓮湘與趙大玲走得近，連帶著也恨上了趙大玲。

只是如今她爹娘敗了勢，沒人再把她放在眼裡，她再找趙大玲的麻煩，被蓮湘一個巴掌賞了去，她哭鬧不休，梗著脖子罵，吵到了五小姐，罰她在穿堂風的夾道裡跪著自省。自從上次她在背後說五小姐不如三小姐的話，五小姐就對她沒了好感，如今更是對她厭惡至極。

蓮湘有意助趙大玲重回五小姐身邊做二等丫鬟，不過趙大玲不願意，一來她伺候不了別人，二來她跟三小姐還要合作呢，在外院廚房更方便。

當然，還有一個更重要的原因——她想每日都能看見長生。所以無論是做五小姐的貼身丫鬟，還是調到三小姐跟前，她都不去，寧願繼續當她的掃地燒火丫頭，樂此不疲。

趙大玲將香皂的配方給了三小姐，畢竟她沒有時間和精力去做大批的香皂。

「妳的臉沒事了吧？這幾天還是當心些，別吃發性生冷的東西。」趙大玲仔細看了看三小姐的臉道。

三小姐摸摸自己光滑的面頰。「已經好了，我用了妳給我的花露和香脂膏，比以前更白暫了。」

「那就好。若是有損妳的花容月貌，我可是罪過大了。」經過這些天的往來，趙大玲跟三小姐說話也不再那麼拘謹。

三小姐笑得志得意滿。「就算一時半會兒好不了，只要能把孫長富那兩口子撤掉，也是值得的。還是妳的主意好，我用薑汁子混著芹菜汁塗在臉上，立刻就紅腫了，那一臉的紅點，我爹看了都嚇一跳，他倒沒有多在意我，是怕同僚家中的小姐用了鋪子裡的東西後跟我一樣呢。正好蕊湘那丫頭咋咋呼呼地來獻媚，我爹當時就變了臉色，立刻決定換了孫長富，接著我娘就提了蓮湘的哥哥嫂子，我爹也同意了。如今鋪子有新掌櫃，又有新章程，我只等著鋪子趕緊紅火起來。」

「蓮湘的兄嫂剛接手，總是還需要一段時間才能走上正軌，一口吃不成胖子，這個急不得，市場總是需要一段時間來培養。」趙大玲勸著三小姐。

「這個我省得，就妳嘴裡新詞多。我尋思著給鋪子取個名字，以前就是一塊寫著『胭脂水粉』的木匾掛在大門上，寒磣得很，取個好聽又氣派的名字也能有個新氣象。這個活兒我可就派給妳了，我看妳給我的章程上的字寫得漂亮，妳索性找那個代筆的小廝一併寫出來，我讓蓮湘的嫂子帶出去刻個匾額掛上去。」

趙大玲滿口應下，又拿出一袋子東西交給三小姐。

三小姐接過來打開一看，先驚呼了一聲。「這是什麼？怪有趣的。」

袋子裡是一堆小塊的香皂，是趙大玲讓長生用木頭雕了許多拇指大小的小模子，有玫瑰花、蓮花，也有胖胖的小鳥、小兔子，做成了很多小香皂，形態各異，靈巧可愛。

「這個叫『試用品』。」趙大玲向三小姐解釋。「可以給來店裡的客人免費發放，用得好了，自然會有回頭客來購買。等店名取好了，還可以把店名寫在彩色的紙箋上，再貼在試用品上，效果更好，還能幫助宣傳。」

這回三小姐是真的服了趙大玲。見小香皂有趣又精緻，忍不住各留了一個。「還是妳鬼點子多，送這個不值什麼，難得的是做得精巧，誰看了都喜歡。我對咱們這個香皂有信心，嘗試過了，肯定會來買大塊的。」

接著三小姐針對店鋪經營的細節與趙大玲商量，大到店鋪的佈置，小到胭脂水粉包裝紙的顏色花紋，全都一一敲定後，回頭再一樣樣地交代給田氏。

而報酬的部分，三小姐本以為每個方子趙大玲怎麼也得找她要幾兩銀子，不過趙大玲卻對自己這些經營理念和製作方法很有信心，便提出了她會協助三小姐經營這間鋪子，並按照計畫不時地推出新產品，酬勞是她要按比例抽百分之十的純利潤。

三小姐不禁懷疑趙大玲腦袋被門擠了，要不就是壓根兒不會算數。按照她提出的方式，以目前每月三、五兩銀子的利潤來說，一個月只需要給趙大玲半吊錢，即便利潤翻倍，也不過是一吊錢的事。

最後在趙大玲的堅持下，三小姐同意了趙大玲的提議，寫下契約，兩個人按了手印。

為了酬謝趙大玲之前的付出和努力，三小姐額外給了趙大玲二兩銀子。「鋪子是不是賺得了錢，也不是一時半會兒就能看出來的，這個月的盈利也只能在年後統計。眼瞅著快過年了，妳先拿著這錢給妳娘和弟弟做兩件新衣裳吧。」

趙大玲也沒客氣，謝過三小姐就接了過來。來到這個時空半年了，她頭一次見到白花花的銀子，雖然只是一小塊碎銀子。

回到外院廚房，趙大玲便去找長生寫鋪子名。

她托著腦袋想了想。「就叫『花容堂』吧！」

長生頓了一下，自然而然地問：「是『花容月貌』的意思嗎？」

「不是。」趙大玲答道。「是李白的《清平調》中的一句詩，『雲想衣裳花想容，春風拂檻露華濃。』你倒是提醒我了，世人都會誤以為是『花容月貌』的意思，你乾脆把這兩句也寫下來，可以放在大門兩邊，『花容』二字就會有不一樣的格調。」

「李白？」長生喃喃唸著這個名字。

趙大玲撓撓腦袋。「呃……對，李白是話本裡的詩仙，這也是我爹告訴我的，他做了很多的詩詞，回頭我再唸給你聽。」趙大玲又都推到萬能的話本上去了。

長生想了想。「要我看，『花容堂』太過直白，不如就叫『露華濃』。」

趙大玲感覺遇上了知音。「對啊，我也喜歡『露華濃』這個名字，這是我見過最好聽也翻譯得最有意境的化妝品品牌名字了，比SK-II、La Mer、迪奧、蘭蔻什麼的好聽多了，不過人家是有版權的，用這個名字我會有點心理障礙。」

長生又不知道趙大玲在說什麼了，索性不再說話。

「還有，你看『雲想衣裳花想容』這句，將來若是生意做大了，還可以開一間成衣鋪子，就叫『雲裳堂』，變成女性服飾美容的連鎖店。」趙大玲躊躇滿志，展望美好未來。

長生的字當真漂亮，交給蓮湘的嫂子田氏後，很快就被刻成了匾額，掛在鋪子的外頭。

趙大玲找田氏把二兩銀子換成了銅錢，將一吊錢交給了友貴家的，說是因為幫三小姐照顧好那盆水仙花，三小姐賞給她的。

友貴家的唸了半天佛，高高興興地收了下來。欠了一屁股的債，年前怎麼也得先把利息還上。

剩下的一吊錢，趙大玲便請田氏幫忙買些過年的東西，下次進府的時候再帶給她。

田氏感激趙大玲的推薦，才讓他們兩口子得到這麼好的差事，自然是大包大攬下來。

趙大玲讓田氏買了一壺酒，這是給秦伯的。當初秦伯幫長生接上斷腿，她一直記掛著這件事，可是每個月的月錢她都要交給友貴家的存起來，所以這壺酒欠到了現在。

她還給友貴家的買一條厚實的腰封。友貴家的有腰疼的毛病，又要整日在灶台前站著，戴上腰封就能減緩腰部的受力。

至於大柱子，她則是扯了一塊結實的布做一條褲子。大柱子的褲子都磨破了，也早已洗得看不出本來的顏色。她還幫大柱子在市面的小攤上買點兒小孩的玩意兒。她想到現代的孩子們都有數不清的玩具，比如說她那兩個同父異母和同母異父的弟弟，一個喜歡汽車，家裡蒐集了上百個模型；一個喜歡變形金剛，只要出新款的模型必定抱回家。可這個時空裡的玩具本來就少，大柱子更是沒見過什麼可以稱之為玩具的東西，日常隨手可得的小木塊或樹枝子都可以拿來玩得不亦樂乎。

最後趙大玲囑咐田氏打一床厚厚的被子，棉花要用今年的新棉花，布要用質料好又柔軟的那種。

田氏拿著一吊錢走了，並保證年前一定採辦回來交給趙大玲。

第十一章 過年

還有兩天就過年了，府裡採辦了不少年貨，給外院廚房的食材除了每月的分例外，還多了兩簍雞蛋、一簍鴨蛋、十隻雞、十隻鴨、一簍活魚、半扇豬肉等平日見不到的珍貴材料，一大堆東西堆在廚房裡，占了半間屋子。

雖然大家對豐富的菜餚充滿期待，但這也意味著友貴家的將迎來一年中最繁忙的一個月。

五、六十口人的飯菜，一菜一湯還好說，若是雞鴨魚肉都做，就不是普通的麻煩了。

大年三十那天，趙大玲向五小姐告了假，專心在外院廚房幫友貴家的準備年夜飯。看到這麼多的東西，趙大玲很是激動，自己的廚藝終於有用武之地了，可是顯然友貴家的並不信任趙大玲，只讓她打打下手，真正到掌勺的時候還是親自上陣，生怕趙大玲糟蹋了那些好東西。

長生和大柱子也都被指派了活兒。友貴家的給大柱子一大盆紅豆讓他擇豆子，擇好的豆子要用來做紅豆餡，要拿來做蒸餅和年糕。

長生的任務則是劈柴，準備這一頓年夜飯得用掉一擔的柴火呢。如今長生劈柴已經劈得很好，一斧頭劈下去，木柴應聲而斷，每一塊都大小均勻、厚薄適中，連友貴家的也忍不住誇他。

「剛來那會兒就是個窩囊廢，現在真是強上許多。」

趙大玲不滿地嘟囔。「娘，有妳這麼誇人的嗎？」

「妳太閒了是不是？」友貴家的塞給趙大玲一把菜刀。「去把雞鴨都殺了，再把魚給處理了。」

「啊？」趙大玲拎著菜刀。「娘，給我換個活兒成不？」

作為廚娘的友貴家的壓根兒不認為拾掇雞鴨是件麻煩事。「妳不去誰去？我這兒一大堆事要趕著做，那半扇豬得剁成小塊再醃上，還得熬豆餡、炸排叉、蒸饅頭。再說了，妳以前不是幹得挺好的嘛？手腳麻利些，別耽誤了我燉雞燉鴨！」

無奈之下，趙大玲只好將裝著二十隻雞鴨的竹筐搬到屋後的空地上，接著在空地上用石頭圍成一個圈，架上一口大鐵鍋，燒上水，準備給雞鴨褪毛。

她從筐裡拎出一隻羽毛鮮亮的大公雞。公雞的腳是拴在一起的，在地上撲撲愣愣，彷彿是感覺到了迎面而來的殺氣，拚命地垂死掙扎。

趙大玲蹲在地上，舉起手中的菜刀對著公雞比劃了一下，又喪氣地垂下手。

雖然她自詡廚藝不錯，前世一個人也能做出幾道雞鴨魚肉的大餐來，可是殺雞宰魚的活兒還真是沒做過。現代的市場那麼方便，選好了活雞活魚，自有攤販幫著收拾，轉一圈買了青菜回來，這邊就都弄索利了，根本不用自己當這個劊子手。

人就是這樣，吃的時候一口不會少吃，但真讓自己動手去殺一隻雞，還真是挺害怕的。

大公雞突然安靜下來不再撲騰，大概是感受到趙大玲的軟弱，扭過頭來用綠豆大的小眼睛盯著趙大玲，目光頗為挑釁。

趙大玲心想，總不能跟一隻公雞大眼瞪小眼一整天吧？自己就是個掃地燒火丫頭，沒那個資格去裝嬌弱，再說，人生總是要有第一次的。

對不起了大公雞，就用你來祭我手裡的菜刀吧！趙大玲狠心閉起眼，舉起了手中的菜刀——

突然手上一輕，菜刀被人拿走了，一個聲音在頭頂上方響起。「妳回屋吧，我來。」

趙大玲睜開眼睛，才發現是長生從她手裡拿走了菜刀。他穿得單薄，臉色凍得發白，更襯得眉毛黑如鴉羽，黑亮的雙眸澄澈如水。

長生俯下身，蹲在趙大玲旁邊，神色凝重。如玉的手指緊握著刀柄，將菜刀橫在胸前，看那架勢是把菜刀當長劍使了，就差左手沒捏著劍訣。

趙大玲抽抽嘴角。「跟牠，你不用防禦。」

「哦，妳說得也是啊！」長生抓了下感覺，將菜刀高舉過頭頂。

那一刀剁下去，這隻可憐的大公雞豈不是要被腰斬了？趙大玲突然覺得長生還不如自己可靠。自己好歹還看過殺雞，這位大少爺肯定連見都沒見過。

她拉住長生的胳膊。「等等！你、你殺過雞嗎？」

長生抿著嘴搖搖頭。

趙大玲咬咬牙，伸手去拿長生手裡的菜刀。「我來，別髒了你的手。」

長生輕輕擋開她伸過來的手，眼神堅毅。「已經到了這步田地，牠必須死。我是男人，我來做。」

趙大玲沈浸在一種淡淡的憂傷之中，同時心底生出一種大義凜然的決絕意味。如果不看地上那隻翻著白眼的公雞，這簡直就是武俠片的節奏，這小劇場好帶感啊！

「呵！你們兩個值當的嗎？知道的是宰隻雞，不知道的還以為你們在商量著殺了仇人報仇雪恨呢！」友貴家的走了過來，一把奪過長生手裡的菜刀，另一隻手抓起地上的公雞，將雞脖子上的毛揪了兩把下來，然後就著脖子一抹，公雞撲棱了兩下便不動了。

友貴家的將公雞倒懸著放血，放乾淨了扔在地上。「多大點事啊，有這麼難嗎？看你們兩個那矯情樣！」說著又把菜刀塞回到長生手裡。「我那屋裡還燉著豬肉呢，不管你們倆誰，索利點兒把活兒幹了。」

友貴家的如一陣風來，又如一陣風地走了，只留下地上一隻死雞和蹲在地上呆若木雞的兩個人。

趙大玲率先回過神來，讚嘆道：「我娘手起刀落，簡直就是女中豪傑啊！」

長生點頭附和。「趙伯母巾幗不讓鬚眉。」

最後雞鴨都是長生殺的，他沒讓趙大玲沾手，趙大玲也接受了他的好意。長生骨子裡有一種騎士精神，有些事再不願意，也要硬著頭皮上，因為他不想讓趙大玲去做。

殺第一隻雞時很不順利，那隻長腳的大公雞掙脫了束縛，為了生命而狂奔。趙大玲和長生為了抓這隻雞，滿院子地追，結果撞在了一起，雙雙跌坐在地上，最後還是公雞自己跑累了，含恨做了長生的刀下亡魂。

有了第一隻菜刀下的亡雞，後面的好歹順利一些。二十隻雞鴨陳屍一排，也挺壯觀。長生放下手裡染血的菜刀，半天沒說話。趙大玲知道這對他來說很不容易，如果不是因為被貶為官奴，他一生大概都不會有機會去殺雞宰鴨，但是他安安靜靜地做了，沒有一句怨言。

其實長生跟她有很多相像的地方，像是對生活隨遇而安的態度。這種隨遇而安不是妥協，也不是自暴自棄，而是放下榮辱後的坦然。簡單來說就是在哪座山頭唱哪首山歌，福也享得，罪也受得，不抱怨，不怨天尤人。只是長生比她更有韌性，多了種看破生死的淡泊。

鐵鍋裡的水煮沸了，給雞鴨褪毛也是一重考驗，別的不說，光是那個味道就讓人難以忍受。這時趙大玲就無比懷念前世的口罩，如今只能拿腰帶繫在鼻子下方，沒什麼用，純粹是心裡安慰罷了。

她拿出一塊帕子，對摺好要幫長生繫上。長生要伸手接過，被趙大玲白了一眼。

「你一手的雞血、鴨血，還是別碰自己的臉了。來，頭低下。」

長生看看自己的手，聽話地俯下頭，讓趙大玲能搆到他的臉。兩人離得近，她身上的幽香傳入鼻端，暫時蓋過了令人作嘔的味道。

趙大玲踮著腳將帕子圍住長生的鼻子，他那挺直的鼻梁有著不可思議的完美角度，淺櫻色的嘴唇微抿，低垂下來的睫毛像小刷子一樣，讓趙大玲不禁哀嘆，他一個男人，幹什麼長這麼長的睫毛啊！

趙大玲止住心猿意馬的心思，將手帕在他腦後打了個結，指尖掃過他的耳朵，兩抹紅暈從長生如玉的面頰上渲染開來。他不但臉紅了，連耳廓都通紅起來，好像紅色的瑪瑙石一般。

鐵鍋前，兩個人忍著欲嘔的味道給雞鴨拔毛，實在不是個浪漫寫意的場景。趙大玲感覺自己快要窒息了，她沒有長生那麼能忍，好幾次彎腰乾嘔，差點兒吐出來。

「妳回去吧，我一個人能做。」長生看她那樣，想趕她走。

趙大玲搖搖頭，強提著一口氣。「不走，本就是你幫我的忙，如果我自己溜了，多不仗義。」說著別過頭去喘了兩口氣。「有句話不是這麼說的嗎？『如入芝蘭之室，久而不聞其香；如入鮑魚之肆，久而不聞其臭。』我的鼻子很快就能適應，過一會兒就聞不出香臭了。來，閒著也是閒著，咱們接著對對子吧，也好分散一下注意力。聽好了，上聯是『山羊上山，山碰山羊足，咩咩咩』。」

長生一邊拔雞毛一邊道：「那我就對『水牛下水，水淹水牛角，哞哞哞』。」

「哈哈哈！對得好！」趙大玲在一地雞毛中笑得燦若春花，長生說「哞哞哞」的時候真是太可愛了。「再來一個，上聯是『畫上荷花和尚畫』。」

「『書臨漢帖翰林書』。」

「『長空有月明兩岸』。」

「『秋水不波行一舟』。」

「『煙鎖池塘柳』——別急著對，這看來簡單，實際上暗含了金木水火土，五行占盡。」趙大玲拋出了這個絕對，得意洋洋。「怎麼樣？對不出來就認輸好了。」

長生想了半天，方猶豫道：「桃燃錦江堤。」

「嗯，已經不錯了。」趙大玲首肯道。「這本是一個絕對，千百年間，還沒有一個公認最好的下聯。大家比較認同的下聯是『炮鎮海城樓』，還有一個『茶烹鑿壁泉』也不錯，這一個就妙在把金木水火土都放在了字的下面。再有，『燈深村寺鍾』、『楓焚鎮海堤』雖然工整，但總覺得差了一點兒。」

兩個人對著對聯，覺得時間過得飛快，手底下的活兒也在不知不覺中就做完了。長腿的雞鴨都收拾好，剩下沒腿的魚也變得簡單多了。趙大玲刮魚鱗，長生給魚開膛剖肚，兩個人配合得很有默契，將一簍子的魚都處理乾淨。

兩人將雞鴨和魚都搬回廚房，友貴家的對成果還算滿意。趙大玲打了水，拿了一塊香皂和長生一起洗手，她自己先用香皂搓出了泡沫，又把香皂遞給長生。

兩人洗了好幾遍，換了三盆水才覺得手上沒有惱人的腥味，只剩下香皂清新好聞的香味，不過兩個人的手在冰冷的井水中已經凍得通紅，刺骨的疼。

最後一盆水，趙大玲兌了點熱水進去，不由分說地拉著長生的手按進盆裡。

溫熱的水中，兩人的手指相碰，彷彿有絲絲電流從指間傳過，不禁心神一蕩，趙大玲這才發現長生的手上都是細小的傷痕。

她捧起長生的手。「呀，怎麼這麼多小口子？」

長生看了看，無所謂道：「可能是被魚刺劃傷的。」

「痛不痛？」趙大玲覺得心疼。是自己太粗心了，明知道他沒有做過這樣的活兒，卻因為自己的膽怯還是讓他來處理那些魚。

「不痛，沒事的。」長生輕聲道。

「你等著。」趙大玲跑到裡屋，拿出不久前做的玫瑰香脂膏，香脂膏裡有蜂蜜、白朮、茯苓和冰片，對小傷口有消炎癒合的作用。

她先用布巾小心地將長生的手擦乾，又舀出一大坨香脂膏，在自己的掌心搓熱了，然後握住長生的手。

長生閃躲了一下，想抽出自己的手，卻被趙大玲白了一眼。

「別動！」

她仔細地將香脂膏在長生手上塗抹均勻，兩個人的手交握在一起。

「吱嘎」一聲，友貴家的拎著一籃子麵粉推門進來，長生和趙大玲嚇了一跳，趕緊鬆開了手，彷彿做了虧心事。

好在友貴家的只是嘴裡不停地抱怨今天天氣太冷，忙著打水和麵，並沒有看見屋角的兩個人。

「長生，挑水去，今天得把兩個水缸都裝滿。」友貴家的一邊和麵，一邊吩咐。

長生應了，起身低著頭向外走，在門口一絆，差點兒摔倒。

友貴家的詫異地看了長生一眼。「怎麼了，大過年的，撞見鬼了這是！」

趙大玲摀住嘴偷笑。

晚飯前，她趁著長生在外面磨米粉，抱著新被子溜進了柴房。田氏果真在大年三十這天把趙大玲要的東西送來了，這床被子又大又厚實，軟綿綿的，讓她非常滿意。

柴房裡依舊冷得像冰窖一樣，那個露天的小窗戶已經用棉紙糊上，所以屋子裡光線很暗。趙大玲來到長生的床鋪前，將那床舊被子當作褥子鋪在底下，又拿一個小竹籃將散落的木牌放進籃子裡，依舊放在枕頭旁邊。

這些木牌趙大玲是知道的，長生沒有紙筆，一直用這種原始的方式記下她說過的詩句和對聯。

突然，一個與木牌形狀不同的東西引起趙大玲的注意，她從一堆木牌中將那東西拿起來對著光線仔細看了一下，竟然是一根用楊木雕出來的簪子。

簪子被打磨得非常光滑，上頭有漂亮的木紋，簪尾刻了一朵栩栩如生的蓮花，蓮花的花瓣舒展著，帶著曼妙的弧度，彷彿盛開在夏日的池塘邊。

一陣狂喜漫過心頭，寂靜的空間裡都能聽見自己「怦怦」的心跳聲。趙大玲深吸了好幾口氣，才戀戀不捨地將簪子放回了原處。

反正早晚是自己的，讓他親手交給自己才好。這麼一想，她忍不住兩頰發熱，心中甜蜜得好像是浸在蜜糖裡。

今年的年夜飯做得異常豐盛，柴鍋燉雞、芋頭燒鴨、紅燒排骨、家熬魚，對於很少見到葷腥的外院廚房來說，這四道葷菜絕對是今晚的重頭戲。

一道道的菜接著出鍋，盛在盆子裡，廚房裡瀰漫著誘人的肉香，引得大柱子流著口水站在灶台旁。

其實若說廚藝，友貴家的挺一般，無論是雞鴨還是排骨，烹飪的手法和配料都是一樣的。好在這裡的雞鴨都是土生土長，不像現代的雞鴨是吃生長激素長大，因此不管怎麼烹調都香得誘人，就連趙大玲喜歡吃素菜的人，此刻聞著那香味也覺得饞得慌。

唯有在熬魚的時候，趙大玲提出了自己的意見。「娘，最好先將魚煎一下再熬。」

但友貴家的覺得這樣太費油。「這麼多的魚，都先煎過豈不是要用小半罐的油？雖說是過年，也不能用這麼多的油，下半個月還過不過了？」

穿過來大半年了，這還是趙大玲第一次吃魚，不免堅持道：「這法子是內院廚房的方嫂子告訴我的，人家內院廚房都是這麼熬魚的，將魚裹上麵糊，在油裡煎一下，熬出來的魚一點腥味都沒有，特別香。」

「是嗎？」友貴家的將信將疑，隨即揮手道：「人家內院廚房專做主子的飯食，跟咱們這裡當然不一樣。咱們這兒總共才得了二十隻雞鴨、一簍子魚、半扇豬肉，這是整個正月裡的飯菜，得省著吃，人家內院廚房一頓年夜飯都不只這些，還有鹿肉、獐子肉、大雁這些稀缺貨，咱們哪能跟人家比？」

「誰要跟他們比了，不過是想好好吃頓年夜飯罷了。」趙大玲將友貴家的身上的圍裙解下來繫在自己身上。「娘，妳也歇會兒，這道魚我來做，讓妳也嚐嚐妳閨女的手藝。」

「死丫頭，就一簍子魚，妳可別糟蹋了。」友貴家的還是不放心，邊說邊被趙大玲推著進了裡屋。

「妳腰不好，已經忙了一天，今晚是大年三十，總是要守歲的，李嬸子她們還等著妳一起打牌打個通宵呢，所以妳先歇會兒養養精神吧。」

友貴家的被通宵打牌打動了，躺在炕上伸直了腿。「別說站了這一天，還真是要扛不住了，要不歇一歇的話，晚上可熬不過來，妳是不知道，這一宿的牌打下來也是體力活呢。熬魚時妳警醒著些，別糊了，多放些蔥、薑和大醬，去腥味。」

趙大玲一一應下，自信滿滿地來到灶台前，這回自己的廚藝終於有用武之地了。

她先在盤子裡調好麵糊，又磕了兩個雞蛋進去攪拌均勻。以前她熬魚都是直接在魚上裹雞蛋的，現在可不敢這麼奢侈，年夜飯要熬半簍子的魚，那得用掉多少雞蛋？所以只能加上些麵糊。

她將魚在麵糊裡蘸好，放進溫熱的油鍋裡煎至兩面金黃，半簍子大約有十二、三條魚，都煎完後，才在鍋裡放入蔥、薑、蒜熗鍋。

接著她把魚放進鍋裡，倒了點黃酒，又加入醬油、鹽、八角、醋等調味料，這才在鍋裡倒入清水蓋過魚身，在蓋上木頭鍋蓋前，還在鍋裡放了一把洗乾淨的紅棗。

熬上魚後，趙大玲又做了一籠屜的棗塔饅頭。

這是北方過年的傳統麵食，一層麵皮、一層紅棗做成塔形，取「節節高升」之意，最後再用八角蘸了紅色顏料在棗塔頂端點出一朵紅花。

趙大玲一時興起，又用麵團裹著紅豆沙做了一籠屜孩子們吃的豆沙包，用剪刀剪出小兔子的耳朵、小鴨子的翅膀和小刺蝟的一身刺，再用紅豆當作小動物的眼睛，兩個籠屜摞在一起上灶蒸。

熬魚的香味漸漸飄散出來，味道鮮美至極，好像從香味裡伸出一隻小手般勾著人的味覺神經。

「姊，妳煮了什麼呢，這麼香！」大柱子含著手指頭，眼巴巴地看著趙大玲。

趙大玲拍掉大柱子的手。「這麼大了還吃手，髒不髒！」說著用筷子蘸了點兒湯汁伸到大柱子嘴裡。「嚐嚐鹹淡。」

大柱子咂著嘴，意猶未盡。「姊，真好吃，我要吃魚！」

「現在還不能吃，一會兒吃飯就能吃到了。」趙大玲刮刮大柱子的小鼻子。「先去玩會兒，等炒完這幾個青菜就可以開飯。」

大年三十，各院的活兒都已經做完了，有等不及的僕役早已來守著廚房領年夜飯，一進廚房都無一例外地吸著鼻子。

「什麼味？這麼香！」

大柱子得意地向眾人宣佈。「是我姊熬的魚！」

待魚熬好了出鍋，友貴家的也起來了，見到一盆冒著熱氣和香味的熬魚，忍不住誇獎趙大玲。「都說『沒吃過豬肉，也見過豬跑』，想不到妳這丫頭雖然沒做過，倒得了老娘幾分真傳。」

大柱子人小心眼實，大聲道：「我姊做的魚比娘做的好吃！」

友貴家的笑著彈大柱子的腦門。「小沒良心的，成了你姊的狗腿子了！」

友貴家的和趙大玲忙乎著炒了幾個素菜，肉燒茄子乾、清炒蘑菇、醋溜白蘿蔔、醬爆扁豆乾。趙大玲又熬糖做了道拔絲紅薯，金燦燦的湯汁裹著事先蒸熟的紅薯塊，挾起時能拉出長長的細絲，眾人都不禁喝起彩來。

那廂，長生的米麵也磨完了，友貴家的又蒸了一籠年糕，這頓年夜飯才算告一段落。

各院的僕役爭先恐後地將食盒擺在灶臺上和桌子上，七嘴八舌道——

「今年的年夜飯尤其豐盛，我們院子人多，那魚給我來一條大的！」

「友貴家的，可得一碗水端平了，別有的多盛，有的少盛啊！」

「哎喲，大玲子，那塊排骨沒啥肉，光是大骨頭，給嬸子換一塊。」

「這個兔子、鴨子的豆包怪有趣的，多給嫂子一個，帶給我家鐵蛋成不？」

場面一時有些混亂，等到各院的人都拎著食籃離開後，他們幾人才發現廚房裡跟遭了劫一樣。一盆排骨只剩下三兩塊骨頭棒子，燉雞和燒鴨還剩下幾個雞頭、鴨頭，幾道素菜在友貴家的一力防護下剩個盆底，而那盆熬魚在混亂中已經被哄搶光了。

友貴家的狠狠地罵道：「一窩子土匪似的，見好的就搶。眼皮子淺，爪子又輕，也不怕撐死他們！」

趙大玲看著盆裡連魚湯都沒剩下，也覺得無奈。十幾條魚原本想著一處一條，並沒有多的，肯定是有人渾水摸魚領走了兩條。

大柱子扁著嘴要哭。「我要吃魚，怎麼一口還沒進嘴就沒了呢！」

趙大玲勸完友貴家的，又安撫大柱子。

大柱子不依，淚花在眼裡打轉。「他們憑什麼都拿走了？一條魚尾巴都不給咱們剩下……」

長生拿出一把一尺多長的木劍，溫言勸慰道：「男孩子不能哭，你看這是什麼？」

大柱子用袖子抹去眼淚，激動得語無倫次。「劍，是一把劍！長生哥，這是給我的嗎？」

長生把木劍交到大柱子手裡，大柱子興奮地拿給友貴家的和趙大玲看。「娘，妳看，是一把劍，大俠用的那種劍。姊，妳瞧，我有長劍了，比鐵蛋和二牛的刀都好看！」

趙大玲接過來一看，長劍雕得很精細，劍柄上還刻著花紋，頂端有一個鏤空的圓孔。「嗯，回頭姊姊在劍柄上給你穿個紅色的穗子，那樣耍起來才好看。」

友貴家的也笑了。「小皮猴子，小心著耍，別把屋裡的東西砸了。」說著她擦了擦手。「得了，雖魚沒了，咱們一樣得吃年夜飯。」

「年年有餘，年年有餘，過年當然得吃魚。」趙大玲從簍子裡挑了挑，挑出一條半大的江魚。

「這邊的灶都熄火了，再重新點火熬魚得到什麼時候才能吃飯啊？算了吧玲子，妳兄弟也餓了，咱們湊合一頓，趕明兒再燉一鍋魚，提前把咱們吃的盛出來，省得那群沒臉的亂搶。」友貴家的刮刮幾個盆底，將菜裝上盤，倒是也夠一家人吃的了。

「放心吧娘，剛才熬的都是鯉魚和鰱魚，這江魚是最適合清蒸，不用上鍋熬，上蒸籠蒸一下，一盞茶的工夫就得。」

長生聞言，詫異地抬頭看了趙大玲一眼。

「蒸魚多腥氣！」友貴家的皺眉道。「就剩幾條魚而已，妳可別糟蹋了那魚！」

趙大玲笑言道：「大過年的，沒魚不成宴席，您也換換口味嚐嚐看。」

趙大玲先用菜刀在魚身上劃了幾刀，接著放在盤子裡，在魚上抹上一點細鹽，擺上蔥絲、薑絲，再倒上醬油和一點兒黃酒，然後把魚放在籠屜裡蒸。

一盞茶的工夫後，又在明火上用鐵勺燒了一點兒明油。「刺啦」一聲澆在蒸魚上，這就端上桌了，加上其他的菜和一盤子棗塔和豆包，也是熱熱鬧鬧的一大桌。

長生看著趙大玲忙碌的身影和那盤清蒸魚，一晃神好像回到了從前。

母親也喜歡這樣煮魚，然而如今父母俱已仙逝，只留下他一個人在這人世間。他默默拿起一個饅頭退出廚房，準備回到自己的柴房。

「娘……」趙大玲拉了拉友貴家的衣角，小聲央求。

友貴家的瞪了趙大玲一眼，才發話道：「長生啊，大過年的，一起吃個年夜飯，圖個熱鬧。」

長生搖搖頭。「謝謝趙伯母的好意，我還是回柴房吧。」

聞言，友貴家的不樂意了。「一個大男人怎麼扭扭捏捏的，讓你一塊兒吃飯那是為了謝你給大柱子的劍，你看看大柱子樂得跟撿了金元寶似的，你非得自己回柴房，是不是嫌棄我們娘幾個？是不是你仗著自己認識幾個字，覺得跟我們這幾個粗人一桌吃飯丟臉了？」

「不是，趙伯母言重了，在下絕無此意。」長生趕緊澄清。

大柱子已經上前拉著長生不讓他走。「長生哥，一個人吃飯多沒意思，一起吃吧，嚐嚐我姊的手藝。」

長生猶豫了一下，方躬身道：「那在下恭敬不如從命。」
趙大玲這才放心下來，抿著嘴在一旁笑。
友貴家的搖頭道：「聽你說話怎麼總覺得這麼累得慌！」
四個人在桌子前坐了下來，屋外響起「噼哩啪啦」的炮竹聲，增添了喜慶的過節氣氛。外面飄起了雪花，屋內卻有一股別樣的溫暖。
「娘，嚐嚐這魚。」趙大玲給友貴家的挾了一筷子，又挾了一塊魚腹上刺少的肉給大柱子。「柱子，你也嚐嚐。」
大柱子吃了一口，扁扁嘴。「不如剛才熬的魚好吃。」
友貴家的也咂著嘴搖頭。「倒是沒什麼腥味，就是太寡淡了，不如熬的魚入味。」
趙大玲充滿希望地看著長生。長生在趙大玲殷切的目光下挾了一塊魚肉，放進嘴裡細細咀嚼，喃喃道：「跟我母親煮的魚是一樣的味道。」
「你娘也這麼煮魚？」友貴家的一邊挾菜一邊問道。
長生點點頭。「家母是江南人，尤其偏愛這種清蒸的魚，往往親自動手烹製。家母說過清蒸魚看著簡單，講究的就是一個火候，少一分帶腥，多一分肉就柴了。」
「哦，原來你娘也是個廚娘。」友貴家的恍然大悟。
趙大玲見長生不知如何接話，遂接過話頭。「清蒸魚就要保留魚本身的鮮味，對於肉質細嫩鮮美的江魚來說是最好的做法，不會破壞魚肉本身的味道，生活在江南一帶的人都喜歡從江中打撈活魚後清蒸。北方人喜歡熬魚，實際上是因為日常見的都是池塘裡撈出的魚，像鯉魚、鰱魚這種的，如果不用重口味的做法烹調，會有土腥味。」

友貴家的放下啃了一半的排骨，詫異道：「妳倒是說得一套一套的，誰告訴妳的？還有，妳怎麼會做這清蒸魚的？別說是內院廚房方家媳婦教給妳的，我還不知道她們那幾個人的廚藝嗎？她們肯定也不會。」

趙大玲一時語塞，當著友貴家的面總不能說是趙友貴教給她的，或是從話本上看的吧？她正想著怎麼打個岔混過去，就見長生起身拿出一套木頭湯勺和鍋鏟。湯勺和鍋鏟的長柄都帶著流暢的弧度，上頭還雕著祥雲花紋。

長生恭恭敬敬地用雙手呈給友貴家的。「承蒙趙伯母多日照料，在下感激不盡。只是在下身無長物，無以為報，便在閒暇之時做了一套廚具，做得粗糙，還望趙伯母不要嫌棄。」

友貴家的高興地接過來，拿在手裡揮舞了一下。「我那木頭湯勺已經裂了，我正要找馬管家去要把新湯勺呢；這鏟子也好，比鐵鏟子使著順手。」又細細摩挲了一番，讚道：「你這孩子也真是手巧心細，打磨得一點兒木刺都沒有，哎喲，還雕著花呢，這回鍋裡的菜粥都顯得金貴了。你若能脫了奴籍，倒是不愁餓死，只可惜官奴的奴籍在衙門老爺那兒，你這木雕的手藝是浪費了。」

「娘！妳說什麼呢！」趙大玲推了推友貴家的。

友貴家的也意識到自己說太多，忙招呼著：「來來來，吃魚，長生啊，你不是喜歡吃這魚嗎？多吃點兒！」

大柱子吃得滿嘴是油。「長生哥，那你送我姊什麼？」

趙大玲想到在柴房裡看到的蓮花木簪，心怦怦跳了起來，帶著盼望偷看了長生一眼，又趕緊低下頭，生怕臉上隱藏不住的笑意會被友貴家的發現。

長生垂下眼簾，長長的睫毛蓋住所有的心事，半晌才輕聲道：「在下慚愧，並未為趙姑娘準備什麼。」

一絲失望爬上趙大玲的心頭，嘴裡的魚肉也變得味同嚼蠟。

「哦，那你對我姊可不如我姊對你好。」大柱子童言無忌，自然而然地說了出來。「我姊還給你準備了一床新被子呢，我看見她剛才偷偷放你屋裡去了。」

趙大玲很是尷尬，趕緊塞給柱子一個刺蝟豆沙包。「吃還堵不住你的嘴！」

友貴家的詫異道：「一床新被子至少要半吊錢呢！死丫頭，妳哪兒來的閒錢？」

趙大玲只能道：「我前些日子去棲霞閣幫著三小姐做胭脂水粉，三小姐見我做得用心，便賞了我一吊錢。」

友貴家的趕著唸了幾句佛。「這三小姐真是活菩薩，出手這麼大方！前兩天才剛因為妳幫著侍弄水仙花賞妳一吊錢，這會兒又賞錢給妳。」

突然，友貴家的兩眼閃著光芒。「那三小姐是不是看上妳了？要是能把妳調到棲霞閣，那可是妳的造化呢！梅姨娘是老爺跟前最得臉的，三小姐也最得老爺疼愛，將來必能許個好人家，姑爺肯定非富即貴，如果妳能當三小姐的陪嫁丫頭，那──」

「娘！我除了給別人做小老婆就沒有別的出路了嗎？」趙大玲不滿道。

「小老婆怎麼了？」友貴家的來了精神，嗓門也高了幾分。「死妮子，娘告訴妳，妳也別心太高，這飯要一口一口的吃，路要一步一步地走。心眼放活分點兒，妳長得也不差，再好好捯飭捯飭，努力一下就能被姑爺看上，先做個通房丫頭，要是有那福分，生出個一兒半女來，那才能母憑子貴地抬舉成姨娘。」

趙大玲下巴差點掉在桌子上。她跟友貴家的思維模式簡直不在一個空間裡，見長生的腦袋都快低到飯碗裡了，讓趙大玲更是尷尬。她飛快地跑到裡屋，拿出給友貴家的和大柱子的禮物。

「娘，這是我給妳買的腰封，妳快試試吧。」

友貴家的暫時忘了小老婆的問題，站起來將厚厚的腰封束在腰上，腰封是紅色的，上面還繡著一朵朵的梅花。

友貴家的愛惜地摸了摸，嘴裡嗔怪道：「花這冤枉錢做什麼。瞧這做工，這是上等人家的夫人和管事穿戴的，我一個廚娘哪用得上這麼貴重的東西？妳瞧瞧，這麼鮮豔的顏色，還繡著花，我一個老婆子戴著倒讓人笑話，成了老不羞的了。」說著就要摘下來。

「您戴著吧！」趙大玲趕緊攔住。「這腰封厚實又挺，戴上能支撐著妳的腰，站在灶台前就不那麼疼了，等晚上打牌的時候，也省得坐一宿累得慌。再說了，您可一點兒也不老，比夫人還年輕好幾歲呢。」

趙大玲推了推大柱子。「柱子，你說娘好看不？」

「嗯！」大柱子堅定地點點頭。「娘是府裡最好看的。這腰封戴在娘身上，娘就更好看了，比年畫上的仙姑還好看。」

友貴家的笑得合不攏嘴。「瞧我兒子這巧嘴，將來準是個幹大事的。」

趙大玲又把給大柱子新裁的一條褐色褲子拿出來。「柱子的褲子都破了，也短了一截，等明天大年初一，咱們就把新褲子換上；還有這個小玩意兒，也是給你的。」

大柱子得了新褲子自然高興，更讓他喜出望外的是趙大玲遞給他的一個小猴爬杆兒。只要抻旁邊的繩子，木頭小猴就會順著杆子「哢嗟哢嗟」地爬到頂端，一鬆手，又會出溜下來。

連友貴家的都看著有趣，摸著大柱子的腦袋，愛憐道：「今兒柱子是過年了，得了一把劍，又得了新褲子和這小玩意兒，睡覺都能笑醒了。」

吃過飯，收拾完桌子，長生回到自己的柴房去了。大柱子興奮地一手揮舞著木劍，一手拿著小猴爬杆兒在屋裡轉圈，非要出去找鐵蛋和二牛顯擺，卻被友貴家的攔下。「外面下雪了，明天再去玩。」

眼見天色已晚，外面的雪勢越發大，但是鞭炮聲卻更加熱烈，過年的熱鬧絲毫不因寒冷的氣溫而降低。

友貴家的坐不住了。「大玲子，妳看著柱子，讓他早點兒洗澡睡覺，我去找妳李嬸子打牌去，她們幾個肯定已經開局了。妳也別守歲了，早點兒睡，姑娘家的熬出黑眼圈來可不好看，明天早些起來，給三小姐磕個頭去。」

友貴家的囑咐完趙大玲，頂風冒雪地出了門，那梅紅色的腰封到底沒捨得拿下來。

柱子年歲小，到了睡覺時間就開始打呵欠，即便外面鞭炮聲聲，也依舊睏得睜不開眼。

趙大玲讓他洗漱後，脫了外衣上床睡覺。大柱子怕壓壞了小猴兒爬杆，便將它放在枕頭邊上，這才心滿意足地抱著木劍翻滾了兩下，呼呼睡著了。

趙大玲給大柱子掖好被子，心裡惦記著長生，拿著燭檯去了柴房。

長生坐在柴房裡的床鋪上，伴著外面震耳的鞭炮聲撫摸著那床新被子。那是她抱過來又疊好放在床上的，上面還沾染著她的氣息，他捨不得展開蓋在身上。

外面隱約出現一道窈窕的身影，接著有人輕敲柴門。「長生，睡了嗎？」

長生差點兒驚跳起來，心怦怦地跳，過了一會兒才澀聲道：「我睡了，有事明天再說吧。」

「哦……」屋外的人聲音有些失落。

長生大氣也不敢出，屏息聽著外面的動靜。

彷彿有一個世紀那麼長，趙大玲才隔著柴門向他輕聲道：「新年快樂！」

聽著屋外的腳步聲慢慢走遠，長生才從懷中掏出本來準備要送給趙大玲的髮簪。

這是他精心雕刻了幾個晚上，又細細打磨了好幾天才完成，本想在除夕夜送給她，卻又退縮了。飯桌上，她從驚喜到失望的眼神，他不是沒看到，他只是不知該如何面對她。

他將蓮花木簪放到枕頭旁那堆木牌中間，拿起旁邊的一塊木牌，上面寫著「一生一世一雙人」。

他看著木牌，心中愁腸百轉。

曾經以為自己的人生一帆風順，鋪滿了鮮花和讚譽。少年得志，金榜題名，年紀輕輕便入翰林院領五品官階，等待他的是前途似錦、風光無限。

他會平步青雲，像他的父親一樣成為朝廷的砥柱，會在父母之命，媒妁之言下娶一個門當戶對的世家女子為妻，然而所有的一切都在一紙詔書下灰飛湮滅——

結黨營私、妄議朝政的罪名讓身為太傅的父親鋃鐺入獄，並在獄中病逝；母親得知父親的死訊後懸樑自盡；宗族為了不受到牽連，將他父親這一脈逐出了族譜，連最好的朋友都再無聯繫。

自己本被判為斬監候，但聖上念及顧氏一門以往的功勛，免去他的死刑，改判沒入奴籍。現在想起來，這真是個天大的諷刺，還不如直接砍頭來得痛快。

那段屈辱又鮮血淋漓的日子，他不願再回想。他從不知道人性原來能陰暗卑劣到如此地步，不知道這世上原來有比死亡更痛苦絕望的境地。

對他來說，死亡反而是一種仁慈的解脫。他本已抱定了必死的決心，然而就在死神向他招手的時候，他遇到了趙大玲。

這個廚娘的女兒將他從絕望中拉了回來，她替他療傷，餵他喝水吃藥，她用盡辦法鼓勵他活下去；她出口成章，知道很多他不知道的事；她神秘莫測，讓他充滿疑問又不禁被她吸引；她如此鮮活而溫暖，與他見過的所有女子都不一樣。

她就像一縷陽光，照亮了他陰暗的天空，成為他心底的暖流。

他低頭看著木牌上的那行字，一絲苦澀爬上心頭。

如今的他，又有什麼資格去許她一生一世？

第十二章　欺辱

第二天雪停了，北風呼嘯著捲起雪沫子拍打在臉上和身上，感覺比下雪天還冷。但是大柱子的熱情很高漲，天還濛濛亮就一骨碌爬起來，穿上新褲子，連早飯都顧不得吃，就想拿著兩樣寶貝去找同在外院的鐵蛋和二牛玩，趙大玲攔都攔不住。

友貴家的在籠屜上加熱昨天晚上蒸的棗塔饅頭和豆沙包，向趙大玲道：「讓妳兄弟去吧，以前鐵蛋和二牛得了好東西總在柱子面前顯擺，柱子什麼都沒有，只能眼巴巴地看著，如今好不容易也能顯擺一回了。」

趙大玲聽了也有些心疼，按著大柱子喝了幾口粥，又拿油紙包了幾個豆沙包，囑咐大柱子。「跟鐵蛋和二牛一起吃。」

鐵蛋和二牛都是家生子，住在府外，出了外府的後門就是，幾個孩子差不多大，時常在一起玩。

大柱子出去後，趙大玲便忙乎著幫友貴家的熬粥，友貴家的一個勁兒地催促她去給三小姐磕頭，謝謝三小姐給的賞賜。趙大玲嘴裡應著，也沒放在心上。

三小姐還指望著她給她掙錢呢，兩個人已經成為合作夥伴，用不著磕來磕去的。

不過趙大玲一想到一會兒去枕月閣還要給五小姐磕頭拜年就有些膩歪。前世只在小時候給爺爺奶奶磕頭拜年，大了以後還沒跪過呢，雖說不講究什麼膝下有黃金，但要跪在別人面前實在不是一件愉悅的事，她穿過來大半年了還是不能適應。

看看時辰不早了，正要出門去枕月閣，就見大萍子氣喘吁吁地跑過來。

「趙嬸子，不好了，妳家大柱子跟人打起來了！那邊的塊頭大，大柱子吃虧了！」

友貴家的一聽，扔下飯勺就往外跑。「哪個天殺的敢欺負老娘的兒子！」

趙大玲熄了灶台的火也趕緊跟出來。剛出門就見大柱子披頭散髮、灰頭土臉地哭著跑回來，一張小臉烏七八糟的，臉上被抓出好幾條血痕，身上的棉襖也破了好幾處，露出白白的棉花，一隻鞋不見了，光著小腳踩在雪地裡。

「娘！」大柱子看見友貴家的和趙大玲更覺得委屈，一頭扎進友貴家的懷裡。

友貴家的抱著兒子心疼不已。「讓娘看看，傷得厲害不厲害？哪個挨千刀的欺負你，娘找他拚命去！」

趙大玲看到大柱子凍得青紫的小腳丫，趕緊回屋拿棉鞋出來給大柱子套上，又用毯子把他裹起來，向友貴家的道：「娘，柱子凍壞了，先帶他進屋喝杯熱水，緩緩勁兒。」

一杯熱水下肚，趙大玲又幫著給大柱子擦了臉，止住了血，大柱子才抽噎著娓娓道來。

原來他去找鐵蛋和二牛玩，還沒出府就碰上一個人高馬大的孩子，見大柱子手裡的寶劍和小猴爬杆兒好玩，非要要過來，大柱子不給，那個孩子就硬搶，兩個人扭打在一起，大柱子打不過人家，就哭著回來了。

大柱子拎著被折斷的小猴爬杆兒，哭得抽抽搭搭。「寶劍被他搶走了，小猴爬杆兒也被撅折了，猴子腿都掉了！」

「那是誰家的孩子這麼霸道？」趙大玲忍不住問道。

大柱子也說不上來。「沒見過。」

友貴家的氣得直拍大腿。「哪裡來的下作種子，頭頂生瘡、腳底流膿的玩意兒，青天白日的就敢明搶，是土匪托生的嗎?!老娘可嚥不下這口氣，我出去打聽打聽，讓老娘知道了是哪家的兔崽子幹的好事，非擰下他的腦袋當球踢不可！」

趙大玲趕緊攔著友貴家的。「娘，妳這樣出去找人算帳可不行。要我看，還是先去找馬管家，讓他來說句公道話。」

正說著呢，就聽見外面人聲鼎沸，一個尖利的女聲叫囂著。「上樑不正下樑歪！做娘的是個夜叉婆子，兒子也是個天殺的，瞧瞧把我外孫子打得滿臉是血！」

廚房的門被一腳踹開，內院廚房的管事張氏叉著腰站在門口，臉上黃皮包著高聳的顴骨，立眉瞪眼道：「有喘氣的嗎？快點兒滾出來，這會兒做了縮頭烏龜了，打人的時候怎麼不知道害怕！」

張氏旁邊是一個約莫十歲的胖孩子，臉胖得跟十八褶的肉包子似的，大臉蛋都嘟嚕下來了，鼻子和眼擠在了一起。他穿著綢子的棉襖，肚子那裡凸出一個圓鼓鼓的弧度，臉上看不出什麼血，硬要說受傷，也就是額角破損了一塊，鼓了青棗大的一個包。

友貴家的從裡屋衝出來，見到張氏，真是仇人相見分外眼紅。

上次就是張氏帶人來砸了外院廚房，又誣陷友貴家的偷雞蛋，現如今張氏的外孫子又欺負大柱子。新仇舊恨湧上心頭，友貴家的撲過去指著張氏的鼻子破口大罵——

「我說是誰家的孽種做的好事呢？原來是妳家的，果真是一個窩裡爬出來的。妳家的兔崽子窮瘋了不成？看見我兒子手裡的東西就明著搶，小的時候就搶人家東西，大了以後就是臭土匪，等著被官府老爺抓去蹲大獄吧！」

「你們家孩子才是土匪呢！看看把我外孫子打成這樣，還有沒有天理了?!」張氏也不甘示弱，跳著腳跟友貴家的對罵。

張氏還帶著幾個內院廚房的僕婦，也開始擼胳膊、挽袖子跟著吵。來領早飯的僕役都圍觀著看熱鬧，礙於張氏在府裡的勢力，也不敢搭腔。

趙大玲帶著鼻青臉腫的大柱子出來，向氣焰囂張的張氏道：「張嬸，別動不動的就喊天理，只要是長眼睛的都能看出來到底是誰欺負人，誰又受欺負了。」

見大柱子的臉上跟開了雜貨鋪似的，人群中的李嬸子小聲嘟囔一句。「哎喲，瞧給孩子打的，作孽啊！」

張氏惡狠狠地瞪了李嬸子一眼，李嬸子立刻嚇得不敢說話。

張氏有恃無恐道：「小孩子家家的，打打鬧鬧逗著玩也是常有的。妳家柱子看著掛彩多，那都是皮外傷，我們胖虎可是磕到腦袋了，這麼老大個血包，若是傷了腦子，你們家賠得起嗎？」

趙大玲氣得咬牙。「小孩子打鬧也得分個是非曲直。常言道『國有國法，家有家規』，國法家規管不到的地方還有個公道自在人心，我家柱子拿著玩具，妳家外孫子非要搶過來，這就是不講理。我們柱子只有六歲，胖虎那孩子眼看著少說八、九歲了，比柱子整整高了一頭，還比柱子壯實，這就是恃強凌弱、以大欺小。」

旁邊的胖虎梗著脖子道：「誰欺負他一個小不點了？我不過是要拿過來看看，誰知他死攥著不撒手，還推搡我。」

大柱子急得直哭。「你把我的小猴爬杆兒弄壞了，你賠我！」

張氏翻著白眼。「一家子窮酸，這麼個破玩意兒也當成寶貝似的，不過是幾個大子的東西，我從外面買一車砸給你們。但是我家胖虎這受的傷怎麼算？你們家怎麼也得出個十兩銀子給我們胖虎看郎中吧！」

友貴家的往地上啐了一口。「呸！上下嘴皮一碰就十兩銀子，不如去搶！你們一家子都是屬螃蟹的不成？全都橫著走，一窩子螃蟹精投胎，也敢跑老娘跟前裝個人五人六，小心老天劈下一個炸雷讓你們現了原形，老娘就把你們一窩子扔籠屜裡蒸了下酒！」

看熱鬧的人群中有人忍俊不禁，捣嘴偷笑。張氏自覺失了顏面，橫眉立目道：「友貴家的，妳別嘴裡不乾不淨，你們一家子才是八爪的螃蟹呢。上次我來找雞蛋沒砸爛了妳的窩那是給妳留了顏面，偏妳不知好歹，那老娘就帶著人再給妳砸一回！」

言罷，張氏招呼著幾個僕婦動手，友貴家的急紅了眼，撲上去廝殺。「看妳們哪個敢動手，老娘跟妳們拚了！」

趙大玲攔住友貴家的，冷眼看著張氏。「娘，妳讓她們砸，上次為了幾個雞蛋就已經砸了一回，這次為了她外孫子搶東西又要砸一回，這府裡什麼時候成了她張氏的天下了？要砸就砸，有本事今天就把這兩間屋子砸爛了，一起鬧到夫人跟前，我倒要看看她們幾個在夫人面前是多大的臉面！老爺是堂堂的朝廷大員，府裡幾個奴才竟然這麼囂張，還把不把老爺和夫人放在眼裡？」

幾個正準備動手的僕婦面面相覷，一時倒踟躕著不敢上前。

張氏冷笑。「好個伶牙俐齒的丫頭，怪不得之前幾句話就害得黃茂幾個被打了板子攆出府去，真是有一副顛倒黑白的好本事。妳以為妳把老爺、夫人搬出來，我們就怕了不成？真到了夫人跟前，我倒要看看夫人是給妳臉面，還是給我臉面！」

正鬧得不可開交之際，大柱子突然向胖虎衝過去。「還有我的寶劍呢，也被你搶走了，快還給我！」

跑到胖虎近前的大柱子被張氏一個巴掌打翻在地。「小崽子，今兒不教訓教訓你，你還翻了天了！」

友貴家的尖叫著撲過去。張氏還要抬手再打，卻在半空中被人一把握住了手腕，一個聲音清清冷冷道：「小孩子打鬧也就算了，妳一個大人也要公然欺負孩子嗎？」

趙大玲一看是長生，頓時鬆了一口氣。張氏見是個成年男子，也一時不敢貿然動手。

長生從地上扶起大柱子，輕輕攬著他。

大柱子顧不得挨了打，舉著折壞的小猴爬杆兒，委屈地向長生訴苦。「長生哥，這個壞了，小猴子的腿掉了。」

長生拿起小猴爬杆兒看了看，輕聲安慰：「我可以修好它。」

大柱子又指著胖虎抽抽搭搭道：「他把你送我的寶劍也搶走了，你比他高比他大，你幫我搶回來！」

長生搖搖頭，伸手抹去大柱子的眼淚。「我若是仗著自己比他高大去把劍搶回來，豈不是像你姊姊說的那樣恃強凌弱、以大欺小嗎？」

「那怎麼辦？」大柱子茫然地問。

「你應該去跟胖虎說，讓他把劍還給你，並向你道歉。」

「哪裡來的瘋子？」張氏一聽，可不甘了。「你好大的架子，兩個孩子打架，憑什麼是我家胖虎道歉？我家胖虎今天進府裡看我，全鬚全尾的孩子，大過年的腦袋被打出個疙瘩來，讓我怎麼向他爹娘交代？」

長生靜靜地看著她，目光澹寧，帶著一抹悲天憫人的慈悲和寬容，彷彿高高在上的佛祖俯視芸芸眾生，任何人在這樣的目光下都自覺渺小。

張氏說話聲音越來越小，最後底氣不足地堅持道：「要道歉也應該是趙家的大柱子向我們胖虎道歉。」

長生緩緩開口。「既然您也說了是兩個孩子的事，就讓兩個孩子自己解決吧，大人何必跟著摻和？對於孩子來說，今天打架，可能明天又會和好，本是不大的事，非要鬧到人前，傷的是兩家人的顏面。再說，胖虎是您的外孫，您自是疼惜他的，希望他將來健康平安，有番作為，若是讓他小小年紀便認為只要自己喜歡就可以據為己有，將來難免會鑄成大錯。今天他遇到的是大柱子，人小力單不是他的對手，明天若是遇到比他大的孩子，或是遇到府裡的少爺、貴人，他也這樣行事，便會惹出麻煩。小孩子還是應該明是非、懂道理，若是一味地縱容，豈不是害了他？」

長生聲音不大，卻帶著不可忽視的震懾，連張氏都一時愣住了。

跟友貴家的，她可以對著罵，可以胡攪蠻纏，可忽然冒出長生這樣不疾不徐地講道理的，倒讓她不知該說什麼好，且長生說的都在理，也公正，不像友貴家的和趙大玲那樣一味地偏袒大柱子，指責胖虎。

長生領著大柱子到胖虎跟前，蹲下了身，視線與胖虎和大柱子平行。「你們兩個是男孩子，自己的問題自己解決，用拳頭解決只是一種最不可取的方式。你們肯定也聽過大俠的故事，能被稱為大俠的人都是行俠仗義、鋤強扶弱之士，若單純以武力稱霸，則不配為俠。打架鬥狠、欺凌弱小之輩，即便勝了也會為世人所不齒。」

大柱子站在比自己高了一顆頭的胖虎面前，還是有點兒膽怯，他看了長生一眼，長生鼓勵地朝他點點頭，然後起身退到一旁。

大柱子舔舔嘴唇。「你把我的小猴爬杆兒弄壞了。」

胖虎猶豫了一下。「我不過就是想看看，你幹麼那麼小氣……」

「你要是就看看，我自然不會攔著，一起玩也不打緊。你明明就是想搶走……你還搶走了我的寶劍。」大柱子有了點兒底氣，接著質問胖虎。

胖虎一時語塞，撓撓胖腦袋，從背後拿出那把寶劍。「我就是借來看看的，看過了就還你，這也值當得跟我拚命？你看看我腦袋都磕出個棗兒來了。」

大柱子指著自己的臉。「你不也撓我個滿臉花嗎？我娘說過，娘兒們打架才撓臉呢。」

胖虎面子上有些掛不住，張氏一掀眉毛，又要開罵。

雖然長生說了讓兩個孩子自己解決，但趙大玲還是忍不住當了回助攻。「柱子，那把劍咱不要了，送給胖虎吧，回頭讓你長生哥給你雕刻全套的刀槍劍戟、斧鉞鈎叉。倚天劍和屠龍刀聽過沒？你長生哥還能在刀柄劍鞘上描龍刻鳳呢。」

長生無語地看了趙大玲一眼，一低頭，唇角彎起一個微不可察的弧度。

胖虎果真中招，面上現出十二分的羨慕，小眼唰唰放光，看向長生。「這位哥哥，你真會雕刻那什麼天劍、什麼龍刀？」

長生剛要開口，趙大玲一個眼刀飛過去，長生手舉唇邊咳嗽了一聲，然後點點頭。

胖虎將手裡的寶劍塞到大柱子懷裡。「還給你吧，我還嫌這劍太短耍不起來呢，我得耍長長的劍和大大的刀。」

大柱子大聲道：「我長生哥憑什麼給你做刀劍？要做也是做給我。剛才我姊說了，長生哥能做全套的兵器呢。」

「那你給我玩不？」胖虎已經沒了氣焰。

「才不呢！誰讓你打我的。」大柱子噘著嘴將頭扭到一旁。

胖虎又撓了撓腦袋。「柱子兄弟，是我錯了，我給你賠個不是。我不該搶你東西，也不該跟你打架，橫豎咱倆都掛了彩，也不單單只能怪我一個人，以後不打了，一起玩成不？」

柱子想了想。「我也不是小氣的人，你好好的，自然能一起玩。還有鐵蛋和二牛，咱們可以聚在一塊兒玩，還可以聽長生哥和我姊講故事，他們兩個知道好多大俠的故事。」

眼見兩個孩子冰釋前嫌，那架勢就要勾肩搭背地玩到一塊兒去了，兩邊的大人也沒有了鬧下去的必要。張氏悻悻道：「是我家胖虎仁義，不跟你們計較了。咱們醜話說在前頭，若是胖虎之後有個頭疼腦熱的，咱們這事還沒完。」

友貴家的也冷哼了一聲。「我家大柱子長得周正俊俏，若是臉上落了疤，我跟你們還沒完呢！」

一場爭鬥消於無形，張氏雖然憤憤，卻也只能拉著戀戀不捨的胖虎回去。

這時跟來的一個僕婦問張氏。「嫂子，還砸不砸？」

張氏不耐煩地瞪了那個蠢婆娘一眼。「先留著她們這間屋子，大過年的，別讓這一府的下人沒飯吃。」終覺不解恨，又向友貴家的挑釁道：「別落了把柄在我手裡，不然我讓你們一家人在這府裡連立腳的地方都沒有。」

經過長生時，張氏突然頓住，轉著渾濁的眼睛。「我知道了，你就是那個半死不活從楚館抬出來的官奴吧？哼，什麼下賤東西也敢教訓起老娘的外孫子來了！這年頭，真是林子大了什麼鳥都有，大男人都去賣身了，你咋不一腦袋撞死，也省得活著給你爹娘丟人現眼！胖虎，回去趕緊用胰子好好洗洗手，什麼人做的東西都瞎摸，髒死了！」

張氏帶著一群人氣呼呼地走了，友貴家的則罵罵咧咧地給大夥兒分早飯。

長生面色慘白，搖搖欲墜，經過他的僕役都以異樣的目光看著他，幾個人還指指點點，有人恍然大悟地小聲道：「我說呢，這麼俊的模樣，比大姑娘還好看，原來是伺候過男人的。」

趙大玲惡狠狠地瞪了過去，那個人不敢再說，只不屑地撇撇嘴。

待人都散去後，趙大玲靠近長生，小聲道：「你別理他們。」

長生踉蹌著後退一步，一言不發地轉身走回柴房。趙大玲看著他離去的背影，心中的酸楚有如翻江倒海。

回到廚房裡，領飯的人都走光了，友貴家的一邊收拾灶台，一邊止不住地痛罵張氏。

「從頭到腳冒壞水的老貨，不就是仗著她男人在老爺跟前的那點兒臉面，也敢在府裡橫行霸道？妳看看她臨走時的狠樣，肯定憋著壞還得來找麻煩。」

趙大玲抑制不住地渾身發抖。大柱子和胖虎的事可以說是兩個孩子的打鬧，最後胖虎也道歉了，但是張氏打了大柱子一巴掌，又出言羞辱長生，這讓趙大玲忍無可忍。

她清秀的臉上滿是堅毅和決絕，沈聲道：「既然張氏一再跟咱們過不去，這口氣也不用再忍了。」

早飯後，趙大玲來到枕月閣，給五小姐拜年後，領了一封賞錢。

五小姐看上去精神不濟，委靡不振，一副病懨懨的樣子，即便是臉上塗了胭脂，也沒遮住滿臉的疲色。

「小姐這是怎麼了？」趙大玲悄悄問蓮湘。

蓮湘擔憂地道：「昨個夜裡守歲的時候就喊不舒服，吐了兩回，壯漢也頂不住這樣的折騰。這不，早上只喝了一口米粥，又都嘔出來了。我正想著勸五小姐，別去老夫人那裡拜年請安了。」

這廂小聲說話被五小姐聽見了，著急道：「若是其他日子也就罷了，這大年初一的，怎麼也得去給祖母和母親拜年才是。妳快點兒進來幫我梳妝，換件鮮亮的衣裳，去晚了母親要怪罪的。」

趙大玲不動聲色，腦子裡卻是轉得飛快。正不知如何下手呢，這倒是個好機會，可以藉機扳倒張氏。

她走到五小姐房門口，隔著門簾道：「五小姐，奴婢知道一個偏方，可以暫時止吐，讓您好歹能支撐一、兩個時辰。」

「真的？」五小姐驚喜不已。「妳快進來說！」

趙大玲進了屋，畢恭畢敬地向五小姐道：「蜂蜜兩湯匙、生薑汁一湯匙，加水一湯匙調勻，放鍋內蒸熱，服下就能抑制噁心想吐。」

五小姐一迭聲道：「那妳快去內院廚房找張氏做一碗來！」

趙大玲面帶難色。「奴婢還是回外院廚房給您做吧，生薑和蜂蜜都不是稀罕物，外院廚房也有。」

眼見五小姐皺了眉頭，蓮湘趕緊推了推趙大玲。「說什麼呢？就算妳是好心也不能亂出主意，五小姐哪能吃外院廚房做的東西？」

趙大玲佯裝一副誠惶誠恐的樣子。「五小姐明鑒，奴婢知道外院廚房是給僕役做飯的，奴婢真的不是有意埋汰小姐。要不，去夫人或是老夫人院裡的小廚房做？」

蓮湘不禁好奇問道：「這可是奇了，怎麼就不能在內院的大廚房做了呢？小姐可是一直吃大廚房的飯菜的，我們吃著也沒什麼事。」

趙大玲一臉難色，支支吾吾道：「五小姐身子弱，蓮湘姐姐吃了沒事，不見得五小姐就沒事。再說了，這病有時候會有潛伏期，就是當時看不出來，過一陣子就顯現出來了，因人而異，有人當時發作，有人會隔十天半個月也不一定。」

「啊？」五小姐和蓮湘都嚇了一跳。「別光嚇唬人，快說到底怎麼了？」

趙大玲咬牙跺腳。「罷了，我也不怕得罪人，橫豎幾位小姐和少爺的身體要緊。你們沒發現內院大廚房的張氏皮膚蠟黃、眼睛渾濁嗎？我曾聽給我看病的郎中提起過，這是肝臟受損、陽邪入體的症狀。發起病來會噁心想吐，怕見油膩，慢慢地皮膚和眼睛都會發黃，人也越來越枯瘦；到了後期，皮膚黯黑粗糙，身上還會長滿朱砂痣。最要命的是，同一鍋吃飯或同一缸飲水都有可能得病。」

趙大玲每說一句，五小姐和蓮湘的臉就白一分，到最後五小姐「噹啷」一聲打翻了茶杯，蓮湘也哭喪著臉。「哎喲，我的小姐，這可如何是好？奴婢早就說那張氏滿臉蠟黃，不像是個康健的，若是她真有這會過人的病症，咱們整日吃她做的飯菜豈不是在劫難逃了？」

五小姐臉色慘白，哆哆嗦嗦地捂著胸口，又乾嘔了幾下，淚花都湧出來了。

趙大玲趕緊安撫兩人。「您先別害怕，這病也不是十成十會傳到別人身上，身子強健的或是運氣好的也不會有事。」

她不說還好，這麼一說，五小姐哭得更凶。「蓮湘她們幾個也跟我吃的一樣，不是沒事嗎？誰教我就是個身子弱又運氣差的！」

蓮湘趕緊安慰五小姐。「小姐您別這麼說，剛才大玲子不是說這個病有個什麼潛伏期的，保不齊過幾天奴婢就跟您一樣了。」

一時兩個人哭成一團。趙大玲搓搓手道：「二位先別哭，要不我先去給五小姐做那生薑蜂蜜汁去，好歹喝了壓一壓。」

五小姐用帕子抹了抹眼淚。「喝妳那生薑蜂蜜汁也不能去病根吧，我還是去向祖母和母親說一聲，免得哥哥姊姊們也過了病氣。橫豎是我命苦，倒楣我一個也就罷了。」說著讓蓮湘趕緊打水洗臉。

趙大玲退出了五小姐的閨房，一溜煙地跑回外院廚房，一進屋就問友貴家的。「娘，咱家還剩多少錢？您都拿給我。」

「要錢幹什麼？」友貴家的不禁疑惑趙大玲怎麼這個時間回來了？

「您別問了，給我就是，我肯定不是拿去亂花。」

友貴家的雖然不解，但還是從炕上的褥子底下掏出一個小布包。「還剩不到一吊錢，其他的年前都當利息還給各處了。」

雖然少點兒，但也只能將就了。趙大玲拿出今天從枕月閣得的賞錢，湊成一吊揣在懷裡，將剩下的十幾文錢交還給友貴家的，又到外頭找到正在跟鐵蛋玩的大柱子。

「柱子、鐵蛋，幫姊姊找兩個昨晚上沒響的炮竹。」

鐵蛋從懷裡掏出幾個來。「我今天早上在外頭街上撿到幾個啞炮，正想跟柱子點著玩呢。」

趙大玲拿了兩個。「兩個就夠了，剩下的你們玩吧，小心燒手，還有，可不許再揣懷裡了！」

趙大玲拿著一吊錢和兩個鞭炮來到了內院廚房。「方嫂子在嗎？」

方家媳婦在內院廚房是掌勺的，一直受張氏排擠，她為人厚道，一向跟友貴家的關係不錯，還曾借友貴家的三兩銀子給趙大玲治病。見是趙大玲來了，便迎了出來。「大玲子，妳怎麼跑這兒來了，是不是妳娘有什麼事？」

趙大玲將一吊錢交給方家媳婦。「我娘沒事。方嫂子，我這是還錢來了，還差您的，過些日子補上。」

方家媳婦推託道：「前兩天妳娘才剛把利息給我，你們娘仨兒不容易，等手頭寬裕了再說吧。」

趙大玲把錢塞給方家媳婦。「有多少就還多少，免得我跟我娘睡不好覺，您再推託就是怪我沒湊齊錢了。」

聞言，方家媳婦這才把錢收下。

趙大玲舔了舔嘴唇。「方嫂子，有水嗎？我忙了一早上，水還沒喝一口呢。」

「當然有，跟嫂子進來。」方家媳婦帶著趙大玲走進廚房。她正好剛做完主子們的早飯，沒什麼活兒，廚房裡的人也都歇著去了，只留下她一個人在燉中午吃的牛肉。

「不過妳喝完了趕緊走，張氏去茅廁了，過會兒就回來。」方家媳婦囑咐趙大玲，大家對張氏和趙大玲家的恩怨都一清二楚。

「嫂子，我知道。」趙大玲指著灶上的鐵鍋。「那是開鍋了吧，您忙您的，我自己倒碗水，喝完就走。」說著來到放著茶壺和茶碗的桌子前。

方家媳婦忙著往鍋裡加佐料，一扭頭見趙大玲拎起了茶壺，趕忙道：「哎喲，大玲子，那個動不得，那是張氏專用的，她若是知道別人喝了她的茶，鐵定鬧翻天。」

趙大玲趕緊將茶壺放下，吐吐舌頭。「要我早知道是她的，渴死也不喝呢。」

她從別處拿碗盛了灶上的熱水，小口喝下，又跟方家媳婦聊了兩句，方退出廚房，遠遠地就看到張氏從茅廁回來，她趕緊閃身躲到樹後。

張氏進了廚房，一迭聲地叫道：「昨晚上大魚大肉吃多了，吃壞了腸子，一個勁兒地跑肚拉稀。方家媳婦，快給我從茶壺裡兌點兒滾水來，我這壺裡的鐵觀音可是要第三泡才能出滋味呢！」

方家媳婦一直被張氏使喚，只得放下手裡的活兒去給她加水。

趙大玲看著張氏一杯一杯喝得有滋有味，這才放心地回到枕月閣。那茶壺裡有她剛剛折斷兩個鞭炮倒進去的火藥，這還是她在現代從一本外國小說裡看到的。吃一點兒火藥會讓人渾身無力、出虛汗、噁心欲吐，而且未燃燒的火藥沒有太濃烈的氣味，加在濃茶裡是嚐不出來的。

其他幾位少爺、少夫人和小姐們已經早早地來給老夫人拜年，老夫人近六十歲，除了眼有點兒花，身子還是挺硬朗的。人年紀大了，就喜歡一群孫子孫女圍在左右，老夫人看著一屋子的孫輩，樂得合不攏嘴，挨個兒給了壓歲錢。

夫人也在一旁侍候著，不時說點湊趣的話討老人家高興。

壓歲錢發到最後，老夫人見丫鬟手裡還剩下一個裝著金錁子的紅袋子，掃了孫輩一圈後問道：「怎麼不見五丫頭？」

二小姐撇撇嘴。「許是昨晚上玩得晚了，今早沒起來吧。」

這時，五小姐就捂著胃，在蓮湘的攙扶下走進來，跪在地上給老夫人和夫人磕了頭。

夫人有些不高興。「大年初一的，怎麼這麼晚才過來？」

蓮湘連忙解釋：「五小姐從昨天晚上就吐了兩回，今天早上還是不舒服，奴婢本想勸小姐歇歇的，小姐卻執意要來，說是有要事要稟報老夫人和夫人。」

二小姐在一旁小聲嘟囔：「我說呢，體壯如牛的也會鬧毛病，原來是昨晚上吃多了。」

其他人偷笑沒接話，只有六歲的四少爺坐在老夫人膝頭拍手笑。「饞嘴貓、饞嘴貓……」

五小姐難堪得要哭出來了，捂著帕子強忍著乾嘔。

老夫人看了看五小姐。「面色是不好，先在我這兒喝點兒米粥養養胃。」又吩咐近前的丫鬟。「去讓小廝請個郎中來給五丫頭看看。」

五小姐紅著眼睛道：「不敢在祖母這裡用飯，怕過了病氣給您。萬一跟孫女想的一樣，這病就十分凶險了，孫女自己得病也就算了，別再連累了祖母。」

老夫人和夫人聽了，忙問發生了什麼事，其他幾位小姐也催促她快說。

五小姐從來沒有受到這樣的重視，遂添油加醋道：「孫女早就發現內院廚房的張氏走路歪斜、皮膚蠟黃，連眼珠都是黃的，目光渾濁得很，但也沒太在意。昨晚上孫女突然感覺胸腹憋悶，噁心欲嘔，今天早上還是這樣，這才想起曾看過的一本醫書，書裡說膚色蠟黃是肝毒所致，無藥可求，而且這個病會過給旁人，一桌吃飯、一缸喝水都有可能染上。孫女害怕起來，忙過來告訴祖母和母親，別再讓幾位哥哥、姊姊和弟弟吃大廚房的飯菜了，萬一那張氏就是肝毒之症，豈不是大家都要跟著遭殃？」

老夫人聽了，一迭聲地讓傳張氏過來，又叫人去喊郎中。夫人也不禁害怕，五小姐她是不放在心上，可是自己的幾個心肝寶貝都吃過張氏做的飯菜。

不一會兒，張氏腳不沾地地捂著肚子趕了過來，只見她滿頭滿臉的冷汗，臉色灰黃，渾身不住地打哆嗦，看上去委靡不振，真跟病入膏肓一樣。

幾位少夫人和小姐忙遠遠地躲開，並用帕子摀住了嘴。

「張氏，妳平日可有什麼病症？」老夫人趕緊問她。

張氏不明所以，忍著胃裡的翻滾，陪笑道：「倒也沒什麼，就是活兒幹多了會感到乏力，有點子歲數了，這胳膊和腿都不如年輕那會兒麻利。不過奴婢對主子們的飯食盡心盡力，再累也會親自掌勺，務必讓幾位小主子吃得順口。」說到最後，還有幾分買好的意思。

正說著，郎中也到了，待幾位小姐退到裡間後，便應老夫人的要求給張氏診脈。

郎中看了看張氏的臉色，又詢問張氏日常起居飲食，方向老夫人和夫人道：「就在下看，這婦人肝失疏瀉，氣失條達，氣血鬱滯，橫逆犯脾，脾失健運，水濕停留，瘀血蘊結，日久不化，痞塞中焦……」

「行了，別掉醫書袋子了，你只揀我們能聽得懂的說來。」老夫人打斷郎中。

「是，簡單的說，就是肝邪之症。得此症之人常會渾身乏力，噁心腹脹，不喜油膩，日漸消瘦。日積月累下來便會腹大如鑼，全身浮腫，也就是常說的腹鼓之症。」

老夫人大吃一驚，腹鼓之症可是會要命的病症。「這病可會過病氣給旁人？」

郎中思忖道：「醫書中並無記載肝邪之症會傳給別人。但在下從醫二十餘載，確實見過夫妻同得此病，或是一家人先後得病的例子。所以如果遇到這樣的病患，在下一般都會告知其家人與病者分開飲食，衣物被褥也最好分開。」

夫人聽了，冷汗都流下來了。「她是我府上的廚娘，整日接觸飯菜，吃她做的飯菜會不會過了病氣？」

郎中道：「若只是做飯還好，沒有一桌吃喝，不會有口沫接觸。但畢竟有碰過食物，所以還是應該謹慎些，多加小心總是好的。」

張氏這才聽明白郎中是說自己得了病，還會傳給別人，忙抹著滿頭的冷汗，急赤白臉道：「老夫人、夫人，別聽這郎中滿口胡說八道，奴婢身子康健得很，連頭疼腦熱都很少犯，怎麼就有那肝邪腹鼓之症了呢？這老雜毛不知收了誰的好處來誣陷奴婢！」

作為郎中，最恨別人質疑自己的醫術，這張氏竟還公然辱罵，郎中正色道：「還請老夫人和夫人明鑒，在下行醫數十載，斷不會信口開河，其實單從面相上看就能看出一二。得了肝邪之症的人會膚色蠟黃、目色渾濁，正是此婦人的模樣，久病後更會形容枯槁，身上長滿蛛網一樣的紅痣。」

張氏此時也很害怕，既要擔心自己的病症，又怕主子們聽了郎中的話會奪了她的差事，上前兩步待要爭辯，忽然胸中一陣翻江倒海，張嘴吐了一地。

眾人嫌棄地掩住口鼻，老夫人一面讓丫鬟和婆子趕緊收拾，一面吩咐道：「快把張氏帶下去，找間沒人的屋子讓她待著，離少爺和小姐們遠點兒，還要通知她家裡人，趕緊把她領回去，灶上的事務千萬別再讓她沾手了。」

張氏一路哭嚎著被兩名僕婦拖了下去，老夫人又讓郎中給五小姐診了脈，好在五小姐只是積食受涼，脾胃不和，並沒有肝虛之象。

不過夫人終究不放心，讓五小姐回枕月閣休養半個月，等於是禁了足，直到半個月後五小姐活蹦亂跳才解了禁。

五小姐雖然被關了半個月，但是因舉報張氏有功，老夫人賞了她一支金釵，夫人賞了她一對貓眼石的耳墜。五小姐得了實惠，又得了好名聲，倒也知足。

張氏被打發回家，內院廚房裡幾個跟她關係比較好的也被調派到別處，離廚房遠遠的。方家媳婦因為到內院廚房的時間不長，跟張氏交情不深而被留了下來，暫時接管大廚房的一應事務。而張氏的男人一直在老爺跟前，頗受老爺器重，但出了這等事，老爺也怕他過了張氏的病氣，便由夫人做主，給了他一些銀子讓他回家養老去了。

這件事中最高興的還是友貴家的。「讓那老貨整天在府裡橫行霸道，還敢打咱家柱子，這回不但丟了內院廚房的肥缺，還被攆出府去了。該！聽說她男人恨她拖累，丟了在老爺跟前的差事，狠狠打了她一頓。如今家裡人都不敢靠近她，生怕被她染上病，把她扔到鄉下去自生自滅了。」

趙大玲一邊聽，一邊不動聲色地喝著友貴家的熬的蘆根水。

自從出了張氏的事，夫人便找了幾個郎中把府裡上上下下每個人都檢查了一遍才放心，友貴家的也整天地熬蘆根水和綠豆水給大家解毒。趙大玲雖然知道沒用，但大過年的大家都吃得油膩，喝點兒蘆根綠豆水也能當消食去火，便也沒點破。

趙大玲前世雖然不是學醫的，但對肝炎多少都有些瞭解。張氏面色黃黑，連眼白都是黃的，一看就是肝炎。

肝炎也分A型肝炎和B型肝炎。A肝是急症，發病迅速，且會通過接觸傳染；B肝是慢性病，除了最初的發病期，一般只通過血液傳染。

就趙大玲來看，張氏得的應該是B肝，但古代醫學尚不發達，不知道肝炎是由病毒引起，只當是邪陽入體，導致肝部受損，趙大玲正是利用了這個時空對肝炎的淺顯認知，才渾水摸魚將張氏拉下馬。

第十三章　勸慰

張氏的離開被大家熱議一番後，很快便被拋到腦後。人都是這樣，別人的生死存亡跟自己並沒有多大的關係，往往還不如自家晚飯吃什麼、明日穿哪件衣服來得重要。

和銷聲匿跡的張氏相比，長生的存在更讓人們覺得像打了雞血一般的興奮。以前大夥兒大多只知道他是家裡犯了事的官奴，經張氏一語道破，所有人都傳開了，外院廚房這個不言不語的雜役原來是從「那種」地方出來的。長生出眾的相貌成了最好的佐證，風言風語便漸漸多了起來，人們對這種陰暗的八卦向來是不遺餘力。

長生越發的沈默，除了幹活以外都是待在自己的柴房裡，也不再跟趙大玲一家吃飯，每次都是拿了簡單的飯菜回到柴房。

傍晚，趙大玲找到正在屋後空地劈柴的長生，冰天雪地裡他只穿著一件夾衣，光著腳穿著一雙破舊的布鞋。趙大玲知道他的鞋底已經斷了，這樣踩在雪地裡，肯定冷得徹骨。

她拿起他掛在樹杈上的棉衣。「吃飯了，吃完再劈吧。天冷，得趁熱吃，不然一會兒就涼了。」

她一邊說著一邊將棉衣披在長生身上，長生畏縮了一下，躲開趙大玲的手，默默地接過棉衣穿在身上，接著蹲下來整理散落的木柴，垂著頭悶聲道：「妳先去吧，我收拾好了再回去。」

趙大玲明白，他是要等一家人都吃完了，才會讓大柱子給他從廚房裡拿一個饅頭出來回柴房吃，這些天來他一直這樣躲著她。

趙大玲索性蹲在他的旁邊，幫他收拾，心中有千言萬語卻又不知如何開口。

冬天時的皮膚脆弱，長生的手凍得通紅，一根木刺劃破了他的手指，殷紅的血滴滴答答地落在雪地裡，好像盛開的梅花。

趙大玲「呀」一地一聲驚叫出來，不由分說地抓起長生的手，將他的手指塞進自己的嘴裡吮吸，扭頭吐掉血水，又將柔軟的嘴唇湊了過去。

她溫熱軟糯的舌頭裹著他的手指，指間的傷口帶著一點兒刺痛，更多的是酥麻的癢。長生愣了一下，瞬間羞紅了臉，下意識往外抻自己的手。

趙大玲抬起清澈的眼眸不滿地掃了他一眼，依舊沒有停止吮吸。

長生心如擂鼓，好像要跳出胸腔一樣，掙扎著低聲道：「別，太髒。」

直到確認傷口裡的髒東西都出來了，趙大玲才拿出他的手指，看著長生的眼睛，神色認真地一字一字說道：「在我的眼裡，你比任何人都乾淨。」

長生渾身一震，怔怔地看著趙大玲。

趙大玲拿出自己的手帕將他的手指包紮好，又從懷裡掏出一個布包，打開來裡面是一雙嶄新的布鞋，鞋面絮著厚厚的棉花，只是那做工實在讓人不敢恭維，針腳長短不一，還歪七扭八的，尤其是鞋底，人家納出的針腳是一圈一圈的，趙大玲納出來的是一團一團的，她自己也覺得有些拿不出手。

「很醜是不是？我也知道醜得沒法看，不過這可是我人生中做的第一雙鞋，你將就穿吧。」

長生看著那雙鞋，沒有伸手去接。

趙大玲在心中嘆了一口氣，知道他的心結太重，畫地為牢很難走出來。不過經過這半年多的時間，她也摸清楚了長生的脾性，知道怎麼對付他。

長生心軟，只要拉下臉來向他訴苦、尋求安慰，他肯定會暫時忘了自己的事。

趙大玲將手掌攤開，伸到長生眼前。「你看，為了做這雙鞋，我的手指都扎成篩子了。那個鞋底又厚又硬，用錐子扎才能扎透，鞋底上的紅點就是我不小心扎破手指把血沾在上面的。我費了這麼大的勁兒，花了五個晚上才做出來的鞋，你要是不穿的話，我的手豈不是白挨扎了？」

她的手不像閨閣小姐那樣柔細，有些粗糙，還帶著勞作中形成的繭子，但是手指纖細可愛，形狀美好，指尖上果真有幾個暗紅色的針孔，當然遠沒有篩子那麼誇張，但還是讓長生的心好像被猛地揍了一拳一樣的疼。

他俯下頭仔細看她手上的針孔，輕聲問她：「還疼嗎？」

趙大玲本想搖頭，眼珠一轉卻點了點頭。「疼！十指連心，痛死我了！」

見長生臉上露出比自己挨扎要難受一百倍的神情，趙大玲遂得寸進尺地道：「幫我吹吹！」

長生羞澀地掃了她一眼，臉上的紅暈一直蔓延到脖子上。

趙大玲固執地伸著手，直到他紅著臉、鼓起兩腮在她手指上吹了一口氣。溫暖的氣流拂過指尖，又從指尖淌到了心底。

趙大玲裝模作樣地摩挲了一下手指。「果真不疼了。」又殷勤地把鞋舉到他面前。「試試適不適合。」

長生沒動。

趙大玲哀嘆一聲。「好吧，我知道你不喜歡這雙鞋，那就扔了吧。我再給你做一雙好的，只是不知道還要在手指上扎多少針！」

她作勢揚手扔鞋，卻被長生一把握住，他低著頭不敢看她，聲如蚊蚋道：「這雙很好，不要再做了。」

趙大玲瞬間「復活」，將一雙鞋塞到他手裡。

長生不敢再推託，怕她真的會再熬幾晚做鞋，再扎滿手的針孔，只能低頭坐在柴堆上，將露著腳面也磨破鞋底的破舊鞋子脫掉。

他的腳踝生得纖細，趙大玲第一次看到連腳都長得這麼好看的人。長生將凍僵的腳伸進新鞋裡，鞋子不大不小剛剛好。

他穿著新鞋，捨不得踩地，還是趙大玲一把將他拉起來。「不走走怎麼知道是不是合腳呢？」

長生侷促得手腳都不知道怎麼放，在趙大玲鼓勵的目光下走了兩步，方低聲道：「很適合，謝謝妳。」

趙大玲圍著他轉了兩圈，不滿足於他簡單的道謝。「暖和嗎？舒服嗎？不硌腳吧？」她其實只是想引他說話而已。

她每問一句，長生就點一下頭，最後她實在是找不出其他的話來說了，鬱悶地閉了嘴，誰料長生輕聲道：「跟我娘親做的鞋一樣舒服。」

趙大玲鬆了一口氣。她以前從不打聽長生的家世，因為她知道長生肯定有說不出口的傷痛，但是這種心靈上的傷痛就像是毒瘤一樣，越不敢觸碰就會越來越惡化。

「你娘一定很疼你。」趙大玲輕聲說道。

提起母親，長生臉上的線條瞬間柔和下來。「是啊，我娘親很疼我，家裡有很多的丫鬟和僕婦，但是我身上的衣服和穿的鞋襪，娘親一定要親手操持，有時候為了給我趕一件衣服，她會熬幾個通宵，我勸她讓底下的人做也是一樣的，可我娘親總是說，誰做她都不會放心，只有自己做才心裡踏實。」

「天底下的母親都是一樣的。」趙大玲感嘆道。她不禁想起了遠在異世的母親，也想起了整天罵她卻疼愛她的友貴家的。「『慈母手中線，遊子身上衣。臨行密密縫，意恐遲遲歸。誰言寸草心，報得三春暉。』這首〈遊子吟〉，真是道盡了慈母心。」

長生咀嚼著這首詩，瞬間濕了眼眶。父親含冤而死，母親懸樑自盡，這是他心底不能觸碰的傷痛，他已經記不得上一次流淚是什麼時候，此刻卻無法控制自己的眼淚。

他用手摀住眼睛，痛苦地彎下腰，聲音哽咽。「父親和母親都已經離世，這輩子，我再也無法償還他們的恩情。」

「不，你錯了，他們不需要你償還恩情。」趙大玲憐惜地握著他瘦削的肩膀。「他們只要你好好地活著。」

長生從手掌中抬起滿是淚痕的臉，神色絕望而迷惘。「我活著是他們的屈辱，我寧可當初跟他們一起去死，也好過讓他們身後的聲譽因我而蒙羞。」

心中瞬間像刀割一樣的疼，趙大玲大聲地質問：「為什麼你要死？這世上那麼多的壞人都活著，那些欺辱你的人、傷害你的人，他們都心安理得地活著，為什麼你活不下去？」趙大玲緊緊地抓著他，指甲都嵌進了他的肉裡。「長生，我不知道你的真實姓名，也不知道你以前的身分，但是我知道你是個好人，你沒有做過傷天害理的事，也沒有傷害過別人，你連一隻雞都沒殺過。你告訴我，憑什麼是你死？」

長生被她的話震懾住了，愣愣地看著她，一時不知如何回答。

趙大玲緩緩地放開他。「我在半年多前衝撞了二小姐，夫人命人當眾剝了我的衣服，打了我二十鞭子。我羞憤難當，跳了蓮花池，當我醒來的時候，看到我娘摟著我哭得肝腸寸斷。我沒有死，最高興的是我娘，雖然她也會罵我沒用，罵我給她丟臉，但是她慶幸我還活著。

「天下的父母都是一樣的，你的父母親雖然早逝，但是他們泉下有知也會希望你能好好活下去，別再說你讓他們蒙羞這樣的話，如果他們聽見了會心疼的。你這麼堅強、這麼勇敢、這麼美好，在這樣的處境中你也沒有失掉本心的善良，我相信你是他們的驕傲，不管是以前還是現在。」

這天過後，長生在柴房裡待了兩天，每日大柱子將他的飯送到柴房，但他也沒有動過那些飯菜，怎麼送過去的又怎麼端出來。

趙大玲沒有去打擾長生，她知道這種時候他需要自己一個人靜一靜。自己心裡的那道坎需要自己過，別人怎麼勸慰都沒用。

這日一早，奎六兒出現在外院廚房。之前他被長生用木柴燒掉眉毛和頭髮，一直對長生懷恨在心，此時眉毛和頭髮都長出來了些，終於不再像一個肉葫蘆。

他趁著領飯的機會，在屋外跟其他僕役大聲調笑。「我說怎麼長得跟個娘兒們似的，那小腰細得能一把握住，原來是個兔兒爺。可惜爺爺不好這口，要不然還能光顧一下他的生意。」

旁邊幾個來領飯的小丫鬟聽他說得粗鄙不堪，啐了一口躲一邊去了，一個五十多歲的僕婦看不過去，開口訓斥：「說這話也不嫌牙磣？長生那後生挺老實的，也沒招惹到你，別這麼埋汰人！」

奎六兒瞪眼道：「我埋汰他什麼了？誰不知道那裡是男人找樂子去的地方，這京城裡有錢的大爺都是女人嫖膩了，改嫖男人。不過是個貨腰的兔兒爺，如今還裝得人五人六，想當初還不是被人壓在身下……」

「哐噹」一聲，趙大玲拎著扁擔從廚房裡衝出來，兜頭蓋臉地朝著奎六兒就打。

奎六兒跳著腳閃躲。「哎喲，玲子妹妹，咱有話好好說，不帶動手的！」

趙大玲滿腔憤怒，扁擔落得又快又急，奎六兒挨了幾下，惱羞成怒，一把抓住扁擔的另一頭。「我是說那兔兒爺，妳急什麼？難不成妳看上他了？妳跟著我才是正理，那個被人騎過的兔兒爺妳也不嫌骯髒！」

「住口！」趙大玲紅著眼眶，咬牙切齒道：「他比你這種齷齪小人乾淨一萬倍！」

友貴家的旋風似的衝出來，揚手先給了奎六兒一個大耳刮子。「我讓你個兔崽子滿嘴嚼蛆！你們一家子才是兔兒爺呢！長生那孩子不多言、不多語，是個老實人。我不管他以前在哪兒，又是做什麼的，而今他在我這外院廚房做事，我就不許別人說他的不是。誰敢再提一個字，老娘就斷了他的飯食，讓他喝西北風去！」

友貴家的說著，奪過奎六兒手裡的食籃扔在地上，幾腳踩個稀巴爛。「滾！讓你們院的換一個人來領飯，以後別讓老娘再看見你這個畜生，不然老娘見你一次就打一次！」

奎六兒還想炸刺兒，但看著橫眉立目的友貴家的和舉著扁擔對他怒目而視的趙大玲，終究是心虛，從地上撿起被踩扁的食籃，灰溜溜地跑了。

趙大玲將手裡的扁擔扔在地上，渾身好像虛脫一般，只想撲在地上大哭一場。

友貴家的握著她的胳膊。「行了閨女，回屋去吧。回頭娘去勸勸長生，別往心裡去，人這一輩子誰沒有糟心的事呢？凡事看開點兒，沒有過不去的坎。」

趙大玲本以為友貴家的會怪她替長生說話，壞了自己的閨譽，卻不承想友貴家的說出這樣一番話來，一時百感交集。

友貴家的向嘰嘰喳喳議論的人群揮手道：「沒領飯的趕緊進屋領飯，領了飯的就散了吧，別一天到晚的嚼老婆舌根子，有意思嗎？」

可是大家剛看完這麼一齣大戲，哪裡捨得走？都站在院子裡七嘴八舌地議論起來，有的痛罵奎六兒不是個東西，有的鄙夷長生的身分。

趙大玲惶然地看著一直緊閉著的柴房門，知道那一道薄薄的門板根本擋不住任何聲浪，她恨不得能堵住大家的嘴，或者是衝進去堵住長生的耳朵。

她覺得心酸楚得像要碎了一樣。為什麼他那麼好的人卻遭受這麼多的不公與傷害？她不敢去想此刻的長生是什麼樣的心情，這樣的羞辱讓他如何承受？

緊閉的柴房門「吱嘎」一聲打開，嗡嗡作響的人群頓時噤聲，目光都望向柴門。

長生從裡面走了出來，一身黑色的粗布短裳，瘦削的脊背挺得筆直，好像嚴寒中的松柏，並沒有被積雪壓垮了腰。

他臉色蒼白得沒有一絲血色，卻神色平靜，水晶般剔透的目光掃過眾人，落在趙大玲和友貴家的身上，沈聲道：「謝謝趙伯母和趙姑娘為我所做的一切。妳們不用為我擔心，既然我選擇活下來，就知道我將會面對什麼。我是官奴，曾經被賣到了楚館，也許我的身體污穢不堪，但是我的靈魂並不卑賤。」

說完這句話，長生越過人群到屋角拿出水桶，像往常一般去井邊打水。

八卦最有趣的地方在於不知事情真相時以訛傳訛、添油加醋，如今當事人都說直白了，八卦也就失去了趣味，眾人作鳥獸散，該幹什麼幹什麼去。

趙大玲透過矇矓的淚眼看著長生挺直的背影。這樣的長生讓人心疼也讓人欽佩。

出了正月，老爺為四少爺請了一位老學究做西席。按照歲數來說，四少爺已經算是啟蒙晚的了，主要是因為老夫人和夫人一直溺愛四少爺，怕他吃不得讀書的苦，所以一直說他還小，直到御史老爺吹鬍子瞪眼，拍著桌子說慈母多敗兒，夫人這才不情不願地讓人收拾了一間外院的書房。

讀書要有伴讀，一來給四少爺作伴，營造一個學習的氣氛，二來四少爺若是惹先生不高興，也有伴讀當替罪羊，替四少爺受罰。於是夫人便發話，讓府裡幾個年歲差不多的孩子明天一早都到她跟前，她要親自相看。

友貴家的從馬管家那裡知道這個消息後，高興得一整天都在飄，逢人就道：「我家大柱子要出息了！這孩子隨他爹趙友貴，從小就聰明機靈，肯定能被夫人相中留下做四少爺的伴讀，以後我們趙家也要出個耍筆桿子的人了！」

來領飯的齊嬤嬤撇撇嘴。「府裡有好幾個孩子呢，鐵蛋、二牛也都在列，也不一定就是妳家的大柱子。再說了，即便當上四少爺的伴讀，也只是給少爺鋪紙磨墨，離自己有學問還差著十萬八千里呢。」

友貴家的衝齊嬤嬤翻了個白眼。「妳那是眼熱吧。妳家只有幾個丫頭片子，沒有這麼大的小子，想奔這高枝也奔不上。給少爺鋪紙磨墨怎麼了？將來就是四少爺的親隨，大好的前程等著我家柱子呢。」友貴家的得意洋洋，彷彿大柱子已經功成名就。

齊嬤嬤因為沒有兒子，在友貴家的面前落了下風，也沒得說嘴，只能氣哼哼地走了。

友貴家的第一次讓齊嬤嬤啞口無言，自然是更加意氣風發。

到了晚上，趙大玲一回來，友貴家的就忙不迭地把這個消息告訴她。

「妳兄弟要發達了，這可是個天大的好機會！以後柱子出息了，也能關照妳，不受人欺負，這樣我就是即刻閉眼也甘心了。」

這時長生挑著水進屋，趙大玲掃了他一眼，滿意地看到他穿著新做的鞋。雖然鞋面有點兒歪，但是肯定暖和。

長生放下水桶要出去，卻被友貴家的叫住，按坐在凳子上。「來來來，嬸子看你好歹是讀過書的樣子，你教教柱子，明天夫人若是問起什麼來，怎麼回答比較好？」

接著又扭著一直舞刀耍劍的大柱子耳朵，把他拎過來。「就知道玩，說正經的，跟你長生哥好好練習，看明天怎麼回夫人的話。」

正說著呢，外頭李嬸子來叫友貴家的去打牌，友貴家的囑咐了幾句，便跟李嬸子打牌去了。

長生看了看面前站得筆管條直的大柱子，又看了看一直皺著眉頭沈默不語的趙大玲，伸手胡擼了大柱子的腦袋。「去玩吧，我先跟你姊姊商量商量。」

大柱子如蒙大赦，高高興興地拿著木頭寶劍到裡屋的炕上扎枕頭去了。

長生安靜地看著趙大玲，問道：「妳不高興？」

在長生面前，趙大玲向來不用掩飾，當下點點頭。「我不願意我弟弟跟著四少爺鞍前馬後，仰人鼻息的做小廝，還不如他現在這樣自由自在。說是伴讀，其實能學到什麼呢？不過是在少爺跟前打雜，他還那麼小，保不齊會有點兒什麼差池。四少爺一直是夫人的寶貝疙瘩，真有丁點兒衝撞到他，還指不定怎麼處置呢。在夫人眼裡，柱子肯定連四少爺腳底的泥巴都不如，像我們這種家生子，生殺大權都掌握在主子手裡，誰會把我們當人看？我擔心柱子受委屈。」

長生知道趙大玲說的是實情。做伴讀表面上是風光，可是一個六歲的孩子，卻要給別的孩子做小廝，挨打、挨罵、受委屈那是家常便飯。

長生沈吟了一下，提出自己的困惑。「可是妳也不可能讓柱子一輩子待在外院廚房，待在妳娘和妳的身邊。即便這次不做四少爺的伴讀，等他再大一點兒，到八、九歲的時候也要分到別處去做小廝，妳一樣會擔心他受委屈。」

趙大玲一時語塞，想了想道：「能拖一時是一時吧。人這一輩子苦多樂少，長大了肩膀上就會扛責任，就要受約束，就會有很多的無可奈何。柱子還小，我想讓他再過兩年舒坦的日子。」再者，趙大玲也想，兩年的時間她怎麼也得掙出錢來，想辦法讓大柱子擺脫當小廝的命運。

長生點點頭。「我明白妳的意思。不過這畢竟是柱子的人生，他雖然還小，但也是個有主見的孩子，妳應該問問他的意思。」

於是趙大玲把大柱子從裡屋叫出來。

「柱子，夫人要為四少爺選一個伴讀，陪四少爺讀書。你跟鐵蛋、二牛幾個歲數都相當，夫人想看看你們誰適合做伴讀？這件事有好處也有壞處，好處是你有機會讀書，雖然你的主要任務是陪著四少爺，給他拿書包，給他鋪紙磨墨，在他讀書時伺候好他，但是只要你有心，也可以從先生那裡學到知識。還有一個好處是如果四少爺覺得你聰明又可信，用你用順手了，將來會提拔你做他的貼身小廝，可能會比府裡一般的小廝略有些所謂的臉面。」

大柱子轉轉眼珠，舔了舔新長出的牙。「姊，那壞處是什麼？」

趙大玲將大柱子拉到自己跟前。「壞處是你必須要伺候好四少爺，絕對忠心，絕對服從，不能對他說一個『不』字。比如上次胖虎搶你的玩具，你不願意給他，還推了他，如果是四少爺想要你的玩具，你不但不能推他，還得高高興興地遞過去。你若推了四少爺，就會被罰，甚至挨打。」

大柱子哆嗦了下。「就像妳上次推了二小姐，結果被打了鞭子？」

趙大玲點頭。「是，你若是惹了四少爺，也會挨鞭子。如果四少爺打你，你不許還手，只能任他打；如果四少爺做了錯事，先生不會去責罰他，反而會讓你替四少爺受罰。還有，如果四少爺出了什麼閃失，即便不是你的過錯，夫人也會責怪你，輕者受罰挨打，重者會攆出府去，再也見不到娘和姊姊。」

大柱子的小黑臉嚇得發白，牽著趙大玲的衣袖，帶著哭腔道：「姊，我不要離開妳和娘……」

一旁的長生搖搖頭。「妳別嚇他。」

趙大玲扭頭看著長生，神色悲哀。「難道我說的不是實情嗎？」

長生黯然，不再言語。

趙大玲摟著大柱子。「姊姊說的只是最壞的情況，咱們做事就是要朝最好的目標努力，同時做好最壞的打算。現在姊姊問你，你願意去嗎？」

大柱子哭喪著臉。「我不願意。憑什麼四少爺做了錯事我要受罰？憑什麼只能四少爺打我，我不能還手？他還不如胖虎厚道呢，我寧可跟胖虎打架，也不願意做四少爺的拳靶子。」

趙大玲微微放心，頭抵著大柱子的小腦袋。「姊姊也捨不得你去。」

大柱子勾著趙大玲的脖子。「不過姊，我倒是想跟先生讀書呢。等我會認字、有了學問，將來就能讓妳和娘過上好日子。」大柱子咬著手指頭，須臾下了決心。「不就是當四少爺的跟班嗎？我皮實，不怕挨打！」

趙大玲又是心酸又是好笑。「傻柱子，姊姊不能讓你為了我們去受委屈。」

一旁的長生忽然開口。「柱子，你要是想讀書我可以教你，你不用去做四少爺的伴讀，一樣可以識字讀書。」

大柱子一下子激動得眼睛發亮。「真的？長生哥你肯教我？我娘說你讀過書呢，你要是肯教我，我一定好好跟你學。」

趙大玲意外地看著長生，長生在她的目光下有點兒靦覥，輕聲替自己爭辯道：「我教柱子還是夠用的。」

豈止是夠用，是大材小用好嗎！趙大玲拍拍柱子。「行了，時辰不早了，你快點兒去洗漱睡覺吧。」

把大柱子哄上床後，趙大玲用灶上留的熱水沏了一壺茶葉沫子，給長生倒了一杯。

長生的目光一直追隨著她。「一會兒妳娘回來，妳要好好跟她解釋解釋，畢竟她還是很希望柱子能有這個機會做四少爺的伴讀的。」

趙大玲笑了笑。「我娘總是要掙個臉面，不過她最疼柱子，只要我好好勸她，她會明白的。」

長生捧著那杯熱茶，汲取茶杯上的暖意，低頭輕啜了一口，方鼓起勇氣問：「其實妳也是識文斷字、博古通今的，為什麼沒有教過大柱子？」

「我那哪裡叫博古通今啊。」趙大玲坐在他對面，自嘲地笑笑。茶杯中升騰的熱氣，氤氳了她秀麗的眉眼。「不過是知道一些話本上的東西，在你面前顯擺顯擺罷了，要是論學問，我連你的零頭都比不上。」

「妳不用過於自謙，即便只是教大柱子話本上的學問，也夠了。」長生其實很想知道什麼話本那麼神奇，但忍住了沒問。

趙大玲托著粗瓷的茶杯，因為對方是長生，一杯茶葉沫子也喝得有滋有味。「我是沒教過大柱子，連認字也沒教過他。有人說『百無一用是書生』，有人說『萬般皆下品，唯有讀書高。』其實我覺得最貼切的一句應該是『人生識字憂患始』。我常想，像我娘那樣大字不識一個，是不是會更快樂？對她而言，吃飽穿暖、我和柱子好好的，沒事再打打牌就知足了。懂得多了，人就會想得多，慾望也會多，就會傷春悲秋，自尋煩惱。所以你說，有學問究竟是好事還是壞事呢？」

「人生識字憂患始？我第一次聽說這樣的論調。」長生苦笑。「細想還真是有一番道理。但是我還是覺得應該讓柱子讀書，也許將來他會遇到坎坷，但是有詩書作陪，他的人生不會寂寞。」

趙大玲點頭，下定決心道：「你說得對，是我太狹隘了，不管怎麼說，讀書都是好事。我可把柱子交給你了，有你這個先生，我自是一萬個放心。」

說著她又給長生杯子裡續了茶。「這倒是讓我想起一個對子來。上聯是『胸藏文墨虛若谷』，下聯你只往自己身上想就行。」

長生側頭想了想。「這是滿腹經綸卻虛懷若谷的意思，出自《老子》的『古之善為士者，微妙玄通，深不可識。夫唯不可識，故強為之容：豫兮若冬涉川，猶兮若畏四鄰，儼兮其若客，渙兮若冰之將釋，敦兮其若樸，曠兮其若谷。』」

趙大玲雙手捧著臉頰，一眨不眨地看著長生。他認真時的樣子真好看，聲音抑揚頓挫，異常悅耳。

長生修長的手指在桌子上勾畫著，眉頭時鬆時緊，終於忍不住問：「一般對聯也就罷了，為何這下聯要往我自己身上想？」

趙大玲挑挑眉毛。「因為下聯就是你的寫照，當然要從你自己身上找。」

長生又想了有一盞茶的時間，洩氣道：「我想不出我身上有什麼能對上『胸藏文墨虛若谷』的。」

這時屋外遠遠地傳來腳步聲，還有友貴家的咳嗽聲，在寂靜的夜裡顯得格外清晰。

趙大玲跳起來。「是我娘回來了，你快走吧，省得她看見你又要嘮叨。」

長生也怕給趙大玲添麻煩，幾步到門口，手扶門框又回頭，雙眸亮得天上星辰都為之失色。「妳告訴我下聯吧，不然我肯定睡不著。」

趙大玲笑得明媚，如春花滿園，走上前，踮起腳尖湊近他的耳朵。「下聯是『腹有詩書氣自華』。」說完，在長生愣神的當口，將他推出屋門。

接下來趙大玲用了一整個晚上的時間來說服友貴家的。

友貴家的一開始還罵趙大玲。「妳個沒出息的丫頭！眼皮子這麼淺，真不像是從老娘肚子裡爬出來的。那家雀還知道奔著高枝飛呢，怎麼妳就一門心思地往下出溜？自己出溜就罷了，還要耽誤妳兄弟的前程。妳兄弟發達了，妳也能跟著沾光不是？」

趙大玲急了，脫下上衣給友貴家的看自己背後一道道的鞭痕。已經過了半年多，卻還留著粉紅色的印記，在她白皙的背上異常刺眼。

「娘，妳看看我，這鞭痕也許會跟著我一輩子。四少爺只有六歲，還是不懂事的年紀，又被夫人驕縱得跟個小霸王似的。柱子那麼小，妳忍心讓他小小年紀就要小心翼翼地去做奴才？再說但凡四少爺有丁點兒的事，柱子首當其衝會受罰挨打，難道妳願意他跟我一樣挨鞭子嗎？」

友貴家的不說話了，抹了半宿的眼淚，第二天一早，便去汪氏那裡磕頭告罪，說柱子這些天染了風寒，一直在吃藥，怕過了病氣給四少爺，等柱子好了再到夫人面前讓夫人相看。

汪氏本就不喜歡友貴家的，覺得她粗鄙，雖說上次黃茂的事鬧起來，看她那個閨女還行，但是有這麼個娘，孩子肯定也是沒什麼出息的。

四少爺是她的心肝寶貝，可不能讓下等人的孩子給帶壞了。所以她不痛不癢地說了幾句好生將養著的話，也沒提等大柱子好了再相看的事。

最後鐵蛋被選為四少爺的伴讀。這讓鐵蛋的爹娘得意了好久，友貴家的鬱悶了一陣子。齊嬤嬤稱了心意，也來冷嘲熱諷一番。

後來鐵蛋的娘來領飯時，說起鐵蛋的事就抹眼淚。原來鐵蛋每次回來手心都腫得老高，只因四少爺不好好學習，背不出書來，先生不能打四少爺，便打鐵蛋的手心，更別提時不時地罰跪挨打了，四少爺甚至讓鐵蛋趴在地上讓他當馬騎。

友貴家的這才感到慶幸，幸虧沒讓大柱子去受這份罪。

每天晚飯後，長生就在柴房裡教大柱子讀書。先從淺顯的開始，教一些像是趙大玲那個時空的《三字經》和《千字文》之類的兒童啟蒙文章。

友貴家的知道了也挺高興，讀點兒書總比整天胡玩亂鬧的強。

趙大玲也跟著湊熱鬧，長生給大柱子講課，她也在旁邊聽著，學得比大柱子還起勁。這麼一個名正言順可以盯著長生看的機會，她當然不會放過。

上完課就是講故事時間，這個時段由長生和趙大玲輪流擔任。長生講的是這個時空的傳奇故事和風土人情，用他清越優雅的聲音娓娓道來，讓趙大玲總覺得聽不夠，同時也讓她對這個時空瞭解更多，不會再鬧連朝代都搞不清楚的笑話。

從長生的敘述裡，她對如今的統治者也知道了一、兩分。

當今聖上是大周朝第八代帝王，如今已年過半百。聖上有五位皇子，先皇后江氏育有兩位皇子，分別是前太子蕭弼和三皇子晉王蕭翊，先皇后過世後，聖上便冊立貴妃潘氏為繼后。

前太子蕭弼自幼就身體不好，一年前薨了，如今的太子是潘皇后的親生兒子二皇子蕭衍。

至於趙大玲講的則是前世看的武俠小說——金庸、古龍、溫里安。大師們的江湖故事精彩紛呈，讓人全神貫注。一會兒是刀光劍影、風起雲湧的江湖恩怨，一會兒是肝膽相照、義薄雲天的俠骨柔情，別說大柱子，連長生都被吸引住，神色專注地看著口若懸河、神采飛揚的趙大玲。

大柱子聽得瞪圓了眼睛，忍不住問：「姊，妳怎麼知道這麼多的故事？」

趙大玲一時語塞，含糊著轉移大柱子的注意力。「柱子，你想不想知道華山論劍最後誰打敗了其他人，得了第一名，奪得了《九陰真經》？」

大柱子果真拋開了原本的問題，急切地問：「是誰？我猜一定是東邪黃藥師對不對？」

長生深深地看了趙大玲一眼。從第一次見面，這個女孩就說項羽自刎烏江，她知道那麼多的瑰麗詩句和令人拍案叫絕的對聯，如今從她嘴裡又講出這麼新奇有趣、跌宕起伏的武俠故事。他知道她有秘密，卻不想刺探，只一心想為她守候。

這一天，趙大玲講完了《射鵰英雄傳》，竟發現柴房外躲著一圈的小腦袋。原來是鐵蛋、二牛他們幾個孩子被故事吸引過來，偷偷地躲在外頭聽。

外面天氣冷，趙大玲索性讓他們進屋，以後就先跟著大柱子一起上課，再一起聽故事。後來胖虎也來了，因為他外祖母張氏的事，大家都不願意跟他玩。

趙大玲對小孩子沒有什麼成見，便問大柱子：「你願意胖虎跟你一起上課聽故事嗎？」大柱子點點頭。「姊姊的故事裡，大俠們都是心胸開闊不記仇的，我跟胖虎雖然打過一架，但是不打不相識，以後還可以在一起玩。」

趙大玲欣慰地胡擼大柱子的腦袋。「好柱子，這麼想就對了。」

於是這個小小的柴房就成了府裡僕役孩子的課堂，破舊逼仄的地方有了琅琅書聲和歡笑聲，長生的臉上也多了一絲笑容。

第十四章　坦言

年後蓮湘的嫂子田氏送來了花容堂新年第一筆收益，竟然有三十兩銀子這麼多。

田氏喜氣洋洋地向梅姨娘和三小姐彙報。「來買香皂的人都踏破門檻子了，總是賣斷貨，我那當家的不得不讓手工師傅連夜趕製香皂。兩位師傅這些日子都沒怎麼回家，一直在趕工，我那當家的讓我來討梅姨娘和三小姐的主意，想多招兩個製作胭脂水粉的師傅，再招兩個夥計，店裡客人多，已經是忙不過來。」

梅姨娘和三小姐聽了也是驚喜，沒想到生意竟然這麼好，便吩咐田氏回去找人。

之前趙大玲設計的瓷罐子樣品也出來了，是趙大玲讓長生畫了圖，交給田氏出去找瓷器作坊燒製的。

那瓷罐子只有一個小茶盅那麼大，形狀是一朵盛開的玫瑰花，靈巧可愛，細膩的白瓷上還燒製出一抹淡粉，十分精緻，連三小姐看了都喜歡。三小姐對這個玫瑰花形的罐子很滿意，吩咐田氏可以去找瓷器作坊訂做一批。趙大玲又把玫瑰香脂膏的配方給了三小姐，等有了罐子，就可以在店裡推出新品。

花容堂的生意剛剛走上正軌，利潤已頗為可觀，趙大玲從三小姐手裡接過沈甸甸的小銀錠，生出無限希望，好像看到美好的未來在向自己招手。

隆冬已過，冰河開封，誰料一場倒春寒讓老夫人受了涼，人上歲數了禁不得寒氣入侵，竟然一病不起。

府裡請來好多郎中，連宮裡的御醫也來了兩位，那許多的藥吃下去，竟然不見好轉。御史老爺急得牙疼上火，夫人也跟著著急，便想到請太清觀的觀主丹邱子來府裡。

大周道教盛行，最負盛名的是玉陽真人。玉陽真人是大周朝第一修道之人，道行高深，已參透大法，在傳聞中是羽化登仙、位列仙班的人物。不過玉陽真人修身悟道，隱居深山，早已不問世事，尋常人等很難見到她真身。

丹邱子正是玉陽真人的首徒，今年四十多歲，在京城中也頗有威望。她所在的太清觀是坤道觀，坐落在京城郊外，香火鼎盛，京城中的權貴家眷都會去那裡祭拜，一年中光是香油錢就能收幾千兩銀子。

府裡的僕役聽說了這個消息都奔走相告，若能遠遠看一眼聖人，也能得聖光普照。不過趙大玲對這個並不感興趣，她對道教並不瞭解，也不知道真人、觀主都是做什麼的。

中午，她從枕月閣回來，遠遠就看到一個中年道姑帶著兩個小道姑，被府裡的僕婦恭迎著往老夫人院子裡走去。她回去後提起這事，友貴家的立刻拍了下大腿。

「那太清觀觀主可不是常人，那是開了天眼的。聽說她道行很深，驅妖除魔無所不能，要是能吃她煉製的一顆仙丹，就能益壽延年，百病不侵。」

長生明顯一怔，沒來由地覺得這個丹邱子的出現讓他心神不安，再聯想到趙大玲的種種，便囑咐她道：「我聽說過這個丹邱子，她是玉陽真人的首徒，常到權貴人家府上作法事，在京城中有幾分威名。妳在屋裡待著，千萬別去湊熱鬧。」

見長生神色鄭重，趙大玲也只是笑笑。「放心吧，我湊過去幹什麼？她真給我顆仙丹我還不敢吃呢，誰知道都是什麼做的。」

吃過午飯，趙大玲接著去枕月閣當差，剛掃完院子，就見汪氏帶著丫鬟婆子簇擁著中午看見的那位道姑進了枕月閣。

這麼多的人呼啦一下子湧入，立刻就顯得院子狹小，趙大玲來不及出去，想著長生的擔憂，只有躲在大樹後面，利用一人合抱的樹幹將自己的身形掩住。

五小姐迎出來，怯怯地道：「天氣冷，母親和道長進屋裡歇息歇息吧。」

趙大玲躲在樹後仔細看那中年道姑，只見她身穿清道袍，頭戴上清冠，腳上是黃黑色的圓頭布履，手持一柄麈尾拂塵，面龐精瘦，兩眼精光四射，讓人不可直視。

她單手掐指，口誦「無量天尊」，繼而說道：「五小姐不必客氣。貧道掐指一算，貴府老夫人的病症實為撞了邪晦所致，禍從東南方位，五小姐這個院子坐落在府中的東南角，所以貧道需借五小姐院子一用，待貧道為老夫人齋醮科儀、驅邪作法，老夫人必能康復。」

汪氏也擺手道：「罷了，妳屋裡也不敞闊，進去反而沒地方坐。好在今天陽光好，我們就在園子裡看道長作法事。」又向丹邱子行禮道：「那就有勞道長了。」

這邊道姑帶來的兩個年輕小道姑已經忙乎著擺上桌子當作祭壇，丹邱子親執毛筆在黃紙上畫道符，嘴裡唸叨著：「天地玄宗，萬氣本根，廣修億劫，誠吾神通……」說著嘴裡含了一口水。「噗」地噴在道符上，黃紙上立即顯現出朱紅色的畫符。

接著丹邱子手拿桃木劍，嘴裡唸唸有詞，在空中戳來戳去。「九曜順行，元始徘徊，華精瑩明，元靈散開……」

趙大玲撇撇嘴。前世電視劇裡看得多了，都是一些唬人的小把戲。

丹邱子唸完咒語，木劍收勢擺在桌上，又在香爐裡插了三支清香，禱拜一番，方將道符和一包草藥交給汪氏。「請把這些道符掛在老夫人的屋裡，這草藥需煎熬服下，不出七天，老夫人定當痊癒。」

汪氏拜謝不已，又讓丫鬟將一匣子銀元寶交給小道姑。

見她們一群人要離開，趙大玲也鬆了一口氣。雖然她不信這些東西，但不知為什麼，這個丹邱子讓她很緊張，渾身不舒服，也不知道這種感覺從何而來，大概是中午時長生的擔憂感染了她吧。

突然一隻手把她從樹後揪出來。「妳鬼鬼祟祟地藏在這裡做什麼？」

趙大玲被拽得踉蹌，定睛一看，竟是蕊湘。

蕊湘急於在主子們面前露臉，爭取重新回到主子的視線裡，又一向與趙大玲不對盤，因此揪著趙大玲向夫人說道：「夫人請道長幫忙看看吧，這趙大玲整日裡古裡古怪的，那日我明明見她在我前面走，卻突然化作一道煙就不見了，說不定她是什麼妖精變的呢！」

眾人的視線都看向這裡，五小姐又氣又急，虎著臉道：「蕊湘，還不快退下！」

趙大玲最討厭這種腦子拎不清的人。這不是自己作死嗎？五小姐已經對蕊湘很厭惡了，礙於府裡規矩大，她又只是個不得寵的庶女，才沒提出要把蕊湘轟出去，如今蕊湘當著夫人這麼一鬧，真是自絕後路。

趙大玲正想著反唇相稽，送她一程，突然覺得一道凌厲的視線像刀片一樣刮在自己身上。她悚然看去，正對上丹邱子的目光，一種前所未有的壓迫感讓她緊張得手心出汗，心都跳到嗓子眼。

丹邱子一眨不眨地盯著她，讓她有種被X光透視的感覺。

「妳是何方妖孽，竟然藏於御史府中？」丹邱子緩緩開口質問。

趙大玲趕緊道：「奴婢不知道長在說什麼，奴婢是外院廚房廚娘的女兒趙大玲。」

丹邱子垂頭掐算著手指，片刻後目光犀利如兩把利劍。「趙大玲陽壽已盡，魂歸地府。妳不是趙大玲，妳不過是披著趙大玲皮囊的妖孽。」

說著兩指挾著一張道符，「啪」地一下貼在趙大玲的腦門上。「急急如律令，妖魔鬼怪快現形！」

蕊湘本來只是隨口一說，找找趙大玲的晦氣，沒想到歪打正著，竟然得到了丹邱子的認同，嚇得「嗷」一嗓子竄到樹後。

兩個小道姑一左一右按住趙大玲的手，趙大玲一時怔住，沒想到丹邱子竟然一眼看破她不是真正的趙大玲。眼前只見寬寬的一道黃紙，視線從黃紙兩邊看過去，就見丹邱子手裡拿著桃木劍，手舞足蹈地對著她唸咒。「天道清明，地道安寧，人道虛靜，三才一所，混合乾坤，百神歸命，萬將隨行，永退魔星……」

一旁的眾人目瞪口呆地看著這一幕。蕊湘從樹後小心翼翼地探出頭，覺得自己除妖有功，越發得意起來，向趙大玲啐道：「早看妳不是好東西，合該讓道長即刻收了妳這妖精！」

趙大玲只覺得心跳加速，胸口一陣氣血翻湧，頭也森森地疼痛起來。她趕緊定了定神，咬牙壓下不適的感覺。

丹邱子唸完降魔咒，又唸了天罡咒，眼見趙大玲除了臉色有點兒蒼白以外，並沒什麼異樣，不禁頗為詫異，拂塵一擺。「此妖孽道行頗深，在我的咒符下竟然沒有現出原形。」

夫人神色緊張。「敢問道長，這當如何是好？」

丹邱子沈吟道：「這妖孽很難降服，今日所幸是被我看到，不然的話還不知要生出多大的災禍。也罷，貧道就施一陣法，逼這妖孽現身。」

趙大玲被兩個道姑綁在了大樹上，她們在大樹四周架起了柴火，柴堆上掛著道符，將她圍在中央。

這是要燒死她嗎？趙大玲急著申辯。「道長說奴婢是妖孽，總要有佐證吧！奴婢不過是一個掃地燒火的丫鬟，也沒做傷天害理的事，道長為何一口咬定奴婢就是妖孽呢？」接著又轉向夫人。「夫人明鑒，奴婢實在是冤枉。奴婢的一條命不算什麼，可是若傳出去御史府裡出了妖孽，市井間會如何議論？豈不是有損御史府的聲望，讓老爺、夫人和幾位少爺、小姐都臉上無光？」

聞言，汪氏不禁面露猶豫。

丹邱子冷笑道：「大膽妖孽竟還敢喊冤！夫人不必聽她巧言令色，凡天下妖魔，我輩盡當誅之，豈能容他們在世間橫行！貧道已擺出火御寒冰陣，不怕她不現原形。」

四周的柴火被點燃，發出「噼哩啪啦」的響聲，濃煙滾滾而起，嗆得趙大玲咳嗽起來。熱氣蒸騰，壓縮空氣，景物都顯得扭曲模糊。

大萍子是最愛看熱鬧的，天生有一顆八卦的心和萬事包打聽的熱情，府裡其他僕役都忌憚作法事，萬一招到鬼啊神啊的，到時候請神容易送神難，所以能躲多遠就躲多遠，只有她爬到樹上往院子裡頭瞅。

這會兒見趙大玲被綁了，趕緊溜下樹跑回去告訴友貴家的。

「不好了，那個道長說大玲子是妖精，這會兒要燒死她呢！」

友貴家的一聽，嚇得魂飛魄散，扔下鍋鏟就披頭散髮地衝到枕月閣，一進院門，見女兒被綁在樹上，垂著頭也不知是死是活，周圍皆是燃燒的柴火，火苗竄得老高。

友貴家的嚎叫一聲，匍匐在夫人腳下，不住地磕頭。「夫人，我家大玲子怎麼就成了妖精了呢？好好的孩子再正常不過的，說誰是妖精也不能夠是她啊！」

汪氏皺眉道：「道長的話妳還不信嗎？道長說了，妳的閨女早就死了，這個看著是妳閨女，其實不過是披著妳閨女皮的一個妖孽。」

友貴家的又轉向丹邱子苦苦哀求。「道長，我自己的孩子自己知道，這分明就是我家大玲子，求求您放過我閨女吧，我閨女真的不是妖精，就是一個普通孩子……」

夫人揮手讓兩個僕婦將友貴家的架下去，友貴家的哭嚎著在地上打滾。

「娘……」趙大玲含淚叫了一聲，聲音嘶啞難辨，在四周噼啪的柴枝燒烈聲中微不可聞。嗆人的濃煙灌入口鼻，趙大玲搜肝抖肺地咳嗽著，呼吸越來越困難，四肢百骸也像針扎一樣的痛，好像有一股力量揪扯著她，要將屬於顏粼睿的魂魄揪出趙大玲的身體。

滾燙的氣浪翻湧，炙烤著她的皮膚，但是她的五臟六腑卻好像是浸泡在冰水裡，血液都要被凍得凝固，在血管中流淌得越來越慢。

趙大玲的意識漸漸模糊，身子越來越輕，彷彿稍稍一掙就能擺脫這個軀殼。

這時一道黛色的身影衝進火牆，撲到她近前，將她面上的道符一把揭開。她勉強抬起頭，看到長生焦急的臉龐，模模糊糊地想，這大概是自己的幻覺吧？

她衝著長生微笑，啞聲道：「真好，能看你一眼，我也死而無憾了。」

身上的繩子被解開，她身子一輕，竟是被長生打橫抱起。

她自然而然地抬手勾住長生修長的脖頸，信賴地將臉依偎在他的胸前，感受他如鼓的心跳一聲聲傳進自己的耳膜。他身上的氣息讓她感到安詳寧靜，周遭的一切彷彿都不再存在，天地間只剩下他們兩個人。

她覺得很疲倦，好像經過了長途跋涉的旅程，終於到達可以停靠的港灣。她緩緩閉上了眼睛，只希望時光能夠在這一刻永駐。

長生俯下頭，臉頰抵著她的頭頂，用身體護著她衝出火牆。到了外面，長生把她放在地上，見她已經昏迷，趕緊去掐她的人中，顧不得自己身上的衣服已經被火焰燒著了幾處。

有僕役拎著一桶水當頭澆下來，撲滅了長生身上的火苗，也落在了趙大玲的臉上。

趙大玲呻吟一聲，悠悠醒轉過來，慢慢睜開了眼睛。

見她恢復意識，長生緊繃的心弦終於放鬆，力竭地跌坐在趙大玲身旁。

長生突然衝進去救人，眾人一時沒有反應過來，也都沒有人去阻攔他。此刻汪氏終於回過神，怒道：「這是怎麼回事?!何人如此大膽，竟敢阻撓道長作法？來人啊，還不把這個人給拖下去！」

兩個僕役上來揪著長生要把他拖出去，長生掙扎著。「等等，我有話要請丹邱子道長轉告師尊玉陽真人，就說『花開花謝終有時，緣起緣滅只因天。敢問真人可曾記得當年之約？』」

丹邱子一怔，擺手示意拖著長生的僕役放開他，上前兩步問道：「你是誰？怎知我恩師密室中的對聯？」

長生的胸膛劇烈喘息著。半年多了，他逼迫自己忘了本來的姓名，從前的種種只當作是一場舊夢，父親和母親的面容好像陳年的畫卷，被他封藏在記憶深處，不敢去回憶。但是此刻塵封的傷疤被揭開，依舊鮮血淋漓。

他看著地上奄奄一息的趙大玲，澀聲道：「我叫顧紹恆，家父顧彥之與玉陽真人曾有約定，玉陽真人許家父一事，有求必應。如今我便用此約換這女子的性命。她不是妖孽，只是一個普通人，道長可以去向尊師求證。」

「你父親是顧彥之？」汪氏神色一變，震驚不已。「可是曾位列三公，官拜太傅之職，後來犯了結黨營私、妄議朝政之罪的顧彥之？」

長生抿嘴不語，閉著眼睛點點頭。

丹邱子將信將疑地看著長生。「果真有此事？」

長生神色堅定。「道長自可去問尊師，我若有半句虛言，願以性命相償。」

丹邱子沈吟片刻，向汪氏道：「此事事關貧道恩師玉陽真人，若恩師當年果真曾許諾此事，貧道為人之徒，自是不能棄恩師的信義於不顧。恩師正在玉泉山中閉關修行，貧道即刻赴玉泉山面見恩師，詢問恩師當如何處置此女？」

「道長走後，這妖孽是否還會作祟？」汪氏對神鬼之說頗為信服，因此心中很是膽怯。

「夫人放心，貧道剛才已用火御寒冰陣讓妖孽元氣大傷，她法力盡失，已無法作祟，請夫人將此二人關押幾日，等候貧道的消息。」

丹邱子帶著兩個道姑匆匆而去，長生和趙大玲則被關進內院的柴房裡，柴房外還貼滿了丹邱子留下的道符。

內院的柴房比較大，堆著一些雜物，中間被一道木柵欄隔開成了兩間屋子，只能通過柵欄的縫隙看到旁邊的情況。

門口守著兩個僕婦，定時會打開柴門放他們出去方便。

長生將一小罐水從柵欄的空隙間伸到趙大玲的嘴邊，輕聲道：「喝點兒水吧。」

趙大玲坐在地上，靠著柵欄，想抬手去接水罐，舉到半空卻又無力地落下來。

丹邱子的火御寒冰陣確實讓她傷了元氣，那種感覺好像是回到剛穿到這個異世的第一個月，渾身無力，動作僵緩，大腦彷彿力不從心，比如說想舉起手，肢體卻無法準確地作出反應。

當時她還以為是因為自己受了鞭傷，又落水感染了風寒，所以身體虛弱，現在想來，其實是靈魂和身體還沒有充分契合，所以產生支配上的困難。

就像此刻，她連一個水罐都無法舉起來，只能將頭湊過去，就著長生的手從水罐裡喝水。

長生隨著她吞嚥的動作，小心地抬起水罐，待她喝完水，又用衣袖替她擦去唇角的水漬。

柴房前不時有人影晃悠，跟看動物一樣從門縫裡對著他們兩個人指指點點。

「快看啊，這個女的是個妖精，誰知道是狐狸精還是黃鼠狼精；那個男的是顧紹恆，你聽說過這個名字吧？那可是京城裡出名的人物，幾年前還被聖上欽點為探花呢，據說是本朝最年輕的探花郎。」

「別胡扯了，探花能到咱們府裡做下人？」

「以前是探花，還做了翰林院的侍講，後來他爹犯了事，死在大牢裡了，他被貶為官奴，進了楚館。」

旁邊的人嘖嘖稱奇。「好好的一個探花郎做了相公，他爹可是當朝的一品大員啊，這臉都丟到姥姥家了！」

「可不是，人家的兒子光宗耀祖，他可是把他們家老祖宗的臉都丟光了，他爹要是知道，還不得從棺材裡跳出來！」

趙大玲聽著他們說長生的身世，比自己被火烤還難受，衝著門外怒喊道：「哪個不怕死的進來，本大仙今天還沒吸人血呢！」

柴房外的人一聽，全嚇得一哄而散，連看守的僕婦都躲得遠遠的。

終於清靜了。趙大玲輕聲向長生道：「是我連累你了。」

她的喉嚨因被煙燻，還有些沙啞，好像粗礪的砂紙。

長生搖頭。「別這麼說，我這條命是妳救的。」

這個女子一直在用自己柔弱的肩膀保護他，從最初替他醫治滿身的傷痕，到後來一次次地維護他脆弱的尊嚴，就在剛才，她還不顧自己的名聲喝退了羞辱他的人。他無以為報，即便搭上他這條命和所有的一切，他都會義無反顧地救她。

趙大玲難過得說不出話來。她知道長生在人前承認自己是顧紹恆需要多大的勇氣，他一直不肯說出自己的名字，由著她隨口叫他「長生」，是為了埋葬不堪回首的過去，為了父母的名字不因他而被提起。如今為了救她，他不得不將自己所有的傷痛和屈辱都示於人前。

這時柴房門口響起大柱子帶著哭腔的聲音。「姊、長生哥……」

趙大玲費力地抬頭看去，見大柱子在外面扒著門縫，小黑臉上滿是淚痕。

「姊，娘被她們看守得緊緊的，不讓她來看妳，不過娘讓我給你們送吃的過來，還有幾件衣服。」說著，大柱子將幾件衣服和一個油紙包從柴門底下的縫隙中塞了進來。

長生過去將油紙包和衣服拿來，隔著門向大柱子道：「好了，柱子，回去吧，好好照顧你娘，告訴你娘，你姊不會有事的，讓她不用擔心。」

長生忽然頓住，從門縫看過去，只見大柱子臉上青一塊紫一塊的。「柱子，誰打你了？」

大柱子努力將臉湊到門縫處，也只擠進來一個鼻子。「姊，他們說妳是妖精，是狐狸精變的，我一生氣，就跟他們打了一架，他們憑什麼這麼說妳！」

趙大玲一陣心酸。「柱子，姊姊不是妖精，那是他們瞎說的。下次有人再這麼說，你別理他們，也千萬別跟人打架，你個頭小，姊姊怕你吃虧。」

大柱子握緊了小拳頭。「我不怕他們，誰敢說妳，我就打誰！我打不過，還有鐵蛋和二牛呢，他們幾個也都相信妳不是妖精，胖虎也撓了外院一個小廝滿臉花。胖虎可厲害了，特意沒剪指甲，誰說妳和長生哥的壞話，他就撓誰！」

沒想到幾個孩子這麼護著她，讓趙大玲鼻子酸酸的。「告訴他們幾個也別打架，姊姊只是一時被人冤枉，過幾天就能出去。你也早點兒回去吧，別讓娘再擔心你。」

「那我先走了，我看我姊沒什麼精神，煩勞長生哥照顧我姊，等你們出來了，我再好好謝你。」大柱子跟小大人一樣將姊姊託付給長生。

長生鄭重地點頭，絲毫沒有因為對方是小孩子而敷衍，而是將大柱子當作一個成年人來對待。「放心吧，我一定照顧好她。」

大柱子依依不捨，忽然又想起來一件事。「長生哥，你的陽氣還有不？」

「什麼？」長生一時沒聽明白。

「他們都說我姊吸了你的陽氣。我姊身子弱，你就給她吸點兒，你缺啥，我回頭帶給你。」大柱子困惑地撓撓腦袋。「對了，『陽氣』是啥？我回去問問娘怎麼給你們帶過來。」

長生臉上紅一陣白一陣，尷尬得不知說什麼好。

趙大玲更是恨不得找個地縫鑽進去。「柱子，可不許瞎說，那是那些人罵姊姊和你長生哥呢，都是混話，千萬別在娘跟前提這個。」

送走了一步三回頭的大柱子後，柴房裡安靜得落針可聞。趙大玲臊眉耷眼地坐在地上，腦袋扎在胸前。

誰承想竟然傳出這樣的傳聞來。說她是妖精也就罷了，怎麼連吸男人陽氣的段子都編出來了？看來高手在民間，這府裡的人不去寫話本都可惜。

長生拿著油紙包和衣服回到柵欄邊，將趙大玲的衣服從柵欄的縫隙裡塞過去，又將油紙包一層層打開，拿出一個白麵饅頭，舉著問趙大玲。「餓了吧，吃點兒嗎？」

趙大玲搖了搖頭，完全沒有胃口。

長生沈默了一下，方輕聲勸道：「別把那些人的話放在心上。妳說過的，走自己的路，讓別人說去。」

身體上的病弱無力讓一向樂天的趙大玲也有些脆弱，她吸了吸鼻子。「我不是狐狸精，也不是什麼黃鼠狼精。」

一隻手從柵欄的空隙伸過來，握住了她的手，那個人的聲音帶著安定人心的力量。「我知道。」

他的手修長有力，指間傳過來的溫暖迅速傳到心田，這是長生第一次主動握她的手。

「如果……我說我不是趙大玲，你會感到害怕嗎？」趙大玲鼓足勇氣道。

握著她的手緊了緊，長生的聲音卻異常地堅定。「不管妳是誰，我都不會感到害怕。」

漂泊已久的心找到了停靠的港灣，旁邊的這個人讓趙大玲無比的信任，有一種可以將性命都放心地交到他手裡的感覺。

她也握緊長生的手，決定不再隱瞞，用沙啞的聲音向他訴說自己的來歷。

「我叫顏粼睿，我不是這裡的人，是異世的一縷遊魂。我在我的時空裡遇到了意外，再睜開眼睛的時候就變成了御史府裡的掃地丫頭趙大玲。當時，趙大玲因為衝撞了二小姐，被夫人下令打了鞭子，她一時想不開跳了蓮花池，被撈上來的時候已經沒氣了，結果我在她的身上醒了過來，正確地說，是顏粼睿的魂魄附在了趙大玲的身上。所以那個道姑說得沒錯，趙大玲已經魂歸地府，而我只是披著她的皮囊。

「我所處的那個時空跟這裡不一樣，在我所知的歷史裡，當年楚漢之爭是項羽於垓下落敗，自刎於烏江，劉邦建立了漢朝，歷史就是從這裡分了岔的。我的時空距離楚漢之爭大約有兩千多年，而你說過現在的大周朝離楚漢之爭有近一千三百年。所以你看，我們之間不但歷史不同，還隔了近千年的時光。

「我跟你說過的那些詩句、對聯還有那些武俠故事都確實存在於我們那個時空的，我告訴你是我爹告訴我，或者是從話本上看的，其實哪有什麼話本？我也沒見過趙大玲的爹趙友貴……對不起，我騙了你，因為身為一個異世的遊魂，對這個時空一無所知，我害怕被人當作怪物，所以不敢向任何人說出實情，我還騙了趙大玲的娘和她弟弟，讓他們以為我是趙大玲。但我不是成心騙他們的，一來我怕他們知道實情會悲傷難過，二來，事情已然如此，我死也換不回他們的趙大玲，所以我一直瞞著他們，只希望透過我的努力，可以代替趙大玲照顧他們，讓他們過上好日子。」

長生一直安靜地聽著，沒有打斷她，雖然他驚訝於如此匪夷所思的事情，但是心底所有的疑惑終於得到答案，反而覺得坦然。

趙大玲筋疲力盡地將頭靠在離長生最近的柵欄上。她已經將自己所有的秘密都呈現在他面前，心中有種從未有過的輕鬆之感。這麼久以來，她一直獨自守著這個秘密，如今終於有人跟她一起分擔，但她還是禁不住有些忐忑。這麼離奇的事他能接受嗎？

「長生，」她輕喚他的名字。「你會覺得我是個怪物嗎？」

「不，妳不是。」長生的聲音近在耳邊。「對我而言，妳是顏粼睿也好，是趙大玲也罷，妳就是妳，無人可以替代。」

趙大玲放下心來，微笑道：「說起來老天對我還算不錯，雖然讓我漂泊異世，又給我安排了這麼一個掃地丫頭的身分，但卻讓我有了友貴家的和大柱子那樣的親人，還讓我遇見了你。」

長生面色一紅，感覺心臟都漏跳了幾拍。

昏暗濕冷的柴房裡湧起一股莫名的溫暖，兩個漂泊的靈魂碰到了一起，凡塵俗世中的傷痛、困苦都不再難熬。因為知道有一個人瞭解你內心深處最黑暗的恐懼，見證了你最無助的痛苦和絕望，卻一直陪伴在你的身邊。

外面天色漸暗，柴房裡的光線也昏暗下來，感覺很是陰冷。趙大玲這才意識到長生還一直穿著被火燒了幾個洞，又被水淋得濕漉漉的衣服，趕緊向他道：「你快把濕衣服換了，不然會著涼的。」

長生拿起乾淨的裡衣在柴房裡轉了一圈，也沒找到隱蔽的地方。「不用換了，我身上的衣服也快乾了。」

大男人的還怕人看嗎？趙大玲嗔怪地看了他一眼。「捂著濕衣服多難受。再說你若是病了，誰來照顧我？你換吧，我不看就是了。」

趙大玲扭過頭去，旁邊傳來窸窸窣窣的聲音，過了一會兒，長生才輕聲向她道：「換好了。」

趙大玲扭頭，見他只穿著裡衣和一件半舊的夾襖。「你怎麼不把棉衣穿上？」

長生披上自己被燒出洞的舊棉襖，將那件乾淨的棉衣從縫隙裡塞過來。「妳墊在身下吧，不要著涼。」

趙大玲心中一暖，沒有推辭他的好意，費力地挪動身體，將他的棉衣墊在了身下腰臀的位置。柴房陰冷，地上更是冰涼，女孩子最怕著涼，容易落下毛病。

長生垂著眼簾問她。「妳要不要也把乾淨衣服換上？」

趙大玲低頭看了看自己。身上的衣服雖然蹭了些灰，但好在還是乾的，再說了她也沒有力氣換衣服，想到這裡，她試著抬了抬手臂，有些吃力。

她將乾淨的衣服披在身上，搖頭道：「算了，不換了。」

長生知道她愛乾淨，怕她穿著髒衣服不舒服，便道：「要不，我幫妳？」

趙大玲抽抽嘴角。「你怎麼幫？把手從縫隙裡伸過來幫我解衣帶？」

長生傻傻點頭，又趕緊搖頭。「我不是……我沒有……我就想著……」情急之下，如玉的額角都冒出了細汗。

趙大玲知道他個性老實，又很容易臉紅，不敢再逗他，忙道：「不用了，我把乾淨衣服當被子蓋就行了。」

兩個人一時都有些難堪，不知說什麼好。

突然，「咕嚕」一聲打破了柴房裡的沈默，在寂靜的空間裡異常清晰。趙大玲用手按住肚子，尷尬不已。

旁邊的長生了然地掰下一小塊饅頭從柵欄的縫隙遞過來，柔聲勸道：「吃點兒吧，妳身體虛弱，不吃東西怎麼好得起來？」

趙大玲看著他伸過來的手，白皙修長的指尖捏著一塊饅頭，遞到她的嘴邊。她瞅準了張開嘴，像小獸一樣叼走那塊饅頭，雖然又輕又迅速，但是柔軟的唇還是不小心觸到了長生的手。

長生的手停在半空，不自覺地回味了一下剛才指尖傳來那溫熱軟糯的觸感，竟有些癡了。直到趙大玲吞下嘴裡的饅頭，又衝他微微張嘴，他才回過神來，趕緊又掰了一塊遞過去。

這次的饅頭塊很大，趙大玲只咬了一口，牙齒從長生的手指旁落下，差點兒咬到他。

長生縮回手時，指尖掃過她的唇角，從她柔軟芬芳的唇瓣上掠過，兩個人一時都愣住了，隔著柵欄的縫隙望著對方。

長生看著趙大玲，只見她眼睛霧濛濛的，櫻唇沾著水光，雖然蒼白，卻分外誘人。

趙大玲抿抿嘴。「別光餵我，你也一天沒吃東西了，一起吃吧。」

「哦，好！」長生應著，慌亂中竟把剛才趙大玲咬了一半的饅頭放進了自己的嘴裡。

趙大玲看著他，「噗哧」笑了出來，長生這才意識到兩個人吃了同一塊饅頭，一時吃也不是，吐掉也不是。

趙大玲挑眉。「你嫌棄是我咬過的？」

長生嘴裡還塞著饅頭無法說話，一個勁兒地搖頭，喝了一口水後，方羞澀道：「我是怕唐突了妳。」

趙大玲抿嘴而笑。「吃個饅頭怎麼就唐突我了呢？我還真搞不懂你這個千年前的老古董。」

聞言，長生的臉更紅了。

趙大玲笑了笑，故意抗議道：「我還沒吃飽呢。」

長生又掰下一小塊饅頭塞進了趙大玲的嘴裡。趙大玲只覺得這個饅頭比自己前世吃過的山珍海味都好吃。

吃完饅頭後，長生又餵了趙大玲一些水。「不早了，睡吧。」

這一晚，趙大玲雖然渾身無力地躺在柴房的地上，但是她身下墊著長生的棉衣，又握著長生的手，睡得異常香甜。

——未完，待續，請看文創風529《逆襲成宰相》2

為流浪貓狗加油 和貓寶貝 狗寶貝
廝守終生(一定要終生喔！)的幸福機會

對人來說，貓寶貝狗寶貝只是生活的一部分，但妳（你）對牠們來說，卻是生活的全部，領養前請一定要考慮清楚──

▲ 穩重乖巧的小靚女　小八

性　　別：女生
品　　種：米克斯
年　　紀：2、3歲
個　　性：親人、文靜、愛撒嬌
健康狀況：已結紮，二合一過關、已注射三合一、狂犬疫苗
目前住所：台北市景美

本期資料來源：台灣認養地圖

『小八』的故事：

小八原是一家餐廳放養的貓咪，原來的主人為了要幫餐廳裡抓老鼠及顧店，因此去了趟收容所，將那時還是幼貓的小八帶回，之後也讓牠生下五隻小貓，一起和小八抓老鼠與顧店。

中途每次見到小八及小貓們不畏車流湍急的在大馬路上橫衝直撞，屢屢感到膽顫心驚，甚至也聽聞之前已有其他貓咪於此遭逢不幸。中途想著，如此親人的貓咪要獨自在外生存是相當不易，今天可能幸運地躲過了車輪的危險，明天是否又能避開居心不良的人呢？

中途實在不忍心再看到小八繼續這樣的生活，因此便將牠帶回，由衷希望小八可以找到真正適合牠的家庭，而不是像工具般的被放養著。

小八是隻個性很穩重、非常親人的成貓，喜歡吃東西且十分乖巧，也喜歡被摸摸；平常牠總是很乖的待在一旁，不會老愛調皮搗蛋，就連其牠貓貓可能不愛的剪指甲也都很乖哩！即便是沒有養過貓貓的新手們也適合喔～如果您願意給這麼可愛的小八一個溫暖又安心的家，請來信dogpig1010@hotmail.com（林小姐）。

認養資格：

1. 認養者須年滿23歲，有獨立經濟能力。
2. 須同意簽認養寵物切結書，並能讓中途瞭解小八以後的生活環境。
3. 同意送養人日後之追蹤探訪，對待小八不離不棄。
4. 同意做門窗防護措施，以防小八跑掉、走失。
5. 以雙北地區優先認養，第一次看貓不須攜帶外出籠，確認送養會親自送達。

來信請說明：

a. 個人基本資料：姓名、性別、年齡、居住地、同住者、職業與經濟來源等。
b. 預計如何照顧小八，以及所能提供之環境和承諾（如：食物、飼養方式）。
c. 請簡述過去養貓的經驗、所知的養貓知識，及簡介一下您的飼養環境。
d. 若未來有結婚、懷孕、出國或搬家等計劃，將如何安置小八？
e. 是否同意中途作日後追蹤（家訪、以臉書提供照片）？

文創風 528

逆襲成宰相 1

國家圖書館出版品預行編目資料

逆襲成宰相 / 趙眠眠著. --
初版. -- 臺北市 : 狗屋, 2017.06
冊 ; 公分. -- (文創風)
ISBN 978-986-328-733-9 (第1冊 : 平裝). --

857.7　　　　106005766

著作者	趙眠眠
編輯	王冠之
校對	黃亭蓁　簡郁珊
發行所	狗屋出版社有限公司
地址	台北市104中山區龍江路71巷15號1樓
電話	02-2776-5889～0
發行字號	局版台業字845號
法律顧問	蕭雄淋律師
總經銷	知遠文化事業有限公司
電話	02-2664-8800
初版	2017年6月
國際書碼	ISBN-13　978-986-328-733-9

本著作物由北京晉江原創網絡科技有限公司授權出版

定價250元

狗屋劃撥帳號：19001626

網址：love.doghouse.com.tw　E-mail：love@doghouse.com.tw